ET UNE APOCALYPSE POUR MADRONA

SUPER MADRONA - 3

www.editionsbookmark.com

HELEN HARPER

ET UNE APOCALYPSE POUR MADRONA

SUPER MADRONA - 3

Traduit de l'anglais par
ELISA CHABRE

Infinity

Pour la présente édition © Collection Infinity 2022
Collection Infinity est un label appartenant aux éditions Bookmark.

Ceci est une œuvre de fiction. Les noms, les personnages, les lieux et les faits décrits ne sont que le produit de l'imagination de l'auteur, ou utilisés de façon fictive. Toute ressemblance avec des personnes ayant réellement existé, vivantes ou décédées, des établissements commerciaux, des événements ou des lieux ne serait que le fruit d'une coïncidence.

Edition originale américaine parue sous le titre : Skulk of Foxes

Traduction © Elisa Chabre
Suivi éditorial © Delhia Alby
Correction © Amandine Lemoine
Maquette © Gabe Reyes
Illustration de la couverture © Mirella Santana

ISBN: 9791038114890
Existe en format numérique

www.editionsbookmark.com

Chapitre 1

Ce furent les bips qui m'indiquèrent que je n'étais pas morte. À moins que l'enfer soit doté d'une section spéciale où le son incessant des technologies humaines vous rendait fou, ce qui était peu probable.

Je grognai et tentai de rouler sur le côté pour m'éloigner de ce bruit, qui commençait à résonner dans mon crâne. Mais dès que je bougeai, le cliquetis du métal m'indiqua que mes mouvements étaient restreints. J'ouvris les yeux et les baissai. Nom d'un lutin. Je me trouvais sur un lit d'hôpital… et en plus de ça, on m'y avait menottée pour que je ne puisse pas m'enfuir. Sans l'odeur envahissante du désinfectant, ça aurait pu faire l'objet d'un fantasme.

— Bon retour parmi les vivants.

Je jetai un coup d'œil sur la gauche, où se tenait un médecin en blouse blanche incapable de croiser mon regard.

— Qu'est-ce que… croassai-je. Qu'est-ce qui s'est passé ?

— Vous avez sorti une arme en centre-ville et vous avez essayé de l'utiliser, m'expliqua-t-il. Ce n'était pas très intelligent de votre part. En fait, je dirais même que c'était insensé.

Eh bien, j'étais la Madhatter, pensai-je, même si j'aurais aimé que ce ne soit pas aussi douloureux.

— Vous guérissez remarquablement vite. Les policiers vous ont tiré dessus. La balle a manqué votre cœur de quelques centimètres. Quoi qu'il en soit, le choc lui-même aurait tué une personne normale. Vous êtes une sorte de miracle médical. Vous devriez être contente.

J'étais on ne peut plus extatique. Je regardai autour de moi.

— Où sont mes vêtements ?

Et surtout, où était la sphère ? Celle qui avait été créée à partir de la magie d'un dragon et avait le potentiel de détruire ce monde ? Elle se trouvait en ma possession avant que la police armée passe à l'action. S'ils n'avaient pas saisi toutes mes affaires pour les analyser et pousser l'enquête plus loin, alors j'avais fait tout ça pour rien.

— Mes affaires ?

— Nous avons dû découper vos vêtements. Mais nous vous préparerons quelque chose que vous pourrez porter avant votre départ. Quant à vos affaires, c'est la police qui les a. Je doute que vous puissiez les récupérer avant un moment.

Je poussai un soupir. Les fées soient louées. Ça avait fonctionné.

Je me retrouvais à court d'options. Face à Rubus et ses sbires, le suicide par les forces de l'ordre m'avait semblé être la seule façon d'éviter que la magie destructrice tombe entre ses mains. Peut-être que ce n'était pas mon moment le plus glorieux, mais j'avais rempli mon objectif et la sphère était en sécurité… pour l'instant. Il ne me restait plus qu'à pousser la police à m'arrêter et me jeter en prison ; l'objet maudit serait consigné comme preuve pour de bon avec moi. Puis je me figeai.

— Attendez une minute ! m'étranglai-je alors que les mots du médecin atteignaient enfin mon cerveau embrumé. Vous avez découpé mes vêtements ? Même mon pantalon en cuir super sexy ?

— Oui, répondit-il en acquiesçant.

— Et mon superbe corset en cuir ?

— Oui.

Je sifflai d'agacement. Que cette fichue sphère créée par un dragon et génératrice d'apocalypses soit maudite. J'étais exquise dans cette tenue !

Le médecin ne semblait pas peiné de la perte de mes vêtements. Il se pinça un peu les lèvres avant de tourner la perfusion vers moi et de la tripoter.

Je soupirai. Heureusement que je mettais en valeur tout ce que je portais. Ça allait être difficile, mais je m'en remettrais. Avec le temps.

— Donc, tout ira bien pour moi ? demandai-je.

— On dirait bien, répondit-il en jetant un coup d'œil à la porte. Votre avocat est venu vous voir. Vous vous sentez assez bien pour lui parler ?

Un nuage de confusion ne cessait d'obscurcir mon esprit, mais j'acquiesçai malgré tout. Quand le médecin sortit et que Morgan apparut à sa place, je faillis fondre en larmes.

— Tu es une véritable idiote, Madrona, grogna Morgan en me rejoignant, avant d'attraper ma main.

— Ouais, reniflai-je. Et il semblerait que mon avocat soit un barman.

Un léger sourire s'étira sur ses lèvres, mais il n'atteignit pas ses yeux.

— Ils te garderont ici jusqu'à ce que tu sois assez bien pour être déplacée en prison. Tu fais l'objet d'une enquête pour suspicion de meurtre, et utilisation illégale d'arme à feu, m'expliqua-t-il alors que son visage s'assombrissait. Une source anonyme a envoyé la vidéo de surveillance où tu es avec Charrie le gobelin.

Je me mordis la lèvre.

— Tu veux dire la vidéo de surveillance où je coupe la tête de Charrie, murmurai-je. Je suis une meurtrière, Morgan. Je le mérite.

Il secoua la tête.

— On ne sait toujours pas ce qui s'est vraiment passé entre vous. Sans mentionner l'absence de corps. Finn et ses frères s'en sont assurés. On va découvrir ce qui s'est passé et on te fera sortir de là.

— La sphère…

— C'est la police qui l'a. Elle est en sécurité, pour l'instant.

Je déglutis difficilement.

— Et Rubus ? Ton frère démoniaque qui cherche à détruire le monde ? Qu'est-ce qu'il lui est arrivé ?

— Il a été interrogé, puis relâché. Comme nous tous. Je ne l'ai pas revu depuis.

Les doigts de Morgan se resserrèrent autour des miens.

— Il a juré qu'il n'avait rien à voir avec le pistolet et il peut être sacrément convaincant quand il le veut. Le seul point positif, c'est qu'il doit toujours se remettre des effets de l'empoisonnement au rowan. J'ai été idiot de ne pas comprendre ce qu'il avait fait plus tôt.

— C'est moi qui lui ai donné cette idée, soupirai-je. Tout est de ma faute. Si je ne lui avais pas dit que l'empoisonnement au rowan m'avait permis de maintenir un glamour pendant des heures plutôt que quelques minutes, il ne l'aurait pas su. Il n'aurait pas pu se faire passer pour Mendax le putain de dragon. On ne lui aurait pas donné cette fichue sphère.

— Si tu n'avais pas été là, ce monde serait déjà détruit, rétorqua Morgan. Tu es une héroïne.

Eh bien, voilà qui était vrai.

— Je le savais depuis le début, répondis-je avec un demi-sourire. Je suis vraiment formidable.

Morgan soutint mon regard.

— Un jour, tu réaliseras que c'est la vérité.

Il se pencha en avant et effleura mes lèvres des siennes.

— La police veut t'interroger. On va devoir discuter de ce que tu vas leur dire.

J'essayai de hausser les épaules, geste plutôt maladroit dans ma position.

— Je sais ce que je vais dire, déclarai-je.

J'amorçai une faible tentative de sourire. Morgan leva un sourcil interrogateur.

— Je suis amnésique, lui murmurai-je. Nom d'un lutin, je ne me souviens de rien.

— Je ne suis pas sûr que ce soit une très bonne défense, contra-t-il avec une expression maussade. On ne peut pas se permettre que tu sois enfermée un quart de siècle pour meurtre.

— On ? m'enquis-je. Ou tu ?

Il soutint mon regard.

— Je pense que tu connais déjà la réponse.

J'ignorai les papillons ravis qui s'agitèrent un instant au fond de mon estomac et baissai la voix :

— Mais je mérite d'être enfermée, Morgan. J'ai bel et bien décapité ce gobelin. La vidéo le prouve. Et en plus, si je suis enfermée, la sphère l'est aussi.

À peine eus-je fini que de brusques coups sur la porte résonnèrent. Mais quiconque se trouvait de l'autre côté ne prit pas la peine d'attendre qu'on lui autorise l'accès, donc toquer était un effort futile.

Morgan grogna à la vue du couple en uniforme qui montrait leur badge. Apparemment, il les avait déjà rencontrés.

— Je vous l'ai dit, gronda-t-il avec un air protecteur qui me fit frissonner de plaisir. J'exige un moment seul avec ma cliente. Elle vient de se réveiller et elle se trouve dans une position d'extrême vulnérabilité. Ce n'est pas un endroit pour un interrogatoire.

— Peut-être qu'elle aurait dû y penser avant de menacer la ville de Manchester, répliqua la femme.

Le visage de Morgan s'assombrit.

— Elle n'a fait que tirer en l'air.

— C'était une arme illégale.

Il campa sur ses positions.

— Elle ne lui appartenait pas. Elle l'a prise à son assaillant. C'était de la légitime défense.

— Encore une bonne raison pour qu'on lui parle, répondit calmement le partenaire de la femme. Il faut qu'on la protège.

— En la menottant à un lit d'hôpital ?

— Ce n'est que la procédure. D'ailleurs, il y a aussi la question de la vidéo que nous avons reçue comme pièce à conviction. Et sa confession sur la scène de crime, devant la bibliothèque. Elle a dit qu'elle avait déjà tué.

— Une vidéo qui aurait facilement pu être falsifiée, le contredit Morgan. Et elle était sous la contrainte quand elle a dit ça.

Ces trois-là se livraient à un sacré cinéma. En d'autres circonstances, ça m'aurait sans doute pas mal amusée. J'essayai de ramper pour me redresser et me mettre plus à l'aise, mais les forces de l'ordre ne voulaient de toute évidence pas prendre de risque. Les menottes étaient bien trop serrées et je ne pus gagner que quelques centimètres sur le coussin.

Je secouai la tête dans l'espoir de ressembler à la bête sexuelle et glamour que j'étais, joliment ébouriffée après un long sommeil, plutôt qu'avoir l'air pâle, les cheveux en bataille et être enchaînée. Ça ne sembla pas impressionner les policiers. Je les suspectais d'être jaloux, voilà tout.

— Quoi qu'il en soit, vous n'avez aucun droit d'être là, déclara l'homme.

Je clignai frénétiquement des paupières.

— Je peux partir ?

Il leva les yeux au ciel.

— Pas vous, soupira-t-il en pointant Morgan du menton. Lui. Votre nom ne figure pas dans le registre du barreau. Vous n'êtes pas avocat. De ce fait, vous devez partir.

Il ponctua ses paroles d'un sourire mauvais.

— Elle a le droit à un représentant légal !

— Alors, allez lui en trouver un.

Morgan ouvrit la bouche pour protester. C'était plutôt touchant en sachant que, peu de temps auparavant, il aurait permis à la police de m'enfermer avec joie. Quoiqu'il en fût, je l'interrompis avant qu'il ne puisse se lancer dans sa tirade. C'était pour son bien ; il se sentirait perdu et inutile quand je ferais en sorte d'être condamnée à la prison à vie sans son aide.

— C'est bon, Morgan, murmurai-je. Je vais m'en occuper. Je répondrai à leurs questions. Concentre-toi sur Rubus et sur ce qu'il mijote.

Aucun des officiers de police n'aurait été doué au poker. Leur masque stoïque se brisa quand je mentionnai le nom de Rubus. Haha !

Je souris, sereine. J'étais une super-méchante ; je méritais d'être enfermée.

Mais si je pouvais entraîner Rubus avec moi, vous pouvez parier mon superbe postérieur que je ne me gênerais pas.

Une fois que Morgan fut parti à contrecœur et que la porte se ferma derrière lui, je me concentrai sur la police.

— Il avait raison, notai-je en faisant cliqueter les menottes. Je n'ai pas d'avocat et je suis complètement vulnérable et sans défense. Ce n'est pas le bon moment pour un interrogatoire.

— On n'est pas ici pour vous interroger, assura la femme. On est juste venus pour savoir ce qui s'est passé. Vous avez le droit de recevoir des conseils juridiques avant qu'on s'y mette, mais honnêtement, on est de votre côté. Ce n'est qu'une discussion d'exploration.

— D'exploration ? Alors, vous vous comparez à Christophe Colomb.

Elle parut un brin déconcertée.

— Pas exactement, mais…

— C'était un tyran incompétent, la coupai-je, un sourcil haussé. Je n'ai jamais eu affaire à la police, mais j'espérais mieux.

Au lieu de perturber mon couple de poulets, leurs visages semblèrent s'illuminer. Oh, oh… Peut-être que j'avais déjà eu affaire avec les forces de l'ordre. C'était bel et bien possible. Grâce à mon amnésie, je ne m'en souvenais pas.

— Je peux vous assurer qu'on n'est pas des tyrans, répliqua le policier, qui souriait comme s'il était mon nouveau meilleur ami.

Ça n'annonçait rien de bon.

— Repartons du bon pied, voulez-vous ? Je suis l'inspecteur Mulroney, et voici la détective Jones, se présenta-t-il avec un sourire tout en finesse. Nos archives nous indiquent que vous êtes Madrona Hatter.

Un immense sourire s'étira sur mes lèvres. Je ne pouvais pas m'en empêcher.

— Madrona Hatter ? C'est incroyable.

Puis je réalisai ce que je venais de dire.

— Enfin, je veux dire, oui, me rattrapai-je en toussant. Je suis Madrona Hatter.

— D'où venez-vous, Madrona ?

L'expression de Mulroney paraissait plutôt amicale, mais son ton me donnait un mauvais pressentiment.

— Euh… Est-ce que c'est important ?

— Vous n'êtes pas enregistrée comme citoyenne britannique. Il n'y a pas non plus d'informations du contrôle aux frontières qui indique de quel pays vous êtes arrivée. Vous êtes ici illégalement ?

Je le fixai. Avant que je puisse répondre, la détective Jones intervint pour à son tour se liguer contre moi.

— Vous avez déjà eu des problèmes avant, Madrona. Comportement antisocial…

— Je suis une personne très sociable ! bredouillai-je. Tous ceux que je rencontre m'adorent !

En voilà un mensonge éhonté. Oh, qu'importait. Elle n'avait pas besoin de le savoir.

— État d'ébriété et trouble à l'ordre public…

— Être saoule, c'est un crime ? Allez, quoi !

— Trouble à l'ordre public…

Je secouai la tête.

— Vous vous en prenez à la mauvaise personne. Donner des ordres au public est très important pour moi.

Ça n'amusa pas Jones.

— Ce n'est pas ce qu'on entend par « trouble à l'ordre public ». Il y a tout un tas de délits reliés à votre nom, mais il n'y a pas eu de suite parce que vous êtes une immigrante illégale qui pense être au-dessus des lois. Ce n'est pas vrai ?

Je réfléchis aux réponses possibles. En réalité, il n'y avait qu'une chose à faire : dire la vérité, toute la vérité et rien que la vérité.

— Je croyais que j'étais au-dessus des lois pendant quelques jours, confirmai-je. En fait, je pensais être une superhéroïne. Mais ce n'est pas vrai. Je suis amnésique, donc je ne me souviens d'aucun élément de mon passé ou d'où je viens. Quoi qu'il en soit, je sais de source sûre que je suis une fée. Je viens d'un endroit qui s'appelle Mag Mell et j'ai des pouvoirs magiques spéciaux. Alors, je suis sûrement ici illégalement, mais comme vous pouvez le voir, je ne peux pas partir. Mag Mell est fermé. Aucune fée ne peut rentrer. Que ça vous plaise ou non, je suis coincée ici.

J'essayai de hausser les épaules, mais ce n'était pas facile, vu ma position allongée.

— Je rentrerais chez moi, si je le pouvais.

Mulroney ne cligna pas une seule fois des yeux. Peut-être que c'était en fait un lézard plutôt qu'un homme. Franchement, plus rien ne me surprendrait à présent.

— Vous nous dites que vous êtes amnésiques ? résuma-t-il.

— Oui.

— Et que vous êtes une fée ?

— Oui.

— Mais vous êtes coincée ici ?

— Oui.

— Et vous avez des pouvoirs magiques ?

Je le gratifiai d'un sourire éclatant.

— Voilà, vous comprenez !

Il se pencha vers moi.

— Dites-moi, Madrona. Est-ce que ces pouvoirs magiques incluent la capacité de couper la tête de quelqu'un ? Parce qu'on a une preuve que vous l'avez fait.

— Je ne me souviens pas de ça.

— Parce que vous êtes amnésique.

— Oui !

Mulroney secoua la tête d'un air triste.

— Je croyais que vous alliez nous aider, Madrona. Mais vous faites obstruction. Dès que les médecins décrèteront que vous allez assez bien pour sortir, très bientôt, je pense, vous serez arrêtée pour suspicion de meurtre et comportement dangereux. Vous avez le droit de garder le silence. Mais votre défense pourrait être affaiblie si vous donnez un détail au tribunal que vous n'avez pas mentionné lors d'un interrogatoire. Tout ce que vous direz pourra être retenu contre vous.

Je fis de mon mieux pour sembler découragée, mais ce n'était pas facile. C'était ce que je voulais. Être enfermée dans une cellule signifiait que la sphère serait aussi consignée dans la salle des scellés pour que Rubus n'y pose pas ses sales pattes. Le monde avait de la chance que je sois prête à me sacrifier.

J'espérais juste que la nourriture en prison serait mangeable. Je croiserais les doigts pour qu'il y ait des kébabs.

Chapitre 2

Une part de moi espérait devoir enfiler une combinaison orange après une fouille au corps brutale, puis être envoyée dans un grand bâtiment gris avec plein de barreaux, où je ne ferais que casser des pierres avec une pioche et éviter de croiser le regard des autres dans les douches. Je fus presque déçue d'être emmenée de l'hôpital à un poste de police on ne peut plus ennuyeux. Ce n'était rien comparé au jean ample et au tee-shirt banal qu'on m'avait forcée à mettre avant de quitter ma chambre. Si ça s'était produit un ou deux mois plus tôt, avec quelques degrés de plus, je me serais contentée de sortir nue. Au lieu de ça, je souffrais de l'indignité de ressembler à tout le monde.

On me lit mes droits à nouveau, sûrement au cas où j'avais encore été frappée par l'amnésie en une heure, avant d'être déposée sur une chaise en aluminium peu confortable dans une petite salle d'interrogatoire.

Le fait que les pieds de mon siège étaient fixés au sol ne m'échappa pas. C'était une bonne chose que la police se méfie de moi ; ça contrebalançait l'idée de devoir supporter un nouvel interrogatoire. Je devais m'estimer heureuse, me rappelai-je. S'il fallait passer par là pour que les flics m'enferment et jettent la clé, alors soit.

La première personne qui entra dans la pièce ne fut cependant pas un autre officier de police, mais plutôt une femme mince d'âge moyen avec des yeux verts impétueux.

— Ne te lève pas, m'ordonna-t-elle.

— Je suis menottée à la chaise par les chevilles, rétorquai-je. Je ne pourrais pas me lever même si je le voulais. Et crois-moi, je n'en ai pas envie.

Viburna grimaça. Nous ne nous étions rencontrées qu'une fois, quand j'étais coincée dans le corps d'un homme massif et barbu. Elle avait utilisé un sort de vérité pour découvrir qui j'étais vraiment. Je n'avais pas beaucoup apprécié cette femme Fey à ce moment-là ; bizarrement, je ne pensais pas que mon impression allait changer.

Elle s'installa sur la chaise adjacente, même si je remarquai qu'elle s'éloignait de moi comme si elle craignait que ma présence elle-même la contamine. Notre aversion s'avérait donc mutuelle. Ça allait être amusant.

— Je vais te représenter, déclara-t-elle. Contrairement à Morganus, je suis inscrite au barreau. J'exerce en tant qu'avocate depuis quelques années maintenant, et je m'occupe de beaucoup d'affaires criminelles impliquant des Fey ou des humains. La police ne trouvera rien à redire sur moi.

— Et si moi, j'ai quelque chose à redire sur toi ? m'enquis-je.

Elle me fit signe que ça ne la dérangeait pas.

— C'est ton droit.

Je la jaugeai. J'avais l'impression qu'elle espérait que je la révoque.

— Tu es au courant de ce que j'ai fait, alors.

— Tu veux dire que c'est ta faute si l'on est tous coincés ici ? Que c'est toi qui as fait en sorte que les frontières entre ce monde et le nôtre soient fermées ? rétorqua-t-elle d'une voix glaciale. Oui, je suis au courant. Mais ça n'entachera pas ma capacité à faire mon travail, si c'est ce qui t'inquiète.

— Morgan et Artemesia n'ont pas été très réactifs à cette révélation. En fait, ils étaient presque soulagés d'apprendre la vérité.

La réponse de Viburna fut immédiate :

— C'est leur opinion.

Je ne pus m'empêcher de sourire.

C'était une drôle de sensation de réaliser que j'inspirais une immense révulsion et de la haine chez une autre personne. La plupart des gens engrangeaient l'apathie et l'ambivalence. Pas moi ; j'étais trop cool pour ça.

— Eh bien, ton travail, c'est de t'assurer que je sois bien enfermée, déclarai-je.

La Fey cligna frénétiquement des yeux, surprise.

— Pardon ?

Je lui fis signe de la main.

— Tu m'as très bien entendue. Il faut tenir la sphère éloignée de Rubus. Tant que je serai en prison, c'est exactement ce qui se passera. Vu que la police enquête déjà sur lui, je doute que Rubus essaie de se faufiler ici pour la voler. C'est à moi de faire en sorte qu'il ne puisse pas s'en approcher.

— Tu joues les martyres ? ricana Viburna, méfiante et plutôt désobligeante.

— Je veux une chanson, répondis-je.

Elle fronça les sourcils.

— Quoi ?

— Une chanson. On écrit des chansons sur tous les bons martyres. Dès qu'ils auront jeté la clé, je veux que toi, mon avocate, tu contactes Right Said Fred.

— Bon sang, mais de quoi tu parles ?

De toute évidence, la pop culture humaine n'était pas à la portée de Viburna.

— Right Said Fred, répétai-je. C'est un duo de pop britannique. Leur tube original *I'm Too Sexy* pourrait être retravaillé pour moi. Je suis même prête à les aider pour les paroles. Si Right Said Fred sont trop occupés, peut-être que The Specials pourrait réécrire *Free Nelson Mandela* pour moi. C'est une bonne chanson.

Je me pinçai les lèvres. J'avais réussi à la sidérer et à la plonger un instant dans le silence en me comparant à Mandela. Malheureusement, elle s'en remit vite.

— Morganus veut que je m'assure que tu sois libérée, soupira-t-elle en ignorant mes suggestions musicales.

— Il devra faire sans moi. Tu dois t'assurer que je ne sois pas libérée.

Pour la première fois, Viburna sourit.

— Si tu insistes. Mais tu ne peux pas dire à la police que tu es coupable et finir en prison comme ça. Ils vont sûrement vouloir te poser des questions. Beaucoup de questions. On ne doit pas non plus avoir l'air de trop vouloir te faire accuser de ces crimes non plus, ou ils vont se douter que quelque chose ne va pas. En général, les gens qui sont prêts à aller en prison ont des choses à cacher. La police et le monde seront bien plus heureux si tu fais semblant de te battre. Tu seras aussi plus convaincante si tu dis la vérité. Dans les limites du raisonnable, bien sûr.

J'inclinai la tête.

— Je me prosterne devant ta sagesse, commençai-je avant de m'interrompre un instant. Enfin, c'est une métaphore. Je ne vais pas vraiment me prosterner devant toi. Et je ne suis pas encore convaincue de ta sagesse.

— Le sentiment est partagé, grogna-t-elle.

Elle se hissa sur ses pieds, rejoignit la porte et y frappa. Quand elle s'ouvrit, elle annonça à l'officier que nous étions prêtes.

Je me frottai les mains d'anticipation. J'avais joué de nombreux rôles, ces derniers jours. Celui-ci allait peut-être devenir mon meilleur jusqu'ici.

Jones et Mulroney entrèrent, s'installant de l'autre côté de la table. La première sortit une caméra digitale et la plaça entre nous. Je fis mine de l'attraper et elle me fusilla du regard.

— Ce n'est pas un cadeau pour moi ? demandai-je.

Ses yeux s'assombrirent.

— Dans l'intérêt de l'enregistrement, les personnes présentes dans la salle sont l'inspecteur Mulroney et la détective Jones, déclara le premier.

— Bonjour, enchaîna la seconde.

— La représentante de Mlle Hatter est…

— Viburna Smith QC, compléta cette dernière après s'être éclairci la voix.

Mulroney me fit signe.

— Déclinez votre identité, s'il vous plaît.

Je rendis ma voix plus grave et répondis avec un demi-rire démoniaque :

— Madrona Hatter.

Je pris une profonde inspiration et retins l'air renfermé dans mes poumons.

— Je suis coupable de meurtre. J'avoue. Je l'ai fait. Je mérite tout ce qui m'arrivera ensuite.

— Vous avouez le meurtre ?

Viburna jura entre ses dents, agacée que j'aie ignoré toutes ses instructions.

— Oui, assurai-je en acquiesçant énergiquement.

À mon grand désespoir, l'incrédulité de Mulroney et Jones suite à ma confession immédiate était si palpable que je commençai à me dire que Viburna avait raison : en me précipitant pour tout admettre, je semais le doute au lieu de le lever. Je devais rattraper le coup. Si je leur rendais les choses trop faciles, ils resteraient suspicieux. Les gens aimaient travailler un peu pour obtenir ce qu'ils voulaient, parce que le résultat désiré s'avérait d'autant plus délicieux quand il tombait. J'aurais dû réaliser ça plus tôt… ou Viburna aurait dû l'expliquer plus clairement.

J'eus de la chance que Mulroney m'offre l'ouverture dont j'avais besoin :

— Je pensais que vous étiez amnésique, nota-t-il.

— Oui, répondis-je en acquiesçant d'un air sage. Je ne me rappelle pas avoir tué quelqu'un. Mais je ne me rappelle pas n'avoir tué personne non plus.

Je haussai les épaules, impuissante.

— Je suis un danger public. Envoyez-moi en prison !

Mulroney poussa un soupir. Plutôt qu'en finir avec les procédures à cause de ma confession bâclée, il se concentra sur ses autres questions :

— Mlle Hatter, expliquez-nous s'il vous plaît ce qui vous a poussée à vous traîner aux alentours de la bibliothèque de Manchester le lundi huit octobre.

Je m'avachis sur ma chaise. J'allais devoir fournir plus d'efforts que prévu pour que ces deux-là me condamnent correctement. Ne savaient-ils pas qui j'étais ? Ne remarquaient-ils pas mon côté dangereux ? Un rictus mauvais se forma sur mes lèvres alors que je faisais de mon mieux pour les aider.

— J'ai entendu dire que Rubus, un dealer de drogue local, y serait et qu'il mijotait quelque chose. En plus, je voulais de la drogue.

Viburna se tourna vers moi, plissant les yeux.

— Quel est le nom complet de ce soi-disant dealer de drogues ?

Je haussai les épaules.

— Rubus le maléfique. Je ne connais pas son nom de famille. Je savais juste qu'il serait là-bas et qu'il ne prévoyait rien de bon. Comme il ne faisait pas ce que je voulais, je lui ai arraché son arme.

C'était la vérité, en quelque sorte.

— Arraché ? répéta l'officier.

— Eh bien, quelqu'un l'a plaqué au sol et l'arme qu'il tenait est tombée avec lui. Je l'ai prise. Je lui ai presque arraché, expliquai-je avec un sourire sympathique. Et une fois que je l'ai eue en main, j'ai tiré.

— Vers qui ?

— Je pense que la question que vous voulez poser, c'est « sur qui ? »

Jones pianota sur la table, agacée. Bien. Je voulais qu'elle me haïsse. C'était la façon la plus facile d'en finir avec tout ça.

— Je suppose que vous avez séché les cours ce jour-là, continuai-je. Quoi qu'il en soit, j'ai tiré en l'air. Je ne visais personne.

Je sentis que Viburna se détendait un peu maintenant que je suivais ses instructions. Même Jones parut plus calme. Vu que mes actions auraient pu être filmées, tout comme le meurtre de Charrie, je ne pensais pas pouvoir dire autre chose.

— Vous avez aussi hurlé quelque chose. Qu'est-ce que c'était ?

— J'ai déjà tué, et je pourrais recommencer, récitai-je.

Mulroney se pencha en avant.

— Qu'entendiez-vous par là ?

— Quels mots n'avez-vous pas compris ? demandai-je en fronçant les sourcils.

— Qui avez-vous tué avant ?

Soudain, la tension forma un nœud inattendu et très réel dans ma poitrine.

— Je ne m'en souviens pas. Comme je n'arrête pas de vous le dire, je suis amnésique. Mais je pense que j'ai peut-être tué un homme qui s'appelle Charrie. Je crois que vous avez une pièce à conviction qui prouve que je l'ai fait.

Après un hochement de tête de Mulroney, Jones sortit une photo d'une enveloppe marron et la fit glisser sur la table. Je la reconnus tout de suite ; elle venait en effet de la vidéo de surveillance du terrain de golf. Celle qui prouvait une bonne fois pour toutes que j'avais tué Charrie en lui coupant la tête avec une épée.

Je me mordis la lèvre. C'était ce que je voulais, me rappelai-je.

— Ouais, dis-je. Je crois que c'est lui.

— Bien, répondit-elle, l'air satisfait. Sa femme et ses enfants sont dans la salle d'à côté.

Ma vantardise restante, dans l'intention de faire le bien et de me faire enfermer, se carapata à la vitesse d'une buse dopée au crack. Quoi ? Ma bouche s'assécha.

— Sa femme et ses enfants ?

— C'est une veuve endeuillée, maintenant. Et ces mignons petits enfants grandiront sans leur père.

Je ne pus que les fixer, tous les deux. Je supposai qu'il ne serait pas correct que je vomisse sur leur caméra digitale.

— La femme de Charrie est très encline à nous parler. On lui pose des questions à l'instant même, expliqua la détective Jones, ravie.

Mes épaules s'affaissèrent.

— Je suis une garce démoniaque… murmurai-je.

Mulroney haussa les sourcils. Il ne me contredit pas. Personne ne le fit.

— Votre soi-disant amnésie… commença-t-il.

Quelqu'un frappa à la porte et une tête apparut dans l'embrasure. Même si elle parla à voix basse, mon ouïe était assez performante pour entendre le moindre mot.

— La vidéo entière ? demanda-t-elle.

— On vient de la faire passer au logiciel de corruption. Certaines images sont toujours floues, mais la majorité est visible. Il faut que vous la voyiez. Mais vous devriez sûrement la regarder seuls, d'abord.

Jones renifla.

— On n'a rien à cacher. On va la regarder avec la suspecte.

Elle attrapa l'ordinateur qu'on lui tendait et revint s'asseoir.

— On a obtenu une pièce à conviction, déclara-t-elle. L'enregistrement complet de la nuit en question. C'est une vidéo du terrain de golf Chorlton. Elle a été délibérément corrompue, mais on a réussi à en récupérer la majorité. Je suis sûre que vous aviez sous-estimé nos compétences en informatique, Mlle Hatter.

Elle sous-entendait que c'était moi qui avais corrompu l'enregistrement. Ce n'était pas comme si je n'avais pas essayé, pourtant. Rubus, sous le glamour de Mendax, m'avait devancée.

— On la regarde tous pour la première fois, nota Jones en se léchant les lèvres d'anticipation.

Je me sentis d'autant plus nauséeuse. Viburna semblait plutôt pâle, elle aussi. Ça, ou elle manquait simplement de vitamine D.

— Nous avons déjà vu un extrait où vous utilisez une épée pour couper la tête de Charrie Mickelson. Mais la vidéo était courte. Voici la scène dans son intégralité, commenta Jones avec un sourire. Ça s'annonce intéressant.

Je ne voulais pas regarder ; je n'avais pas envie de me voir tuer un autre être vivant. Je méritais qu'on m'y oblige, pourtant.

Qui qu'ait pu être Charrie, je lui devais au moins de revivre ce moment. Et je le devais à sa famille, qui se trouvait juste à côté.

Jones lança la vidéo. Nous retînmes tous notre souffle.

L'expert qui lui avait donné l'ordinateur avait raison : les premières images étaient très granuleuses. L'enregistrement de nuit n'aidait pas non plus. Il était presque impossible de distinguer un drapeau. Puis, alors que la vidéo devenait plus nette, je reconnus l'endroit où je m'étais réveillée. Celui où j'avais assassiné Charrie.

Un instant plus tard, l'homme en question apparut. Son corps semblait s'affaisser et ses pieds traînaient au sol. Il n'avait pas l'air d'être ravi d'avoir enfin obtenu la sphère magique de Chen.

Rien ne se produisit pendant quelques secondes. Je voulais lui hurler de courir, de s'échapper tant qu'il était encore temps. Mais c'était inutile ; la vidéo que nous regardions avait été prise trois semaines plus tôt. C'était du passé. Je ne pouvais rien plus rien y faire.

Les yeux rivés sur l'écran, pleinement consciente de l'horrible destin qui allait s'abattre sur le gobelin, une autre personne arriva. Aucune erreur possible : c'était moi. Je fis signe de la main à Charrie, comme si je le saluais de manière amicale. Je le rejoignis ensuite avec cette fichue épée empoisonnée au rowan. Je me mis à gesticuler et à parler. Je n'avais pas l'air de le menacer, même si j'agitais l'arme dans tous les sens.

La bouche de Charrie remua pour me répondre. Je plissai les yeux en une tentative désespérée de lire sur nos lèvres, mais comme nous étions tous les deux de profil, c'était impossible. Même un expert n'aurait pas pu deviner ce que nous nous racontions.

Le gobelin tendit la main. D'un air réticent, je lui donnai quelque chose. Cela ressemblait à un petit flacon ou une fiole ; quand il enleva le bouchon et en avala le contenu, je sus que j'avais raison.

Ce que j'ignorais, ou ce dont je ne pouvais me souvenir, c'était ce qu'il était en train de boire.

Peu de temps après, il s'écroula. Ses genoux se dérobèrent sous lui avant que sa poitrine bascule en avant.

Jones appuya sur pause et se tourna vers moi.

— Qu'est-ce que c'était ? s'enquit-elle. Qu'est-ce que vous lui avez donné ?

— Je n'en sais rien.

— N'importe quoi !

— Je ne me souviens de rien ! Je vous l'ai déjà dit, je suis amnésique ! La première chose dont je me souviens, c'est m'être réveillée à côté de lui après sa mort. Il n'y avait personne d'autre. C'était forcément moi qui l'ai tué. Mais ça… ajoutai-je en pointant l'écran. Je ne sais pas ce que c'est.

Le regard de Mulroney était dur.

— C'est bien commode que vous ne vous en souveniez pas.

— Je ne peux pas prouver que je suis amnésique ! hurlai-je presque. Mais quoi qu'il se passe dans cette vidéo, je dis la vérité. Je ne m'en souviens pas.

Je ne voulais pas qu'on me surprenne dans un mensonge évident. Je devais être aussi franche que possible, mais je pouvais toujours pousser en douceur les deux officiers de police dans la bonne direction.

— Mais ça pourrait être du poison. Ça doit être du poison.

Je commençais à me sentir plus à l'aise sur le sujet.

— Je l'ai empoisonné. J'ai sûrement menti en lui disant que je lui donnais du jus de pomme. Il n'aurait pas pu savoir ce qu'il buvait vraiment. Il n'aurait pas pu savoir ce qui allait se passer.

La réponse de Mulroney fut calme :

— On devrait continuer, non ? Voyons voir ce qui se passe…

Jones relança la vidéo. Nous regardâmes tous la moi du passé laisser tomber l'épée et s'effondrer à côté du corps inerte de Charrie, se penchant sur lui, les épaules tremblantes. Je pleurais.

Ce n'était pas tout ; j'étais terrassée par les sanglots. Était-il mort ? L'avais-je vraiment tué avec une potion ? L'avais-je convaincu de la boire ? Mais si tel était le cas, pourquoi étais-je si contrariée que ça ait marché ?

Je secouai la tête, perdue, comme les trois autres personnes dans la pièce. Sous la table, je remarquai que les jambes de Viburna gesticulaient de nervosité. Elle avait l'air tout aussi prise au dépourvu que moi.

Après ce qui parut durer une éternité, la vidéo me montra en train de me lever. Je me tournai et m'éloignai de quelques pas, avant de faire demi-tour. Je semblais marmonner entre mes dents. Je passai mes mains dans mes cheveux et mis un coup de pied colérique au vide. Pendant tout ce temps, Charrie ne remua pas.

— Il était déjà mort… murmura Viburna. Quoi que tu lui aies donné, ça l'a tué.

Elle se reprit, se rappelant qu'elle était censée être mon avocate.

— Ce ne sont pas les actions d'une tueuse de sang-froid, déclara-t-elle à l'intention de Mulroney et Jones.

Je lui mis un puissant coup de coude. Nous voulions qu'ils croient que j'en étais une. C'était le but.

— Mais il est possible qu'une part de culpabilité incombe à ma cliente, ajouta Viburna.

Sur la vidéo, je sortis un autre flacon de ma poche. J'essuyai mes yeux avec le dos de ma main avant de le lever vers le corps de Charrie, comme si je lui portais un toast. Puis je bus. Dès que j'en eus avalé le contenu, j'attrapai la première bouteille vide et disparus.

— Où est-elle passée ? demanda Mulroney.

Jones grimaça.

— Les caméras ne couvrent que les trous du terrain et les points de tee. Elle pourrait être n'importe où.

Je me frottai le front. Je me débarrassais des bouteilles vides. Elles avaient disparu quand je m'étais réveillée, donc il n'y avait pas d'autre explication.

— Mais l'épée… La tête de Charrie…

Ma voix s'effaça lorsque je réapparus sur l'écran avec un mouvement du menton témoignant d'une détermination sombre. Je ramassai l'épée et fermai les paupières. Oh, non…

Je continuai de regarder la version vidéo de moi qui abattait la lame vers le bas d'un seul coup avec des yeux horrifiés. L'arme était aussi affutée qu'un rasoir. Il suffit d'un coup.

La moi sur l'écran et celle dans la salle d'interrogatoire pantelaient. Jusqu'à maintenant, j'avais eu l'impression que rien ne pouvait me donner des hauts le cœur. Je comprenais pourquoi, à présent : mon corps avait déjà réagi à la pire chose qui aurait pu arriver. Rien ne pouvait surpasser le démembrement d'un macchabée.

Je continuai de fixer la vidéo.

Sur l'écran, je laissai tomber l'arme avant de faire rouler le corps de Charrie pour qu'il se retrouve sur le dos. Je ne semblai pas remarquer que j'avais recouvert l'épée avec son cadavre. Je me mis à déplacer ses membres, comme si je voulais qu'il ait l'air de dormir et qu'il paraisse moins mort. J'ajustai sa tête décapitée avec douceur, puis me penchai et embrassai son sourcil.

La qualité de la vidéo m'empêchait de m'en assurer, mais je n'avais sans doute pas cessé de pleurer. Je m'appuyai sur mes hanches, vacillante. Maintenant, c'était à moi d'avoir l'air malade. En quelques secondes, je m'écroulai à mon tour et me retrouvai dans une position terriblement similaire à celle de Charrie.

Et voilà, réalisai-je. Voilà la position dans laquelle je m'étais réveillée, amnésique. Je déglutis difficilement et me détournai de l'ordinateur.

La détective Jones ferma le battant de l'appareil dans un claquement assourdissant.

— Attendez ici.

Elle et Mulroney se levèrent, puis sortirent de la pièce.

Le silence s'installa et s'étira. Je peinais à comprendre ce que je venais de voir. Ça ne prouvait en rien que j'étais ou non une meurtrière. Charrie n'avait à aucun moment résisté ou essayé de fuir. Même si je lui avais donné du poison, il l'avait bu de son plein gré. Quel genre d'idiot suivrait mes ordres ?

La tension explosa en moi. C'était ridicule. Qu'ils m'enferment, bon sang !

Seul le tic-tac de l'horloge sur le mur résonnait dans la salle. Il continua jusqu'à ce que je ne puisse plus le supporter. Un cri silencieux de frustration et d'horreur passa mes lèvres ouvertes. Je résistai inutilement contre mes liens pour que le bruit de ferraille étouffe un peu l'autre.

Je me tournai vers Viburna.

— Je ne comprends pas, m'étranglai-je, consciente du tremblement de ma voix. Je ne comprends pas ce que c'était, tout ça.

Elle croisa mon regard.

— Moi non plus, rétorqua-t-elle alors que sa bouche formait une ligne. Mais je parierais ma vie que tu as provoqué ton amnésie. Quoi que tu aies bu, ça doit en être la cause. Tu t'es fait ça toute seule.

— Je devais oublier, murmurai-je. Je devais oublier que je l'avais tué.

Viburna secoua la tête.

— Non. Vu son comportement, il savait dans quoi il s'engageait. En fait, je ne pense pas que tu l'aies tué. Je pense que les policiers sont du même avis.

— Mais…

La porte s'ouvrit et les deux officiers entrèrent. Cette fois, aucun ne s'assit.

— Vous avez tiré un coup de feu dans un lieu public, commença Mulroney.

— Et c'est un acte criminel, ajouta Jones.

Le premier serra et relâcha ses poings.

— Nous abandonnons les accusations de meurtre. Mais on n'oubliera pas le reste. Quoi qu'il en soit, votre médecin est là. Il a des documents qui prouvent que vous n'êtes pas psychologiquement stable et que votre place est dans un hôpital. Après tout, vous nous avez bien dit que vous êtes une fée.

Il poussa un court rire, mais cela ne l'amusait pas.

Viburna se raidit. Heureusement, Mulroney et Jones se concentraient sur moi et ne le remarquèrent pas.

— Vous allez être remise aux soins de votre médecin et vous sortirez sous caution pour le moment. Vous ne devez pas quitter la ville de Manchester, quelle qu'en soit la raison. D'autres charges pourraient être retenues contre vous. Quelqu'un sera là sous peu avec toute la paperasse. Vos affaires vous seront rendues avant votre départ. Nous resterons en contact.

Il me fallut quelques secondes pour réagir.

— Attendez ! m'étranglai-je. Vous avez vu la vidéo ! La chose que j'ai donnée à Charrie l'a tué ! Il est mort par ma faute. Vous devez me condamner maintenant !

Mulroney s'arrêta.

— De nouvelles preuves ont été apportées au dossier, déclara-t-il par-dessus son épaule. Nous donnerons les détails à votre avocate.

— J'ai tiré un coup de feu en plein centre-ville !

— Vous avez tiré en l'air.

— Je suis une immigrante illégale !

— Votre médecin a témoigné du contraire. Il détient une preuve de votre identité.

— J'ai mutilé un cadavre !

— La mutilation de cadavre n'est hélas pas un crime selon la loi anglaise.

C'était forcément une plaisanterie.

— Mais…

— Vous êtes libérée sous caution, Mlle Hatter. Vous devriez être reconnaissante.

Il se tourna vers Viburna, puis se concentra à nouveau sur moi.

— N'importe qui penserait que vous voulez être enfermée.

Il s'éloigna.

J'attrapai le bras de Viburna.

— Nom d'un lutin, qui est ce médecin ? C'est l'un des nôtres ? Est-ce qu'il travaille pour Morgan ?

Elle était encore plus pâle qu'avant.

— Je n'en sais rien.

— Il faut que tu fasses quelque chose. Ils ne peuvent pas me laisser sortir d'ici avec cette fichue sphère. Rubus va…

La silhouette en blouse blanche de Carduus apparut dans l'encadrement de la porte. Le scientifique fou de Mag Mell, loyal à un seul homme.

— Rubus va quoi ? s'enquit-il avec un sourire mauvais.

Mon estomac s'affaissa. Je préférais encore me faire tirer dessus par la police. J'aurais passé un bien meilleur moment menottée à un lit d'hôpital alors que j'étais inconsciente. En toute honnêteté, plonger dans une piscine d'eau vaseuse et me coincer les cheveux dans le filtre tandis que je me noyais lentement ne pourrait pas être pire.

Je redressai les épaules. J'étais Madrona, la Madhatter qui n'était peut-être pas une meurtrière, après tout. Je trouverais un moyen de regagner la surface. Et avec un peu de chance, je pourrais faire couler cet enfoiré de Carduus au passage.

Chapitre 3

La meilleure façon de faire face à cette situation était de me faire remarquer. Sans plus attendre, je me mis à hurler à pleins poumons. Le bruit perçant se réverbéra sur les murs jusqu'à ce qu'on puisse avoir l'impression qu'on m'arrachait les membres un par un.

Mulroney revint en un instant.

— Qu'est-ce qui se passe, bon sang ?

— Cet homme ! m'écriai-je. Cet homme n'est pas mon médecin ! En fait, ce n'est pas un médecin du tout ! Éloignez-le de moi !

Carduus se contenta de lier ses mains et adopta un air préoccupé.

— De toute évidence, elle a subi des dommages cérébraux. Il faut qu'on la ramène à l'hôpital pour qu'elle reçoive les soins appropriés. Elle ne prend plus son traitement depuis trop longtemps.

Sa voix calme et son expression sereine donnaient l'impression d'un gentil membre du personnel soignant qui s'occupait d'une patiente psychotique.

— Viburna ! Fais quelque chose !

Heureusement, elle intervint enfin et fit son travail comme elle le devrait.

— Ma cliente n'a aucun lien avec cet homme. Ce n'est pas un médecin et donc, ses raisons d'emmener Mlle Hatter ne peuvent être que mal intentionnées.

Mal intentionnées. En voilà, une expression sympathique. J'acquiesçai avec énergie et enthousiasme, puis m'arrêtai de hurler assez longtemps pour pouvoir parler.

— Oui ! Il est vraiment mal intentionné ! Et je refuse de m'en approcher !

Mulroncy fronça les sourcils. Il savait que quelque chose clochait, mais sans comprendre quoi.

— Je vais revérifier les justificatifs.

— Je peux vous assurer que tout est en ordre, répliqua Carduus sans perdre son sang-froid. Malheureusement, Madrona est un danger pour elle-même. Elle croit être une fée. Si elle pense aussi qu'elle peut voler et qu'elle saute d'un bâtiment pour le prouver…

Il secoua la tête, comme pris de désarroi.

Jones réapparut avec une feuille de papier à la main. Elle la donna à Mulroney. Il l'examina, puis nous la montra. Viburna et moi la fixâmes. La pâleur régnait sur sa peau.

— Je suis désolé, déclara l'inspecteur Mulroney, loin de l'être. Comme vous pouvez le voir, tout est en ordre. La cour a ordonné le placement de Madrona Hatter.

Ma voix atteignit à nouveau des décibels ahurissants :

— Il n'y a rien d'écrit ! Ce n'est qu'une feuille de papier blanc !

Carduus fit claquer sa langue.

— Et voilà qu'elle hallucine. Plus vite on la conduira à l'hôpital, mieux ce sera.

Je me tournai vers Viburna. Vu la lueur dans ses yeux, je ne doutais pas une seule seconde qu'elle savait que ce document était aussi immaculé que la peau parfaite de mes fesses. Carduus, Rubus, ou quiconque était assez doué en magie, s'était assuré que Mulroney et les autres policiers voient autre chose. En voilà, un glamour astucieux ! Mais Viburna ne pouvait pas les laisser faire. C'était une avocate ; il était temps qu'elle fasse correctement son travail.

Je me tournai vers elle et posai mes mains sur mes hanches. Mes cris avaient attiré l'attention ; à présent, il me fallait son respect. Je me forçai à parler calmement et d'une voix stable.

— Tu devrais pouvoir contester cet… ordre de la cour.

Elle se reprit.

— Oui. Oui. Je vais le faire, assura-t-elle en se levant. En fait…

— Je devrais ajouter que mon employeur est dehors et qu'il attend, l'interrompit Carduus. C'est un homme important, mais je peux toujours lui demander de nous rejoindre pour régler ce petit problème.

Viburna pâlit. Nous savions toutes les deux à qui il faisait référence. Rubus était là. Et, en tant que seul Fey qui n'était plus concerné par la trêve qui nous empêchait tous de nous attaquer, il pourrait utiliser la magie et la violence pour obtenir tout ce qu'il voulait.

Je pouvais dire à Mulroney que Rubus se trouvait dehors, mais il était fort possible que cette fichue fée porte un nouveau glamour pour maintenir son anonymat.

— Viburna… sifflai-je, les dents serrées.

— Je… marmonna-t-elle avant que son expression se décompose et qu'elle détourne les yeux. Tout a l'air d'être en ordre d'un point de vue légal.

Quelle. Traîtresse. Alors voilà le nouvel ordre mondial. Maintenant que Rubus pouvait blesser, ou même tuer n'importe lequel d'entre nous, il aurait la permission de faire tout ce qu'il désirait. Même ceux comme Viburna, qui avaient un balai dans le cul, avaient trop peur de lui tenir tête.

L'espace d'un instant, j'avais hésité à demander que mes affaires, et la sphère en particulier, soient confiées à Viburna, mais de toute évidence, je ne pouvais plus compter sur elle. Ça n'avait jamais été le cas.

— La dernière fois que j'ai vu un truc comme toi, j'ai tiré la chasse, lui lançai-je d'une voix glaciale.

Ce n'était pas ma meilleure insulte, mais j'étais sous pression et elle avait compris. Carduus se contenta de sourire. Je jetai un coup d'œil à Mulroney et Jones.

— Sortez-la d'ici. Viburna Smith QC ne me représente plus.

Mulroney haussa les épaules. Mes décisions n'avaient sans doute aucune importance pour lui.

— Comme vous voulez.

La détective Jones, qui jusqu'ici n'aurait pas pu être décrite comme aimable ou serviable, nous jaugea tous du regard.

— Le gentil médecin vous attendra dehors, décréta-t-elle.

— Je ne crois pas que… commença Carduus, les sourcils froncés.

Elle le fusilla du regard et il s'exécuta. Je faillis sourire. Au moins, quelqu'un ici avait un peu de culot. Et tant que Rubus n'aurait pas la sphère magique entre ses mains, je n'abandonnerais pas tout espoir.

***

On m'enleva les menottes et me donna assez de papiers barbants à signer pour remplir la plus grande des poubelles. Un policier en uniforme me confia mes affaires dans un sac plastique sous scellé et je me détendis un peu quand je remarquai la sphère enfouie au fond. Les carottes n'étaient pas encore cuites, quelle que soit la personne qui m'attendait dans la rue.

— Il faut que j'aille aux toilettes, déclarai-je à voix haute.

Il me pointa la porte au bout du couloir. Je reniflai, pris le sac et partis dans cette direction. Je pouvais sentir les yeux de Carduus me brûler le dos dans la salle d'attente. Il pouvait mourir d'ennui s'il le voulait ; j'avais toujours pensé que c'était une fée sans intérêt, de toute façon.

Une fois dans les toilettes, je fonçai dans la cabine la plus proche et baissai la cuvette pour pouvoir m'asseoir. J'utilisai ensuite mes dents pour ouvrir le sac en plastique. Je fourrai mon portefeuille dans ma poche arrière avant de sortir prudemment la sphère.

Je n'y avais jamais autant fait attention avant. Elle faisait à peu près la taille d'une balle de golf avec une surface argentée, lisse et brillante. Elle était un peu chaude au toucher, mais rien n'indiquait que cet objet détenait le pouvoir de détruire des mondes. Bien sûr, un tel dessein ne lui avait pas été destiné.

Apparemment, Chen le dragon l'avait créée dans le but d'attirer la magie d'autres mondes dans celui-ci.

Il avait voulu trouver de nouvelles manières de localiser des trésors. Au grand malheur de l'humanité, un tel flot d'énergie perturberait l'équilibre de ce monde. Comme ce dernier était régi par la technologie, il ne le supporterait pas. Je ne connaissais pas les détails, mais j'avais conscience qu'utiliser la sphère ferait basculer cet endroit déjà précaire dans un déchaînement aux proportions apocalyptiques. La population de cette planète serait décimée.

Rubus voulait cet objet, car, grâce à lui, il pourrait rouvrir les frontières de Mag Mell, la terre natale des fées. Il se fichait de ce qui arriverait ensuite à ce monde.

Je soupesai la sphère dans chaque main et la fis rouler entre mes doigts, pensive. En théorie, j'aurais pu l'avaler, mais Dieu sait ce que ça aurait fait à mes intestins. Syndrome du côlon irritable ou sauver le monde ? En voilà un choix difficile. Je devrais peut-être d'abord explorer de nouvelles alternatives.

Je pouvais la dissimuler dans d'autres cavités. Il y avait deux choix possibles. Aucun n'était très tentant, mais, connaissant le dégoût de Rubus pour les microbes, ce serait plutôt amusant de le voir essayer d'obtenir la sphère et l'utiliser une fois qu'elle aurait rencontré mes… parties intimes. Je me pinçai les lèvres. Comme il me disséquerait avec joie pour la récupérer, ce n'était probablement pas une option valable.

J'hésitai à la laisser ici. Peut-être que je pourrais dénicher un coin poussiéreux pour la cacher, mais Rubus pourrait facilement envoyer des sbires pour la trouver. Je tapotai ma bouche. Non, je devais me montrer plus rusée. Heureusement, je l'étais ; il fallait juste que je me creuse un peu plus la tête pour qu'une solution se présente.

La porte extérieure des toilettes s'ouvrit et j'entendis des pas suivis par des roues. Un profond soupir et le léger son de la musique s'élevèrent un instant plus tard. Le bruit d'un vaporisateur me parvint à l'oreille. Curieuse, je me levai et déverrouillai ma cabine pour jeter un coup d'œil.

Une jeune femme se tenait dos à moi. Elle portait une combinaison sale et se servait d'un chiffon jaune pour essuyer l'un des miroirs au-dessus de la rangée de lavabos. J'utilisai mon pouvoir intense de déduction et me détendis un peu. Une femme de ménage. Avec des cheveux bleus, une silhouette fine et un goût terrible en matière de musique, certes, mais personne que je devrais craindre. Elle savait aussi danser, remuant son corps en rythme alors qu'elle frottait une tache tenace.

Comme elle portait des écouteurs, elle ne pouvait pas m'entendre, mais mon reflet me trahit. Elle sursauta, surprise de me voir dans le miroir, puis m'offrit un sourire rayonnant.

Je me levai, tirai la chasse et me dirigeai vers les lavabos. La femme, qui ne devait pas être âgée de plus de vingt-quatre ou vingt-cinq ans, me laissa de la place pour que je puisse me laver les mains. Avant qu'elle se tourne, je remarquai son badge d'identité : Charlotte Page. Poussière féérique nettoyage.

Je faillis pousser un cri. Eh bien, voilà ! C'était le destin.

— Sympas, tes cheveux, notai-je en me séchant les mains.

Elle ne m'entendit pas. Je lui tapotai l'épaule et elle leva les yeux, surprise. Elle retira ses écouteurs et pencha la tête d'un air interrogateur avec un petit sourire qui creusa des fossettes dans ses joues. Son nez retroussé était incroyablement mignon et s'ajoutait à son aura de gentille personne. Ce n'était pas étonnant qu'elle travaille pour Poussière féérique nettoyages ; elle ne ressemblait pas à la drogue pour laquelle j'étais réputée, mais plutôt à quelque chose que je voulais mettre dans ma poche et emporter partout.

— Sympas, tes cheveux, répétai-je.

Charlotte sourit.

— Merci. J'adore le bleu. Tu savais que ça avait été prouvé que les haltérophiles peuvent porter des poids plus lourds dans les salles de sport peintes en bleu ?

Je la fixai alors qu'elle riait et étirait ses bras. Elle se pencha ensuite vers moi et tapota son nez.

— Je vais t'avouer un secret au sujet de mes cheveux, murmura-t-elle avant de s'interrompre un instant. Ils ne sont pas naturels.

Je ris plus que je ne l'aurais dû. Je me détendis encore un peu. La petite demoiselle Charlotte Page avait un accent du Nord qu'on ne pouvait imiter. Ce n'était pas une fée qui portait un glamour ; elle était on ne peut plus humaine. Elle était aussi exactement ce qu'il me fallait.

Je vacillai légèrement, faisant semblant de tomber vers la gauche. Comme je m'y attendais, Charlotte tendit la main pour me stabiliser. À cet instant, je lâchai la sphère dans la grande poche sur la face avant de son tablier.

— Je suis désolée ! Je suis terriblement maladroite ! m'exclamai-je.

Elle me sourit à nouveau. Maintenant qu'elle avait atteint son but, elle commençait à m'agacer ; elle était presque trop attachante, malgré ses cheveux ridicules. Peut-être que c'était pour ça que nous avions toujours les yeux verts, nous les fées. La jalousie semblait être un thème récurrent.

— Pas de problème, babilla Charlotte.

Ouais, beaucoup trop joyeuse pour son propre bien. Pourtant, elle serait une mule parfaite. Je me félicitai de mon plan de génie et sortis des toilettes. J'avais fait tout ce que je pouvais pour l'instant.

Chapitre 4

Il aurait été drôle de courir vers Carduus d'un air joyeux, mais je ne pouvais pas lui laisser comprendre que je m'étais débarrassée de la sphère pour le moment. Alors que sa silhouette m'apparaissait, j'échangeai ma marche enthousiaste contre un traînement de pieds et des jambes raides. Il fallait que je paraisse aussi réticente que possible à le rejoindre. La sphère était peut-être en sécurité pour l'instant, mais pas moi.

Au moins, il n'y avait plus aucun signe de Viburna. Cette satanée avocate Fey avait fait suffisamment de dégâts.

J'avais presque atteint la porte quand la détective Jones me rattrapa. Elle saisit mon coude, ce qui me poussa à faire volte-face, et je faillis la gifler.

— Désolée, s'excusa-t-elle, même si elle n'avait pas l'air sincère. Je voulais juste vous parler avant que vous partiez. Je pense que vous avez fait quelque chose de bien. Votre médecin me file les chocottes, mais on ne peut pas contester une décision de la cour.

Ce n'était pas un ordre de la cour, mais une feuille de papier ensorcelée.

— Qu'est-ce que j'ai fait de bien ? m'enquis-je, agacée.

Ce n'était pas sa faute si elle était humaine et avait été trompée par les machinations des fées, mais je lui en voudrais tout de même.

— Vous avez aidé cet homme, déclara-t-elle. M. Mickelson.

L'espace d'un instant, je n'eus aucune idée de qui elle parlait. Je me grattai le crâne avant de réaliser.

— Oh, vous voulez dire Charrie le gobelin.

— Gobelin ?

Oh, oh… Moi et ma grande gueule.

— Gobelin ? répétai-je, comme si je n'avais jamais entendu ce mot.

— C'est ce que vous avez dit.

Je secouai la tête.

— Non, je n'ai pas dit ça. Vous devez entendre des voix, assurai-je avant d'estimer qu'il était temps de changer de sujet. Et nom d'un lutin, en quoi est-ce que je l'ai aidé ?

Elle fronça un peu les sourcils.

— Vous êtes vraiment amnésique.

Bon sang. Pourquoi personne ne me croyait jamais ? Je fis un geste d'agacement.

— Comme je vous l'ai dit.

— Sa famille nous a expliqué ce que vous avez fait. Sa femme. Et ses enfants. Ils ont tous raconté la même histoire.

Tendue à présent, je la jaugeai prudemment, à la recherche d'un signe de subterfuge.

— Qu'est-ce que j'ai fait, exactement ? demandai-je, hésitante.

— Il souffrait d'un cancer. Vous lui avez donné quelque chose pour… expliqua-t-elle avant de déglutir difficilement. Écoutez, je ne suis pas censée être d'accord avec l'euthanasie. C'est illégal, ici. Mais je ne pense pas que vous ayez fait quelque chose de mal.

— Cette bouteille que je lui ai donnée… soufflai-je face à l'évidence. C'était bien du poison.

La détective acquiesça.

— Sa femme a dit qu'il vous avait forcé à en trouver une. Il voulait mourir selon sa volonté. Vous avez coupé sa tête après pour faire croire à un meurtre pour qu'elle puisse quand même toucher l'assurance vie.

Euh…

— Bien sûr, ça n'explique pas ce qui est arrivé au corps, ajouta Jones en fronçant à nouveau les sourcils. Mais ça vous innocente. Vous ne l'avez pas forcé à boire le poison, il l'a fait de son plein gré.

Les forces de l'ordre me laissaient en liberté après avoir obtenu la preuve que j'avais donné une fiole toxique à quelqu'un, ce qui avait causé sa mort, et que je lui avais ensuite coupé la tête… En voilà, une drôle de journée. Les lois humaines étaient bien étranges.

— D'accord.

Je pointai Carduus du doigt ; il nous regardait à travers la porte en verre avec les yeux plissés.

— Je suppose que vous ne pouvez rien faire pour lui ?

— Non, je vous l'ai dit. Je suis désolée. Mais je pense que vous êtes quelqu'un de bien, Mlle Hatter.

— Je suis une très mauvaise personne.

— Je ne suis pas d'accord. Malavisée, peut-être, mais pas vraiment mauvaise.

Je posai mes mains sur mes hanches.

— Je suis une garce démoniaque. C'est déjà une évidence.

Puis je réalisai que débattre avec la police de ma méchanceté n'était pas vraiment une bonne idée, surtout maintenant que ma libération était décidée et que la sphère était plus ou moins en sécurité.

— Non, me repris-je. Vous avez raison. En fait, je suis plutôt héroïque.

— Vous l'êtes aux yeux de la famille de M. Mickelson, assura Jones avec un léger sourire. Ne tirez plus dans le ciel de notre ville.

— Je vais être internée, répondis-je. Je ne crois pas que j'en aurais l'occasion.

Elle grimaça.

— Ouais. Eh bien, j'ai entendu dire que les camisoles de force peuvent être plutôt confortables. Au moins, vous aurez une cellule bien matelassée.

Je la fixai. Elle me gratifia d'un sourire.

— Vous avez du cœur, fis-je remarquer.

Elle me répondit d'une révérence, puis plongea sa main dans sa poche et en sortit une petite carte.

— Juste au cas où, conclut-elle avec un sourire. Mon numéro est noté dessus.

J'avais le sentiment que la police avait assez échoué jusqu'ici ; je ne pouvais me fier qu'à moi-même, que ça me plaise ou non. Je la gratifiai d'un hochement de tête et attendis qu'elle presse le bouton pour ouvrir la porte. Marmonnant entre mes dents sans savoir si cette détective essayait d'être gentille ou méchante, je sortis.

Carduus fondit sur moi comme s'il était certain que je m'apprêtais à prendre mes jambes à mon cou. En sachant que les rues grouillaient sans doute de Fey loyaux à Rubus, ça semblait être une mesure plutôt inutile de sa part.

— Mlle Hatter ! s'exclama-t-il. On va vous ramener à l'hôpital et vous vous remettrez à merveille en un rien de temps.

Je levai les yeux au ciel. La seule personne présente pour l'entendre était l'officier de permanence et il avait l'air de l'intéresser autant qu'une maison arc-en-ciel plairait à un adolescent gothique.

— Ce sera loin d'être merveilleux, marmonnai-je.

Carduus gloussa et m'attrapa le bras.

— Tu es drôle, hein ?

Puis il rapprocha son visage du mien et baissa la voix.

— Où est cette putain de sphère, espèce de garce ?

— Eh bien, dis donc ! rétorquai-je. Et moi qui commençais à penser qu'on s'entendait bien.

Il me fusilla du regard et me tira hors du commissariat.

— Je ne sais pas à quoi tu joues, mais tu vas nous dire où est la sphère, tout de suite ! cracha-t-il dès que nous fûmes hors de portée de tout agent de police serviable.

— Pauvre Carduus. Tout ce temps et ces efforts que Rubus et toi avez perdus pour essayer de me piéger pour rien. Vous n'avez pas eu la sphère. Vous êtes toujours coincés ici, comme nous autres.

— Et on sait tous à qui la faute, hein ?

Sa malveillance était plutôt extraordinaire ; jusqu'ici, j'ignorais que sous cette façade ridée se trouvait une telle quantité de haine bouillonnante. C'était même un meilleur acteur que Rubus.

Je libérai mon coude et écartai les bras.

— Oui ! Oui, on sait ! J'ai fermé les frontières ! J'ai coincé tout le monde ici ! Mais ça n'excuse pas ce que vous faites. Si vous utilisez la sphère, vous détruirez ce monde. La magie n'est pas censée prospérer, ici. Si vous l'emmenez, vous mettrez fin à la vie de millions… non, de milliards de personnes.

— Depuis quand tu es devenue une sauveuse de l'espèce humaine ? ricana Carduus. La seule personne qui t'a toujours importé, c'est toi, Madrona. Maintenant, donne-moi la sphère.

Je haussai les épaules.

— Je ne l'ai pas.

— Bien sûr que si !

— Non.

Du coin de l'œil, je vis plusieurs portières de voitures s'ouvrir de l'autre côté de la rue. De nombreux Fey, que je reconnus pour la plupart, sortirent. Rubus en faisait partie. Il était pâle ; il ne s'était pas encore remis de son empoisonnement volontaire au rowan. Quoi qu'il en soit, il m'offrit un sourire mauvais. Je pris un air ravi et lui fis signe de la main. Mes actions ne semblèrent pas améliorer son humeur.

— Fais le clown autant que ça te chante, grogna Carduus. Est-ce que tu as une idée de ce que Rubus te fera si tu ne lui donnes pas la sphère ? Je ne suis peut-être pas ton plus grand fan, mais je te rends service. J'essaie de t'aider, Madrona. Tu éviteras souffrance et angoisse si tu nous la donnes.

— Je ne peux pas donner ce que je n'ai pas, répondis-je d'un ton plat.

— Tu penses être maline. Tu te fais enfermer, tu offres la preuve vidéo pour rester en prison, tu utilises Viburna comme avocate… Ton problème, c'est que tu n'es pas aussi intelligente que tu le penses. Le fait qu'on ait pu te mettre de la poudre aux yeux et te faire croire que Mendax le dragon existait prouve que tu as la capacité cérébrale d'une limace.

J'y réfléchis un instant.

— Très bien, concédai-je. Mais tu dois admettre que je suis plutôt sexy, pour une limace.

Puis je repensai à ce qu'il venait de dire.

— Attends. Ce n'est pas vous qui avez donné la vidéo à la police ?

— Pouah…

Il m'attrapa à nouveau et me tira de l'autre côté de la rue, en direction de Rubus. Nous avions à peine atteint le milieu de la route qu'une autre voiture apparut, dérapant pour s'arrêter et nous bloquer le chemin.

Morgan en sortit, le corps tendu et l'expression sombre. Je souris. Mon héros !

— Lâche-la, Carduus, ordonna-t-il.

Je m'attendis au grondement du tonnerre pour souligner ses mots. Le ciel arborait en effet une couleur grise inquiétante, mais pas même le son d'un véhicule qui peinait à démarrer ne venait troubler le silence. Dommage.

Le scientifique Fey retroussa les lèvres.

— Non.

— Fais-le.

— Sinon quoi ? Tu ne peux pas me faire de mal. Tu ne peux rien faire pour m'arrêter, cracha Carduus avant de pointer son doigt osseux sur Rubus. Ton frère, lui, si.

Comme pour appuyer ses mots, ce dernier sourit et fit un signe de tête. Un instant plus tard, Viburna fut tirée d'une voiture et se débattait. Mon estomac se retourna. Il avait dû l'attraper dès qu'elle avait quitté le commissariat. Il y avait une marque rouge sur sa joue et la forme des doigts se dévoilait sur sa peau pâle. Pour s'en vanter, pensai-je avec dédain. Il voulait nous rappeler qu'il était le seul Fey en ce monde apte à faire du mal à un autre.

— Je crois qu'une petite démonstration s'impose ! s'exclama-t-il. Au cas où vous auriez oublié ce dont je suis capable, maintenant. Grâce à toi, petit frère.

Son sourire s'agrandit. Carduus me lâcha le bras.

— Tu peux mettre fin à tout ça, Madrona. Donne-nous la sphère et on relâchera Viburna.

Je me détournai de lui pour me concentrer sur Morgan.

— Je ne peux pas vous la donner.

— Ne le fais pas.

Son regard se durcit et il se tourna pour s'adresser à Rubus :

— On ne négocie pas avec les terroristes. D'ailleurs, qu'est-ce que tu comptes faire ? On est devant un commissariat.

Son frère explosa de rire.

— Comme si j'en avais quelque chose à faire ! Je suis censé avoir peur de quelques humains qui portent des uniformes ridicules ? Notre cause est plus importante que tout ce qu'ils pourraient faire.

Ses yeux verts, si semblables à ceux de Morgan, s'illuminèrent.

— Tu peux toujours me rejoindre. Il n'est pas trop tard pour entrer dans l'équipe qui nous ramènera à Mag Mell et qui remettra tout en ordre. On s'en fiche, des humains. Ce sont des êtres inférieurs. Mais nous, les fées, on mérite mieux.

— Tu es mégalo.

Un sourire en coin s'étira sur les lèvres de Rubus.

— Tout comme ta petite amie. Je vais considérer ça comme un non. Souviens-toi de ça à l'avenir quand tu penseras à Viburna. C'était ton choix.

Il fit un signe de tête vers moi avant d'ajouter :

— Et le tien.

Même à cette distance, je voyais Viburna trembler. Elle se mit à reculer, les paumes levées dans une tentative désespérée de prendre la fuite.

— Ne me faites pas de mal ! Je n'ai rien fait ! Je n'ai pas la sphère ! Madrona devrait l'avoir. C'est à elle qu'il faut parler. Je n'ai rien à voir avec tout ça !

Morgan amorça un mouvement vers elle, mais plusieurs sbires de Rubus bondirent pour l'empêcher d'avancer. Quant à Rubus, il se rapprochait d'elle.

— Laisse-la tranquille ! hurlai-je. Ce n'est pas elle qui t'intéresse !

Rubus ne la lâcha pas des yeux.

— Elle va m'aider à arriver à mes fins.

Je fis un geste désespéré aux autres Fey.

— Vous allez vraiment le laisser faire ça ? Vous allez le laisser faire du mal à l'une des nôtres sans raison ?

Ils étaient nombreux à paraître mal à l'aise ; le doute apparut même dans certains regards.

Avec suffisamment de temps, je pouvais faire en sorte qu'ils réalisent que ce n'était pas correct.

— La trêve existe pour une bonne raison ! On n'est pas censés se battre ! criai-je.

— Alors, donne-moi la sphère, Madrona, répondit calmement Rubus. Tu peux mettre un terme à tout ça.

— Je n'ai pas la sphère ! La police l'a toujours !

Il secoua la tête. Il n'était plus très loin de Viburna, à présent. Elle se retrouvait coincée contre un mur en briques et n'avait aucune échappatoire.

— Ils ont dû te la rendre quand tu as été libérée.

— Madrona ! s'écria Viburna. Aide-moi ! Donne-lui la sphère !

Même si je l'avais eue sur moi, j'aurais refusé. Je n'avais aucune envie de voir Rubus la blesser, mais son bien-être n'égalait en rien celui de la planète Terre.

Rubus l'atteignit, positionnant son corps de sorte que tout le monde puisse voir ce qu'il faisait. Il tendit la main et caressa sa joue du bout de son index.

— Pauvre Viburna. Je n'ai aucune envie de faire ça, tu sais. Mais c'est pour notre bien à tous. La sphère nous sauvera tous. Combien de temps tu penses qu'on pourra encore supporter de vivre ici ? La douleur physique empire de jour en jour. Si l'on retourne à Mag Mell, toutes nos souffrances se volatiliseront. Une fois que ça arrivera et que les frontières seront réouvertes, on pourra réparer les dégâts. Je ne vais pas mentir. Utiliser la sphère causera des problèmes à ce monde. Mais ils en ont déjà tout un tas. En fin de compte, je crois que ça leur fera plus de bien que de mal. Tu le vois, n'est-ce pas ?

Un sourire doucereux s'était étiré sur ses lèvres.

Viburna acquiesça avec vigueur. À cet instant, elle aurait été d'accord avec tout ce qui aurait pu lui permettre de s'en sortir.

— Oui. Je le vois, Rubus. Laisse-moi partir et je persuaderai Madrona de te donner la sphère. Tu peux me faire confiance. Après ça, tu pourras l'utiliser, on pourra tous rentrer chez nous et tout ira bien.

L'expression de Rubus se voila d'un brin de tristesse.

— Je ne pense pas que tu puisses la persuader. Du moins, pas avec des mots.

— Morgan, l'interpelai-je d'une voix tendue.

L'intéressé déglutit.

— Je sais, souffla-t-il avant de se racler la gorge. Rubus, laisse-la partir. C'est à moi que tu devrais t'en prendre, et à personne d'autre.

Rubus passa sa langue sur ses dents.

— Il faut que je m'assure que vous voyiez ce dont je suis capable. Il faut que tout le monde le voie.

— On sait de quoi tu es capable ! hurlai-je. On n'a pas besoin de démonstration !

— Oh, Maddy… soupira Rubus. Je crois que si.

Il se tourna vers Viburna.

— Je n'en tire aucun plaisir, ma belle.

Sans prévenir, il sortit une dague courbée et l'enfonça dans son cœur.

Aucun cri ne s'éleva ; Viburna n'en eut pas le temps. Elle écarquilla les yeux de douleur et ses lèvres s'entrouvrirent, le souffle coupé. Puis elle s'effondra, la lame toujours en elle.

Morgan poussa un gémissement étranglé. Il bondit en avant, et même le mur de Fey ne l'arrêta pas, cette fois. Il les bouscula pour se frayer un passage. Je lui emboîtai le pas, ignorant le ricanement de Carduus derrière moi.

— Tu ne peux pas m'atteindre, frérot, le nargua Rubus en se baissant pour retirer la dague du corps de Viburna.

Il lui jeta un regard triste, comme si la tuer ne relevait vraiment pas de sa volonté, puis essuya son sang sur sa cuisse.

Morgan gronda et attaqua, mais Rubus avait raison. La trêve, avec ses liens magiques invisibles, le retint. La douleur se lit sur son visage devant ses efforts pour la surmonter, pour franchir la barrière du sort. Ça ne l'avança à rien.

Rubus sourit. Un instant plus tard, il se jeta sur son frère. Il l'attrapa, le fit tourner et lui plaqua la lame sous la gorge.

— Tu as refusé de sacrifier la sphère pour sauver Viburna, roucoula-t-il. Mais je parie que tu le ferais pour sauver Morgan.

Je dérapai pour m'arrêter à quelques mètres d'eux. Je serrai les poings et le fusillai du regard.

— Lâche-le, espèce d'enfoiré.

Rubus fronça les sourcils.

— Laisse-moi y réfléchir un instant…

Il s'interrompit quelques secondes et son expression se durcit.

— Euh, non. Donne-moi cette fichue sphère.

— Non, intervint Morgan. Ne fais pas ça.

Pourquoi ma bouche était-elle aussi sèche ? Je déglutis difficilement.

— Morgan, murmurai-je. Tu es trop bien pour moi. Mais ton frère a raison : je t'aime.

Peut-être. En tout cas, il était clair que je le désirais.

Ma déclaration, sincère ou pas, énerverait Rubus. Tout ce qui pourrait le faire sortir de ses gonds était bon à prendre. Je m'humectai les lèvres et adoucis mon ton :

— Mais c'est parce que je ressens ça pour toi que je ne peux pas lui donner la sphère.

Le corps de Morgan s'affaissa un peu ; le soulagement traversa son regard malgré la prise serrée de Rubus autour de son cou.

— Il n'aura pas une mort aussi facile que celle de Viburna, me prévint son frère. Je vais m'assurer qu'il souffre. Et que tu en sois témoin.

Un cri s'éleva derrière nous. L'un des policiers avait enfin décidé de jeter un coup d'œil par la fenêtre et réalisé que quelque chose se tramait dehors. Bon sang, qu'est-ce qui leur avait pris tant de temps ?

— Qu'est-ce qui se passe, ici ?

— Juste une petite démonstration ! répondit Rubus.

Presque sur le champ, trois Fey se dépêchèrent de traîner le corps de Viburna dans l'une des voitures pour le dissimuler.

— Pas d'inquiétude ! ajouta-t-il avant de se tourner vers moi. Je tuerai ces humains encore plus facilement que Viburna, Madrona. Je ferai tout pour que les nôtres rentrent à la maison, et tu le sais. Il faut que tu me donnes la sphère tout de suite, ou ça se finira en bain de sang.

Je ne croyais pas une seule seconde qu'il bluffait, mais ça ne signifiait pas que moi, je ne pouvais pas.

— Oh, Ruby baby… soupirai-je. Tue ces humains. Je m'en fiche. J'essaie de t'empêcher de prendre la sphère parce que c'est ce que Morgan veut que je fasse. Ça m'est égal que quelqu'un d'autre que lui vive ou meure. Mais je n'ai vraiment pas la sphère.

Je plongeai mes mains dans mes poches pour en sortir mon portefeuille, puis je l'ouvris pour qu'il voie qu'il était vide.

— Je veux bien me déshabiller si tu veux, mais je ne l'ai pas.

Rubus me fixa. Tout comme Morgan. J'en déduisis qu'ils espéraient tous les deux que je leur fasse un strip-tease tout de suite.

— Tout le monde à terre, les mains derrière la tête ! rugit une autre voix.

Apparemment, la police prenait les devants. Néanmoins, ils avaient trop de retard, même si tout se passait sur le pas de leur porte.

— Je tuerai quiconque se mettra en travers de mon chemin, cracha Rubus. C'est ta dernière chance.

— Tu ne peux pas faire ça, Maddy, siffla Morgan.

Je l'ignorai.

— Relâche Morgan et je viendrai avec toi, Rubus. Comme ça, la police ne sera plus impliquée et ça ne dégénèrera pas plus.

— Mais je veux que ça dégénère, soupira Rubus. Tu ne vois pas ?

Nom d'un lutin. J'arrivais à court d'options.

— Je…

Soudain, et sans prévenir, le ciel s'assombrit. Un retentissement étouffé suivit et le sol se mit à trembler. Je perdis l'équilibre et basculai en avant sur le trottoir ; je n'étais pas la seule. Tout le monde fit de même.

J'ignorais complètement ce qui se passait, mais je ne pouvais pas laisser cette occasion m'échapper.

Je fis une roulade dont un professeur de gymnastique aurait été fier, attrapai Morgan et tirai sur sa jambe. Rubus m'aurait sûrement arrêtée sans le bruit de cavalcade au-dessus de sa tête. Une seconde plus tard, une masse brune ondulante apparut au sommet du mur et tomba en cascade sur lui. Ce fut grâce aux moustaches et aux queues traînantes que je réalisai la nature de cette étrange vague. Des rats. Par centaines.

Rubus poussa un cri, se roula en boule et se couvrit le visage. Il relâcha sa prise sur Morgan. La nuée de rongeurs déferla sur lui et atteignit les pieds de ce dernier au moment même où je le tirais vers moi. Je l'aidai à se relever d'un coup sec et nous prîmes tous les deux nos jambes à notre cou.

Des glapissements et des hurlements résonnèrent, venant de cette rue, mais aussi des autres. L'horrible puanteur des eaux usées flotta dans l'air. Je jetai un coup d'œil à ma droite et aperçus le liquide souillé bouillonner dans les canalisations alentour.

— Voiture ! haleta Morgan. À la voiture !

Heureusement, il l'avait laissée au beau milieu de la route. Un ou deux sbires loyaux à Rubus tentèrent de nous arrêter sans conviction, mais la plupart avaient leur propre problème. Des lamentations s'élevèrent et, comme pour aider l'armée de rats qui avançait toujours, un essaim de corbeaux apparut, piquant et plongeant sur quiconque se montrait assez bête pour rester à découvert.

Je poussai Morgan sur le siège passager, contournai la voiture en courant et bondis du côté conducteur. Je claquai la portière juste avant que la marée de rongeurs nous atteigne. Quelques bruits sourds s'écrasèrent sur le toit du véhicule alors que les oiseaux ne cessaient de fondre sur nous.

Je ne pris pas le temps de me poser des questions sur la provenance de ces créatures mystérieuses et de ces événements anormaux. J'enclenchai l'embrayage et fonçai.

Chapitre 5

Ignorant les doubles lignes jaunes, je m'arrêtai devant le bar Metropolitan et coupai le moteur. Morgan s'agrippait à l'accoudoir avec tant de force que je dus décoller ses doigts et l'aider à détacher sa ceinture.

— Je suis désolée pour Viburna. Je sais que Rubus a tué le frère de Finn, Jinn, de sang-froid, mais je ne pensais pas qu'il ferait une telle chose à une autre fée. C'était ton amie, et je m'en excuse.

Mes propres mots me surprirent. J'avais l'air sincère. Nom d'un lutin, j'avais l'impression de l'être.

Morgan acquiesça, même s'il ne semblait pas se résoudre à parler d'elle. Il leva la tête vers le ciel.

— Ça se dégage, fit-il remarquer d'une voix rauque.

Je jetai un coup d'œil. Il avait raison ; quelques rayons de soleil perçaient les nuages et les choses avaient l'air de revenir à la normale. Il fallait reconnaître que les rues étaient désertes, mais plus aucun rat ne surgissait et nous ne devions plus éviter les corbeaux-missiles.

— Allons à l'intérieur, le pressai-je. On ne sera peut-être pas plus en sécurité dans le bar, mais au moins, il y aura de la vodka. Je ne dirais pas non à un verre d'alcool fort.

Il se tourna vers moi.

— À trois.

— Trois. Deux… commençai-je avant d'ouvrir la portière. Un !

Nous bondîmes hors de la voiture. Une étrange odeur, presque sulfureuse, persistait dans l'air. Sinon, rien ne sortait de l'ordinaire. Cependant, inutile de prendre plus de risques ; je galopai vers la porte du pub et l'ouvris pour Morgan avant de le suivre à l'intérieur.

Je ne m'attendais pas à voir autant de monde. Au moins quarante paires d'yeux pivotèrent vers moi et la télévision, à plein volume jusqu'ici, fut tout de suite coupée. Mis à part Jodie, la barmaid humaine qui travaillait pour Morgan, et Julie, mon amie vampire vedette d'un feuilleton, tous les iris étaient verts comme la mousse.

Tous se relâchèrent, soulagés. En d'autres circonstances, j'aurais espéré une standing ovation et au minimum une douzaine de « hip, hip, hip, hourra ! » en chœur. Mais bizarrement, à cet instant, le cœur n'y était pas, même si c'était agréable de me retrouver face à des gens contents de me voir et pas prêts à amorcer un mouvement de recul.

— Tu as réussi ! s'exclama Jodie en se précipitant vers Morgan pour l'enlacer. Où est la sphère ?

Ce dernier me jeta un regard et je haussai les épaules. Je remarquai Paeonia, Timmons et Vandrake au fond dans la foule, mais il y avait au moins trente-sept autres Fey que je ne connaissais pas, ici.

— Je ne l'ai pas, annonçai-je.

Un homme vaguement familier se fraya un chemin vers nous.

— Où est Viburna ? s'enquit-il. Pourquoi elle n'est pas avec vous ?

Monsieur Cravate, sans la cravate qu'il portait la dernière fois que je l'avais croisé. Sa chemise était ouverte au niveau du cou et il avait l'air débraillé. Comme moi. Je grimaçai ; il était avec Viburna lors de notre première rencontre. Je me creusai la tête pour me rappeler son nom. C'était le moins que je puisse faire.

— Opulus, soupira Morgan. Elle…

Ce n'était pas juste que Morgan doive annoncer la mauvaise nouvelle.

— Elle est morte, finis-je pour lui.

Qu'Opulus me haïsse d'être la messagère ; j'estimais que Morgan avait besoin d'une pause.

Plutôt que se mettre en colère, Opulus sembla diminuer sous mes yeux. Son corps s'affaissa sur lui-même. Je pris une chaise et la lui tendis. Il la remarqua à peine et s'effondra dessus.

Un murmure de choc traversa la salle.

— Comment ? demanda quelqu'un. Était-ce à cause de ce qui s'est passé dehors ? Avec le ciel et…

Je secouai la tête.

— C'était Rubus. Rubus l'a tuée.

L'horreur se dessina avec clarté sur les visages de l'assemblée.

— L'enfoiré !

— Comment ose-t-il ?!

— Il faut qu'on fasse quelque chose !

Depuis l'arrière du bar, quelqu'un toussa bruyamment et la silhouette imposante de Finn apparut. Je n'avais pas remarqué le Bonnet-rouge avant ; vu sa taille, rester discret, ce n'était pas son fort.

— Alors, ça vous touche ? demanda-t-il, la voix tremblante de rage. Ce n'était pas un problème quand il a tué mon frère, mais maintenant que ça concerne l'une des vôtres, vous décidez que vous devez agir ?

— Le grand homme aux oreilles de chou-fleur soulève un point important, intervins-je.

Un des Fey de l'assemblée poussa un sifflement colérique dans ma direction.

— Comme si tu pouvais parler. Tu as travaillé pour lui ! Elle pourrait être une espionne, Morganus ! Sors-la d'ici !

Morgan se frotta les yeux avec ses mains.

— C'est l'une des nôtres. Laissez-la tranquille.

— L'une des nôtres ? Tu as vu ce qui est arrivé au ciel ? Et aux animaux ? Ce n'est pas naturel. Je parie qu'elle a quelque chose à voir là-dedans.

Je jetai un regard noir à celui qui m'accusait avant de me redresser.

— Je ne suis pas née avec assez de doigts d'honneur pour vous faire savoir ce que je ressens à votre sujet à cet instant précis. Vous avez tous enterré vos têtes dans le sable en espérant que Rubus disparaîtrait. Au moins, j'ai essayé de faire quelque chose contre lui. Vous voulez tout me mettre sur le dos ? Allez-y. Je mérite beaucoup de vos critiques. Mais vous plaindre de moi maintenant ne va pas vous aider. Vous avez eu dix ans pour faire quelque chose contre lui. Certains d'entre vous ont pris de la poussière féérique et vous vous êtes contentés de lui sourire poliment, ajoutai-je en les fusillant du regard.

— C'est toi qui nous as vendu cette fichue poussière ! hurla une voix courageuse.

Je posai mes mains sur mes hanches.

— Ouais, rétorquai-je. Je l'ai fait. Ce n'est pas comme si je m'en souvenais. Mais vous auriez pu dire non. Vous êtes comme une bande de sorcières : vous murmurez, vous complotez, mais vous ne faites rien. C'est toujours aux autres de prendre la responsabilité d'arranger les choses. C'est la faute de quelqu'un d'autre et les autres devraient faire en sorte d'adoucir vos vies. Ce n'est pas votre faute si on est coincés ici. Ce n'est pas votre faute si Rubus est un putain d'enfoiré. Mais c'est peut-être à vous de faire quelque chose. On est tous des fées. En n'agissant pas plus tôt, on a tous une part de responsabilité. Arrêtez de vous demander qui blâmer et commencez à réfléchir à ce qu'on peut faire. Vous avez eu assez d'avertissements. Comme l'a dit Finn, son frère a été tué par Rubus aussi froidement que Viburna. Où étiez-vous quand c'est arrivé ? Ce n'est peut-être pas un Fey, mais c'est quand même l'un des nôtres ! Si vous n'arrêtez pas de jacasser, vous feriez mieux de sortir d'ici.

La mâchoire de Finn en tomba. Julie applaudit. D'autres se tournèrent vers Morgan, comme s'ils attendaient qu'il me rabroue ou m'envoie dans ma chambre, privée de dîner.

Il me regarda, la lueur d'un sourire dans les yeux.

— Madrona a raison, déclara-t-il. À moins que vous ayez des idées révolutionnaires pour mettre Rubus en échec, alors vous pouvez tous vous taire. On a des préoccupations plus importantes que votre égo.

J'acquiesçai avec joie.

— Il n'y a pas assez de place ici pour d'autres égos que le mien.

Morgan grogna entre ses dents.

— N'abuse pas, Maddy.

Je haussai les épaules ; j'étais honnête, voilà tout.

— On n'est pas en sécurité, dehors. Vous avez vu ce qui s'est passé ? demanda Paeonia en pointant l'écran de télévision silencieux. C'est le chaos, là-bas !

— Au cas où vous l'auriez oublié, on en vient, souligna Morgan. Quoi que ce soit, c'est passé. Rentrez chez vous. Réfléchissez à ce qu'on peut faire pour arrêter Rubus. Sinon, ne vous mettez pas en travers de notre chemin.

Sa voix s'était durcie.

— Sévère, murmurai-je avant de sourire. Mais juste.

Morgan inspirait de toute évidence plus le respect que moi. Un par un, les Fey commencèrent à se disperser. D'abord lentement, comme s'ils ne croyaient toujours pas qu'il était prudent de partir, puis plus vite quand ils réalisèrent que si. En quelques instants, il ne restait plus que certains d'entre nous.

Julie fit claquer ses lèvres.

— J'ai besoin d'un verre.

Vandrake s'humecta aussi les lèvres, mais c'était un toxicomane en sevrage. Je ne pensais pas qu'échanger une substance contre une autre était une bonne idée, quelles que soient les circonstances.

— Encore du gin ? soupira Jodie. Tu n'en as pas eu assez ?

— Pas de gin, répondit Julie avec une grimace. Pour être honnête, je me sens bizarre. J'ai besoin de sang.

Finn contourna le bar pour la rejoindre.

— Je vais te ramener à la maison pour en chercher. On peut revenir plus tard.

Il me jeta un coup d'œil.

— Merci, me dit-il. Je suis très reconnaissant pour ce que tu as dit.

— Je ne l'ai pas fait pour toi, reniflai-je.

Sa réponse fut silencieuse.

— C'est pour ça que je te remercie.

Sans se retourner vers moi, il aida Julie à se lever et ils sortirent tous les deux.

Quelque peu agité, Timmons s'avança.

— J'aimerais rester et aider, si c'est possible. À vrai dire, je ne vais peut-être pas être d'une grande aide, mais j'aimerais essayer.

Il se mordit la lèvre et me jeta un regard nerveux.

— Un jour, quelqu'un m'a dit que je devais m'imposer.

Je le gratifiai d'un immense sourire.

— Moi, pas vrai ? C'était moi ? Je crois que c'était moi.

Je regardai les autres.

— Et lui ? souffla Jodie. Et Opulus ?

L'intéressé était toujours affalé sur la chaise que je lui avais donnée. En fait, il avait l'air d'un comateux.

Morgan fronça les sourcils.

— Laisse-le. Il se reprendra quand il en aura envie. Laisse-lui du temps. Au moins, ici, on peut l'avoir à l'œil et s'assurer qu'il va bien.

Opulus poussa un léger grognement et leva la tête. Des larmes non versées brillaient dans ses yeux.

— Je vais bien, murmura-t-il.

De toute évidence, c'était un mensonge.

— Je vais aller me chercher de l'eau dans une minute. Il faut juste…

Il s'étrangla, incapable de finir.

Nous acquiesçâmes tous. Voilà le problème, avec le deuil… tout le monde l'avait vécu, sous une forme ou une autre. Même si je ne me souvenais pas du contexte, une part de moi reconnaissait cette sensation.

Personne ne gérait ça de la même façon. Opulus ne voulait pas être seul, mais il ne voulait pas participer non plus. Ce qui était compréhensible. Pour prouver que je pouvais continuer à jouer la gentille fée pleine d'empathie, je posai ma main sur son épaule et la serrai.

— Se débarrasser des autres n'a pas seulement pour but d'éviter les disputes internes et les coups de couteau dans le dos, déclara Morgan. C'est aussi une question de confiance. Je sais que je peux confier ma vie à tout le monde dans cette pièce.

J'eus l'impression que mon cœur allait exploser. Enfin. Enfin, quelqu'un me faisait confiance.

— On ne parle pas que de toi, Maddy, alors arrête de sourire bêtement.

Je ne l'écoutai pas. Pourquoi le ferais-je ?

— Peut-être que tu devrais donner la sphère à l'un d'entre nous, continua Morgan dans un murmure. L'avoir en ta possession fait de toi une cible.

— Je ne l'ai pas.

Face à son regard, je levai les yeux au ciel.

— Je dis la vérité ! Tu viens de dire que tu me confierais ta vie, alors fais-moi confiance, au moins ! J'ai donné la sphère à une femme de ménage.

— Pardon ? s'étrangla Jodie, incrédule.

Je soupirai et expliquai ce qui s'était passé.

— Ça me semblait être la meilleure chose à faire, sur le moment. Je ne pouvais pas m'en sortir si je gardais la sphère. Et je ne m'attendais pas à ce que les dieux attaquent la Terre pour m'aider. J'ai juste utilisé mon génie intérieur. Je connais le nom de la femme et l'entreprise pour laquelle elle travaille. La sphère est en sécurité, pour l'instant. Il faut qu'on la retrouve et qu'on la récupère dès que possible, mais je crois qu'on peut respirer un peu.

— C'était intelligent, nota Morgan.

Je tirai la langue à Jodie.

— Tu vois ?

Elle fit claquer sa langue.

— En parlant de l'attaque des dieux… enchaîna-t-elle pour changer de sujet. C'était quoi, ça ? C'était à cause de toi ? Ou quelque chose qu'a fait Rubus ?

Je levai les mains.

— Je n'avais rien à voir avec ça.

— Rubus non plus, ajouta Morgan d'un air sombre. Il était plus terrifié que nous autres.

— Les rats l'ont reconnu comme leur frère d'esprit, suggérai-je. Ce qui se ressemble s'assemble.

Je pointai la télévision du doigt.

— Ce n'était pas qu'un événement localisé. Monte le son. Qu'est-ce qui se passe ?

Jodie jeta un coup d'œil à Morgan, comme si elle avait besoin de sa permission pour s'exécuter. Il la gratifia d'un bref hochement de tête. Cet homme avait l'air d'aimer garder les rênes courtes ; peut-être qu'il avait plus de choses en commun avec son frère qu'il ne le pensait. Ma bouche forma une ligne. Peut-être que c'était notre cas à tous, d'une certaine façon.

La voix du reporter s'éleva dans la pièce, rebondissant dans tous les recoins.

— Pour ceux d'entre vous qui viennent de nous rejoindre, il y a eu de nombreux rapports dans toute la ville de Manchester mentionnant de sérieuses perturbations. À Fallowfields, des inquiétudes ont été soulevées par des témoins qui ont parlé de douzaines de renards qui déambulent dans les rues. À Rusholme, plusieurs passants ont réussi à filmer ce qui semble être un éléphant rose qui cause des dégâts considérables.

L'écran changea et montra en effet un pachyderme qui détruisait la fenêtre de la terrasse d'une petite maison victorienne. Ma mâchoire en tomba. Voilà que l'expression de l'éléphant dans le placard prenait tout son sens.

— C'est impossible, souffla Jodie.

Vandrake se frotta les yeux.

— J'ai déjà vu un éléphant rose.

Nous détournâmes tous le regard de l'écran pour le fixer. Même Opulus tourna la tête. Quand Vandrake réalisa qu'il était le centre de l'attention, ses joues se couvrirent de rouge et il baissa les yeux.

— Je suis presque certain que c'était une hallucination, marmonna-t-il. Il se servait une tasse de thé et s'est assis dans mon fauteuil préféré.

Euh… D'accord.

— Fred Bellows du centre météorologique est avec nous, continua le journaliste. Fred, pouvez-vous nous expliquer ce qui se passe ?

Le visage d'un homme troublé vêtu d'une veste de costume débraillée et d'une cravate dont le nœud avait été fait dans la précipitation apparut sur l'écran de télévision.

— Bonjour, Tim. Je ne crois pas pouvoir expliquer l'éléphant rose. C'est un phénomène que nous, les météorologues, ne maîtrisons pas. En revanche, je peux confirmer qu'il y a eu un événement localisé dans la région de Manchester qui a affecté le ciel. Pour l'instant, nous pensons que c'était une petite tempête causée par un soudain courant d'air. Ça vaut aussi pour l'assombrissement du ciel. Ce n'est pas encore avéré, mais nous croyons aussi qu'un petit tremblement de terre a son rôle à jouer. C'est un événement inhabituel, mais pas impossible.

— Mais les déferlements d'animaux sauvages que les témoins ont vus ? Vous pouvez l'expliquer ?

— Eh bien, je ne suis pas un expert, mais il a souvent été rapporté que les animaux sont plus sensibles aux changements météorologiques radicaux et aux tremblements de terre que la population humaine.

— Est-ce qu'on devrait s'attendre à de nouveaux événements comme celui-ci ?

Le soi-disant expert secoua la tête.

— Oh, non. Il n'y a aucune raison de s'affoler. Ce n'est que Mère Nature qui nous rappelle qu'elle peut être lunatique de temps à autre.

Je poussai un grognement. Je pouvais être lunatique par moments, mais je ne pouvais pas faire apparaître d'éléphants roses.

— Éteins ça, Jodie, ordonna Morgan.

Il passa une main distraite dans ses cheveux et se dirigea vers le bar. Il se servit un grand verre de whisky et le descendit d'une longue traite. Jodie s'exécuta puis fit de même, avalant un verre de scotch plein sans grimacer. Comme je ne voulais pas être mise à l'écart de cette petite fête, je les rejoignis et attrapai la bouteille. Mais il me suffit d'une gorgée pour m'étouffer et balbutier.

Je m'essuyai la bouche du dos de ma main. J'allais peut-être éviter le whisky. C'était sûrement mortel pour quiconque n'avait pas de sang écossais. Je jetai un bref regard à Morgan et l'imaginai avec un kilt sans rien en dessous. Miam.

— Qu'est-ce qu'il y a, Maddy ? demanda-t-il. Tu as l'air d'avoir pensé à quelque chose d'important.

— Oui, répondis-je avec un hochement de tête en visualisant l'image de mes mains sur le sporran de Morgan.

Puis je me rappelai où j'étais et ce qui se passait. Je m'éclaircis la gorge et dessaoulai.

— C'est évident, n'est-ce pas ? Ça a un rapport avec nous. Avec la magie. Il n'y a pas d'autre explication, peu importe ce que Fred Bellows ou la BBC en pense.

Timmons se gratta la tête.

— Ça ne peut pas être la sphère. Elle n'a pas été activée, on le saurait tous.

Morgan se servit un autre verre de whisky. Je frissonnai.

— Je suis d'accord, répliqua-t-il. C'est de la magie, et pas la sphère. Mais ça ne vient peut-être pas des Fey.

— Peut-être que c'est l'esprit de Chen qui revient pour nous hanter, parce qu'on est des idiots, suggéra Vandrake.

— Tu es peut-être un idiot, mais pas moi, rétorquai-je. C'est impossible que ce soit notre faute. Comme je l'ai dit aux autres, c'est peut-être notre responsabilité, mais ce n'est pas notre faute. C'est impossible.

La porte du bar s'ouvrit à la volée et Artemesia apparut, à bout de souffle et dégoulinante de transpiration.

— C'est notre faute ! s'étrangla-t-elle. Tu as vu ce qui s'est passé dehors ? C'est à cause de nous !

Ses yeux passèrent d'une personne à l'autre à toute vitesse.

— Ce n'est pas tout. Ça va se reproduire.

Ses épaules se recroquevillèrent ; elle semblait sincèrement terrifiée.

— Je peux tous vous promettre une chose, continua-t-elle en ravalant son souffle. Ce n'est que le début.

Chapitre 6

Il nous fallut du temps pour calmer la nièce égarée de Carduus et l'encourager à nous expliquer ce qu'elle savait. Apparemment, elle avait installé un grand étalage d'équipements de tests dans son laboratoire de fortune. Elle faisait des expériences avec des systèmes d'alarme pour indiquer si et quand on trafiquait le pouvoir de la sphère. Lorsque le ciel de Manchester s'était assombri et qu'une sorte d'enfer s'était déchaînée sur la ville, elle s'était mise à l'action. Tout autant que le pouvait une apothicaire : je supposais qu'elle avait en fait couru vers des feuilles de papier et qu'elle avait noté des chiffres avec un crayon mordillé.

— Les tests sont concluants, déclara-t-elle.

Elle nous fixa comme si elle s'attendait à ce qu'on la contredise. J'étais tentée, pas parce que j'avais une raison de ne pas la croire, mais parce que ça aurait été amusant.

— De la magie Fey résiduelle persiste dans l'atmosphère, continua Artemesia. Elle s'est accumulée pendant des mois. Voyez ça comme un régulateur de pression. La magie a besoin d'une prise, et hélas, elle en a trouvé une. On a de la chance que personne n'ait l'air gravement blessé.

— Alors, tout va bien maintenant ? Ça n'arrivera plus parce que suffisamment de magie a été évacuée ? demanda Timmons.

— Non, soupira-t-elle. C'est difficile de vulgariser ces termes. En tant qu'êtres magiques dans un monde sans magie, notre présence cause une accumulation. On ne peut rien faire pour arrêter ça, si ce n'est quitter ce monde pour de bon.

Nous ricanâmes tous à ces mots. Si nous pouvions partir pour de bon, nous l'aurions déjà fait. Sauf Timmons ; il avait remplacé son nom Fey par celui d'un humain et m'avait avoué qu'il préférait vivre ici qu'à Mag Mell. Je supposais qu'en tant que manager d'un Travotel, les fournitures de toilette de l'hôtel lui convenaient tout autant que Morgan me comblait.

— En plus, on a utilisé la magie, continua Artemesia. Pas beaucoup, mais assez pour en ajouter dans l'atmosphère. Ce n'était pas dangereux jusqu'à quelques jours plus tôt, quand j'ai noté une utilisation de magie bien plus longue que tout ce que j'ai pu voir avant. Ça a semé la panique dans mes équipements. Bien sûr, tout le reste se passait en même temps et il m'a fallu un moment pour retourner au labo et le remarquer. Ce qui s'est produit aujourd'hui n'est qu'une décharge minime. Ce n'est qu'une question de temps avant que la ville atteigne à nouveau un niveau critique.

— Alors, il y aura de nouvelles décharges de la pression magique ? demanda Morgan d'un air sombre.

Artemesia acquiesça.

— Ouais. Et je pense que plus ça arrivera, pires elles pourraient être.

Ça n'annonçait rien de bon.

— Cette explosion de magie qui nous a fait dépasser la limite… intervint Vandrake, à l'écart. Tu peux savoir d'où ça vient ? Si on peut trouver sa localisation, on peut s'assurer que la personne qui a fait ça soit prévenue et ne recommence pas.

Les coins de sa bouche s'affaissèrent.

— En partant du principe que ce n'était pas une action délibérée de Rubus.

Artemesia grimaça.

— D'après moi, il n'y avait pas de localisation exacte. La magie a été libérée à plusieurs endroits de la ville. C'était sûrement une seule fée, et elle était en mouvement à ce moment-là.

La fureur assombrit le visage de Morgan.

— Les gens ne réalisent pas à quel point c'est dangereux d'utiliser notre magie dans ce monde ? On leur a dit à de multiples reprises. On a assez à gérer avec tout ce qui se passe avec la sphère. On n'a pas besoin que des fées inconscientes empirent les choses.

Soudain, un sentiment désagréable s'éveilla au fond de mon estomac.

— Quel jour est arrivée cette explosion de magie ? demanda Timmons.

Le nez d'Artemesia se plissa.

— Devine.

Morgan secoua la tête, excédé.

— Le jour où on a failli donner la sphère à Rubus. Ou plutôt, à son glamour de Mendax. C'est sûrement ça. C'est ça qui a dû causer le problème.

— Non, rétorqua-t-elle. C'était le jour où l'explosion s'est produite, mais le glamour que Rubus a créé a été alimenté par le rowan. C'est un ingrédient naturel qui vient de ce monde. Oui, il a étendu son glamour plus longtemps qu'il l'aurait dû, mais c'était un sort contenu. La magie dont je parle a été utilisée sans autre support. Quelle qu'elle soit, c'était sûrement un sort puissant qui n'a pas sa place ici.

Je me mordis la lèvre.

— Quelque chose comme, euh… l'altération du temps ?

Artemesia me sourit comme si j'étais sa meilleure étudiante. Elle claqua des doigts.

— Exactement !

Jodie exprima sa désapprobation.

— Altérer le temps est interdit. Je sais que ça arrive de manière occasionnelle, malgré les avertissements, mais jamais sur de longues périodes. Et tu ne m'as pas dit que très peu de fées l'ont déjà fait, Morganus ?

Les yeux de celui-ci se verrouillèrent aux miens.

— Si, répondit-il avant de s'humecter les lèvres. C'est un sort que j'ai utilisé une fois ou deux, mais jamais plus de quelques secondes.

Je détournai le regard du sien et fis de mon mieux pour avoir l'air innocente. J'étais occupée à sauver le monde ce jour-là, pas à le détruire. Promis !

— Maddy, souffla-t-il. Tu as déjà altéré le temps.

— Hmm…

— Maddy…

Je haussai les épaules.

— Ouais. Je l'ai fait. Mais surtout avant qu'on me dise que c'est dangereux.

Ce n'était pas vraiment un mensonge.

Jodie cracha un juron.

— Alors, c'était qui ? Comment on peut empêcher cette personne de refaire la même chose et d'empirer encore plus les choses ?

Morgan ne m'avait toujours pas lâchée des yeux.

— Je ne pense pas que ce sera un problème. Pas toi, Madrona ?

Je plongeai mes mains dans mes poches et me mis à siffloter. Ça fonctionnerait, pas vrai ? Quoi qu'il en soit, quand il parut évident que l'attention de tout le monde était portée sur moi, même celle d'Opulus, je cédai.

— D'accord, avouai-je. Il y a une possibilité, une toute petite possibilité, que ce soit ma faute.

— Évidemment, commenta Jodie en levant les yeux au ciel.

Je lui jetai un regard glacial.

— Hé, toi. Les choses seraient bien pires maintenant si je n'avais pas fait ce que j'ai fait. Je n'aurais pas pu atteindre la bibliothèque à temps pour empêcher Morgan de donner la sphère à Mendax si je n'avais pas ralenti le temps. Oui, c'était dangereux. Oui, c'était ma décision, et donc ma faute. Mais… ajoutai-je en levant mon index. Vous devriez me remercier. Si je ne l'avais pas fait, ce bar aurait été réduit en poussière et vous seriez morts. J'ai peut-être ralenti le temps plus longtemps que d'habitude, mais c'était un mal nécessaire.

— Tu aurais dû nous en parler ! s'emporta Artemesia. Tu aurais dû en parler à quelqu'un ! Si on avait été prévenus, j'aurais peut-être pu faire quelque chose pour empêcher la libération d'énergie. Maintenant, les jeux sont faits. C'est trop tard et la magie résiduelle s'est trop dispersée.

— Et j'étais censée en parler quand ? m'enquis-je. Juste m'être fait tirer dessus par la police ? Ou avant, quand j'essayais d'empêcher Rubus de déclencher une apocalypse ? J'avais d'autres chats à fouetter qu'enfreindre un peu les règles, tu sais.

Elle haussa les sourcils.

— Enfreindre un peu les règles ? Il y avait un éléphant rose qui semait la pagaille dans la maison des gens !

— Je sais, répliquai-je avec un sourire en coin. Ce n'est pas cool ?

Tout le monde me jeta un regard noir. Pas des fans d'éléphants roses, donc.

— Écoutez, je n'ai pas eu le choix. J'ai fait ce qu'il fallait. Voyons le bon côté des choses. Tous ces enfoirés loyaux à Rubus verront les dégâts que peut causer un peu de magie. Peut-être qu'ils réaliseront que les choses pourraient empirer si Rubus utilise la sphère et qu'un tsunami de magie se déchaîne.

— Ouais, rétorqua Jodie, sarcastique. Ou peut-être qu'ils penseront que ce monde est devenu trop instable et dangereux, et ils auront encore plus envie de partir.

Morgan s'affala sur une chaise. Il avait l'air plus épuisé que jamais.

— Combien de temps tu as ralenti le temps ? demanda-t-il.

J'essayai de réfléchir.

— Vingt minutes, peut-être ? Ça aurait pu être pire.

Artemesia poussa un long soupir.

— Ça aurait largement suffi.

Donc maintenant, en plus d'être responsable d'avoir piégé tout le monde dans ce monde, j'allais potentiellement le détruire.

En toute honnêteté, chaque fois que je cherchais à jouer les héroïnes, j'incarnais une méchante fantastique. J'allais devoir m'en souvenir la prochaine fois que je voudrais endosser ce rôle.

Les excuses ne m'allaient pas vraiment. Je me mordis la lèvre inférieure.

— Euh, excusez-moi ? soupirai-je. C'est clairement un travail pour la Madhatter. Comment je peux empêcher de nouvelles libérations d'énergie ? Dis-moi, je le ferai.

— J'ai déjà dit qu'on ne peut pas les arrêter, renifla Artemesia.

— Tout ce qu'on a à faire, c'est trouver un autre moyen d'évacuer la magie résiduelle. On ne peut pas creuser un trou dans le sol et l'y envoyer ? suggérai-je.

L'apothicaire me fixa.

— Et risquer de déstabiliser le noyau de la Terre ?

D'accord. Pas ça, alors.

— Eh bien, envoyez-la dans l'espace. Au-delà de l'atmosphère, ou quelque chose comme ça. Comment faire ça ?

— Vers le soleil ? Tu penses qu'il va se passer quoi, en admettant qu'on trouve un moyen d'y arriver ?

Je posai mes mains sur mes hanches.

— Laisse-moi tranquille. J'essaie de me concentrer sur la solution !

— Malheureusement, Maddy, tes solutions ont tendance à causer plus de problèmes qu'elles n'en résolvent, fit remarquer Morgan d'un ton traînant.

Un brin piquée par ses paroles, je lui jetai un regard noir.

— Tu veux dire que j'aurais dû te laisser donner la sphère à ton frère ?

— Je n'ai pas dit ça du tout. Mais je pense qu'à l'avenir, je devrais rester près de toi pour éviter d'autres… problèmes.

Je le rejoignis et attrapai sa main pour pouvoir la tenir. Puis je souris.

— Si tu insistes.

Jodie eut l'air vaguement dégoûtée, mais je n'imaginais pas la légère pression rassurante lorsque Morgan serra mes doigts.

Artemesia se gratta le crâne.

— Je vais continuer de chercher un moyen de gérer l'accumulation de magie, commença-t-elle avant de me jeter un regard. Pour ce que ça vaut, je crois que je me rapproche d'un antidote correct pour ton amnésie aussi, même si on devra mettre ça au second plan pour le moment.

Je me pliai de sorte à pouvoir m'asseoir sur les genoux de Morgan. Quels muscles ! Je le sentis sursauter sous moi et me tortillai un peu. Son corps se tendit en réponse. La magie n'était pas la seule qui devait trouver un moyen de relâcher la pression.

— À ce sujet, intervins-je. Il se pourrait que je me la sois auto-infligée.

Je parlai de la vidéo et de l'étrange liquide que j'avais bu juste avant de trancher la tête de Charrie au groupe.

Morgan posa ses mains sur ma taille.

— Tu travaillais bel et bien contre Rubus, à ce moment-là, souffla-t-il. Perdre la mémoire était le seul moyen d'éviter d'être forcée à révéler l'emplacement de la sphère.

— Il y a un moyen de le savoir, suggérai-je. Il faut que je trouve la famille de Charrie. Ils sont allés au commissariat et m'ont défendue, mais ils ont dû partir avant que je puisse leur parler. C'est en grande partie grâce à eux si j'ai été libérée, même si je ne le voulais pas. Ils auront des réponses.

— La police va revenir te parler, me prévint Timmons. Il y a eu du chahut devant leur QG. Ils ne vont pas laisser passer ça.

— Vu ce qui s'est passé avec les éléphants, les rats et tous ces autres trucs, ils sont sûrement débordés. Mais, oui, ils vont revenir, répondis-je en acquiesçant. Ils voudront aussi parler à Rubus. Il est évident que c'est lui qui a causé toutes ces agressions. Ils ne peuvent pas l'ignorer.

— Il s'en sortira avec de belles paroles, marmonna Morgan. Comme toujours.

À contrecœur, je me levai et m'éloignai de la chaleur de son corps.

— Il va aussi se cacher. Je devrais faire ça aussi.

Jodie haussa un sourcil, sceptique.

— Je pensais que tu voulais être arrêtée.

— Seulement pour protéger la sphère et faire en sorte qu'elle reste entre les mains de la police. Là, ça n'arrivera pas.

— Parce que tu l'as donnée à une femme de ménage, tu veux dire.

— Ouais. C'est vrai. Donc elle est loin des griffes de Rubus, pour l'instant, du moins. N'hésitez pas à vous prosterner devant moi en gage de votre gratitude.

Artemesia secoua la tête.

— Je n'ai pas le temps pour ces conneries. Je vais retourner à mon laboratoire pour essayer de trouver une solution à l'accumulation de magie.

Morgan lui sourit.

— Bonne idée. Madrona et moi, on va chercher la famille de Charrie. Jodie et Timmons, vous devriez chercher cette femme de ménage, Charlotte Page. Vous avez moins de chances de l'effrayer que nous autres.

Vandrake, qui était resté plutôt silencieux jusqu'ici, intervint :

— Je vais prendre soin d'Opulus. Je m'y connais un peu en douleur. Et je devrais sûrement nous trouver un autre endroit où nous cacher. La police humaine ne va faire qu'entraver nos efforts pour résoudre tous ces problèmes. Plus longtemps on pourra les éviter, mieux ce sera.

J'y réfléchis.

— En fait, j'ai quelques idées à ce sujet.

— Ne t'embête pas, murmura Jodie.

Je reniflai.

— Ma belle, tu aimerais avoir mes capacités cérébrales.

— Deux mots, Madrona. Ta. Faute.

Je ne pouvais pas vraiment prétendre le contraire. Je haussai les épaules.

— Une vie loin d'être ordinaire.

Morgan poussa un rire à peine audible.

— Le dernier mot que j'utiliserais pour te décrire, c'est ordinaire.

Je fis une révérence. Je fis aussi mine de ne pas être affectée de savoir que toutes ces conneries relèvent de ma responsabilité.

Chapitre 7

Les rues de Manchester étaient toujours plongées dans le silence quand Morgan et moi nous aventurâmes dehors. Je croisais les doigts pour rencontrer un autre éléphant rose ; en voir pourrait tout aussi bien être un signe de la fin du monde, mais au moins, je pourrais passer mes derniers instants à défiler avec lui et lui donner des cacahuètes. Et, admettons-le, je n'obtiendrais rien de plus en me décarcassant pour éviter l'apocalypse.

— Comment tu sais où sera la famille de Charrie ? demandai-je à Morgan.

— Je ne le sais pas, répondit-il. Mais je connais quelqu'un qui saura. Les gobelins forment une communauté très soudée. Ça a été aussi difficile pour eux que pour nous quand les frontières entre les mondes se sont fermées et ils ont fait face à quelques milliers de fées qui se mettaient en travers de leur chemin. Ils ont tendance à rester entre eux. C'est plus facile d'éviter d'être soupçonné de ne pas être humain en évitant de passer trop de temps avec eux. Quand on s'est pointés et qu'on n'est pas partis comme on le faisait d'habitude, les gobelins se sont renfermés.

— Pas entièrement, soulignai-je. Charrie travaillait pour Rubus.

— Il y a toujours un ou deux individus dans toute communauté qui y dérogent, rétorqua-t-il en me jetant un regard. Tu devrais le savoir.

Comme je ne répondis pas tout de suite, il ajouta :

— Le chemin le moins fréquenté peut être très attirant pour ceux qui sont uniques.

— Hmm…

Je n'étais pas convaincue que ce soit un compliment, même si c'était son intention.

— Sauf que mon chemin est plein de mauvaises herbes et de plantes carnivores.

Les lèvres de Morgan s'étirèrent.

— Et tu es une fleur sauvage étrange, sensationnelle, mais incroyablement rare et merveilleuse.

Je m'arrêtai. Ce n'était pas l'endroit, et encore moins le moment. Mais certaines choses devaient être dites et, à la lumière des nouvelles révélations, je n'étais pas sûre de pouvoir me taire plus longtemps.

— Écoute, commençai-je, le regard rivé sur Morgan alors qu'il faisait halte lui aussi. Je sais qu'on a un passif. Pas une histoire très plaisante en plus, vu que je t'ai trahi et que j'ai filé avec Rubus. Je sais que je suis très désirable et d'une grande intelligence, et n'importe quel homme aurait de la chance de m'avoir. Mais on ne peut pas ignorer le fait que je suis méchante.

Morgan ouvrit la bouche pour répondre, mais je levai la main.

— S'il te plaît, laisse-moi finir.

Il pencha la tête.

— D'accord, souffla-t-il.

— C'est à cause de mes actions que plus d'un millier de fées sont coincées ici. Que je l'aie voulu ou non, et que je puisse m'en souvenir ou pas, ces problèmes ont commencé à cause de moi. Je sais que tu as déjà dit que ça n'avait pas d'importance, mais si.

Je pris une profonde inspiration.

— Ça a de l'importance. Je ne suis peut-être pas responsable du meurtre de Charrie, en fin de compte, mais on ne peut pas nier que j'étais impliquée dans sa mort. Et il y a ces nouvelles révélations qui disent que je suis responsable du débordement de magie dans cette ville, ce qui a causé une catastrophe. Artemesia semble plutôt convaincue que ça va se reproduire. Encore. Et encore. Alors, même si on peut en mettre une grande partie sur le dos de Rubus, il en est probablement de même pour moi.

Les yeux verts de Morgan soutinrent les miens sans flancher, même si je remarquai le petit tic du muscle au niveau de sa joue.

— Où tu veux en venir ? demanda-t-il.

— Au risque d'avoir l'air d'une collégienne irascible qui manque de confiance en elle, est-ce que tu m'aimes bien ? m'enquis-je en frottant le trottoir du bout du pied.

— Oui, répondit-il immédiatement.

Ma question suivante était évidente. Avec une curiosité sincère, même si je craignais la réponse, j'attaquai de front :

— Pourquoi ?

Il sourit et mes genoux s'affaiblirent tout de suite. Je m'appuyai sur un lampadaire, au cas où. Hélas, quelqu'un avait choisi cet endroit pour placer un chewing-gum collant et usé. Avec une grimace, je récupérai ma main et la frottai furieusement sur mon jean bien trop ample.

— Madrona, tu n'es ni aussi sexy ou intelligente que tu prétends le penser, commença-t-il.

Je poussai un petit cri pour feindre l'horreur, mais il leva son index.

— Laisse-moi finir, me coupa-t-il, sévère. Maintenant, c'est à toi d'être polie.

C'était de bonne guerre. Je croisai les bras sur ma poitrine et attendis. Par contre, il ferait mieux de se dépêcher.

— Bon, je ne dis pas que je te trouve très séduisante, que ce soit ton cerveau ou ton corps. Mais tu n'es pas une top model.

Je grimaçai.

— Une top model ? Elles sont bien trop minces. J'ai des courbes aux bons endroits, ronronnai-je.

— Maddy, me prévint-il. Tu as promis de te taire.

En fait, non. Mais le fait que les yeux de Morgan s'étaient brièvement baissés vers les courbes que je venais de mentionner, comme s'il ne pouvait s'empêcher de regarder, suffit à m'apaiser.

Morgan sourit, comme s'il savait exactement ce qui me passait par la tête.

— Tu m'as toujours attiré, reprit-il. Même quand je me disais que je te détestais, tu m'attirais. Donc, toutes ces choses que tu as faites ? Tu avais tes raisons pour tout. Des raisons naïves, peut-être, voire même stupides… Au moins pour la fermeture des frontières. Mais des raisons bien intentionnées. Ralentir le temps sur une période prolongée pour nous empêcher de donner la sphère à Rubus ? J'aurais sûrement fait la même chose.

Il s'interrompit et réfléchit un instant.

— Quant à ce qui s'est passé avec Charrie, on ne le saura peut-être jamais. Tu n'as cessé de te punir pour ce que tu avais fait. Tu penses que tu mérites d'être mal traitée, donc tu agis mal pour anticiper. Tu portes des masques pour tromper le monde et, pour te tromper toi aussi, je pense. Mais je peux toujours voir le bon qui brille en toi. Tu as mis ta vie en jeu plusieurs fois pour aider les autres. Quand la situation l'exige, tu mets ton côté méchant de côté. Peut-être que personne ne prend pas la peine de voir la vraie toi. Mais, crois-moi, ça vaut le coup.

Il sourit à nouveau.

— Mais n'utilise pas la magie et ne refais pas de folies sans m'en avoir parlé avant.

— Tu n'es pas mon patron, grognai-je.

Morgan gloussa.

— Non, c'est clair. Tu es une femme à part entière. Ne t'excuse pas d'être qui tu es. Et n'oublie pas qu'on apprend des échecs, pas des réussites. Tu peux avoir une vie géniale sur la base de tes erreurs du moment que tu ne nies pas qu'elles existent. Les erreurs conduisent à la découverte.

Je réfléchis à ces mots.

— Il y a deux choses que j'aimerais souligner, si je puis me permettre.

Il pencha la tête.

— Vas-y.

— D'abord, j'aimerais qu'il soit clair que je ne m'excuse pas pour qui je suis. Je suis la Madhatter. Ça ne va pas plus loin que ça. Deuxièmement, tu as déjà réfléchi à faire carrière dans le design de mème d'inspiration ?

Morgan fit un pas vers moi et prit mes mains.

— Peut-être un jour, souffla-t-il. Maintenant, il faut que tu me dises quelque chose.

Je me tendis.

— D'accord.

— Est-ce que toi, tu m'aimes bien ?

Ma réponse était sans équivoque, comme la sienne.

— Oui.

— Pourquoi ?

Je lui jetai un regard. Waouh. Il avait l'air…

— Nerveux, lâchai-je. Tu as l'air nerveux.

— Réponds à cette fichue question, Maddy, grogna-t-il.

Je passai ma langue sur mes lèvres.

— Je ne peux pas parler de ce que je ressentais avant mon amnésie, mais tu ne m'as jamais menti, murmurai-je. Tu n'as jamais adouci la vérité, mais tu m'as toujours écoutée. Tu ne te cherches pas d'excuses et tu ne t'enterres pas dans le passé. Chaque atome de ton âme est héroïque.

— Non, ce n'est pas vrai, soupira-t-il. Dans le bar, tu as dit aux autres qu'ils sont restés en retrait et se sont inquiétés des agissements Rubus, mais n'ont rien fait pour l'arrêter. C'est mon frère et, jusqu'à quelques semaines plus tôt, je n'ai rien fait pour essayer de l'arrêter non plus. Je suis aussi coupable d'avoir renoncé à mes responsabilités que les autres. On ne savait peut-être pas pour la sphère avant, mais j'ai toujours été conscient du danger que représente Rubus.

— C'est peut-être ma faute. Tu t'es détourné de lui quand je t'ai quitté pour lui. Mais à aucun moment ces dernières semaines tu n'as arrêté d'essayer de l'arrêter. Il fait toujours partie de ta famille, Morgan, mais ça ne t'arrête pas.

— Il ne m'a pas laissé le choix.

J'acquiesçai pour l'admettre.

— Pour en revenir à la question originale, tu peux être un peu trop sérieux. Je veux dire, tu inspires le sexe et mon estomac se tord en te voyant, mais tu as tendance à vivre un peu trop droit et très serré. Mais, ajoutai-je rapidement avant qu'il puisse m'interrompre, ton sens de l'humour est similaire au mien, quand tu es assez courageux pour le montrer. Et tu lis en moi comme même moi j'en suis incapable. Tu es attentionné et sensible.

Je haussai les épaules.

— Et je fantasme sur toi. Quand je suis avec toi, ce n'est pas toujours facile de réfléchir. Quand je ne suis pas avec toi, je ne pense qu'à toi. Peut-être que ton approche de professeur inspire tous mes fantasmes.

Je regardai son corps musclé de haut en bas.

— Tu as déjà pensé à porter du cuir ? Tu serais super magnifique si tu portais un pantalon moulant en cuir…

Un étrange son gronda dans la poitrine de Morgan. Il me tira dans une rue plus petite. Puis il me fit tourner jusqu'à ce que mon dos soit plaqué contre un mur. Il posa ses mains de part et d'autre de moi et se pencha, son corps contre le mien. Ses yeux brillaient.

— Professeur ? s'enquit-il.

— Ce n'est pas une critique, mais plutôt une observation, me justifiai-je, sentant ma poitrine se comprimer et mon estomac se retourner.

— Continue.

Ça devenait difficile de respirer normalement.

— Tu es du genre à aimer suivre les règles. En fait, tu aimes les fixer pour les suivre. Je peux te voir marcher devant un tableau noir avec une craie à la main, à expliquer patiemment une formule d'algèbre, puis aboyer sur quiconque somnole.

Il haussa un sourcil.

— Tu suggères que mes cours sont barbants ? demanda-t-il en baissant la tête et la voix. Tu veux dire que je suis barbant ?

— Non. Juste que…

Morgan ne me laissa pas le temps de finir. Sa bouche rencontra la mienne avec dureté et insistance. J'entrouvris les lèvres et mes bras se glissèrent autour de son dos. Ses dents mordirent ma lèvre inférieure, la tirant presque douloureusement. Puis l'une des mains passa sous mon tee-shirt et se faufila vers le haut jusqu'à ce que ses doigts trouvent ma poitrine. Il pinça le téton puis le caressa avec son pouce.

— Redis-le, Maddy, me susurra-t-il à l'oreille. Dis que je me comporte comme un professeur, maintenant.

Je répondis de la seule manière possible en laissant tomber mes mains sur sa taille et en bataillant contre le bouton. Je réussis à le défaire, puis poussai mes doigts vers le bas. L'inspiration sèche de Morgan alors que je caressais sa longueur brûlante et dure était l'unique récompense dont j'avais besoin. J'enroulai ma main autour de sa virilité. Il grogna à nouveau et tira sur mon poignet. Il plaqua mes deux bras contre le mur.

— Non, dit-il. Il y a des règles. Tu vas les suivre.

Il poussa encore son corps contre le mien.

— Je suis aux commandes. Tu feras ce que je te dis.

— Et c'est quoi, tes règles ? On est dehors, Morgan. N'importe qui pourrait passer par ici. Tes règles stipulent qu'on doit se guinder et agir convenablement ? demandai-je avec un sourire en coin. Parce que c'est ce que j'attends de toi.

Ses yeux verts s'assombrirent.

— Tu me provoques.

— Alors, inflige-moi ton châtiment, rétorquai-je. Donne-moi des lignes à recopier. Dis-moi de faire des pompes. Dis-moi que je suis vilaine.

Il recula et le soudain courant d'air frais entre nous me fit frissonner.

— Tu feras ce que je dis, déclara-t-il alors que son regard suivait la longueur de mon corps. Enlève ton tee-shirt.

— Sinon quoi ? le provoquai-je.

Comme il ne répondait pas, je m'exécutai, dénudant ma peau. Je laissai tomber le tissu incriminé par terre et jouai avec la bretelle de mon soutien-gorge.

— Et ça ?

Il se lécha les lèvres.

— Vas-y.

Je fis glisser les bretelles le long de mes bras avant de le détacher. Les yeux fixés sur Morgan, je l'enlevai lentement.

— C'est ça que tu veux ?

— Lâche-le, répliqua-t-il. Lâche le soutien-gorge.

J'obéis. Je ne le fis pas tourner, ne le taquinai pas et me contentai de le laisser tomber. Je dévisageai Morgan, le défiant de continuer. S'il décidait de s'arrêter maintenant, même si nous nous trouvions en plein air, j'allais devoir l'attacher au lampadaire le plus proche avec mes sous-vêtements et m'occuper de lui moi-même. Heureusement, il semblait avoir une meilleure idée derrière la tête.

Il croisa les bras sur son torse et m'observa. J'aurais peut-être dû me sentir vulnérable ; j'aurais certainement dû avoir froid. Mais la chaleur de son regard et l'anticipation qui s'embrasait en moi suffisaient à me tenir chaud.

— Tourne-toi.

Je pivotai avec lenteur pour lui présenter mon dos. Je l'entendis marcher vers moi, le craquement de ses pas faisant monter la pression. Ses doigts écartèrent ensuite mes cheveux et ses lèvres se posèrent sur ma nuque. Sa langue sortit et forma un cercle autour de la première bosse de ma colonne vertébrale avant de descendre pour faire de même à chacune d'elles. C'était un tourment lent et délicieux. De toute évidence, Morgan avait bien plus de patience que moi.

Je me tortillai et gémis.

— Arrête ça, m'ordonna-t-il, s'arrêtant assez longtemps pour parler.

Je souris.

— Tu vois ? Tu te comportes comme un prof.

Il siffla entre ses dents. Il m'attrapa par la taille et me fit tourner pour que je lui fasse de nouveau face.

— Il faut toujours que tu abuses, hein, Maddy ? Même quand tout se passe bien et que le monde est de ton côté, tu n'arrives pas à te poser.

Je laissai mon regard plonger vers son entrejambe. Son pantalon était encore ouvert, ce qui, vu la taille de son érection, était sans doute une bonne chose.

— Ça, c'est parce que j'en veux plus, murmurai-je en levant les yeux. Mais es-tu préparé à me le donner ?

Morgan laissa tomber ses mains.

— Je te donnerai tout ce que tu veux.

Inutile de demander. Il fit passer sa chemise par-dessus sa tête sans perdre de temps à détacher les boutons et la jeta sur la petite pile que formaient mes vêtements. Puis il descendit son pantalon et l'éloigna d'un coup de pied. Même s'il y avait eu des passants, je ne l'aurais pas remarqué. Qui ferait attention aux alentours quand ils faisaient face à quelqu'un comme Morgan dans sa splendide nudité ? Je me débarrassai de mon jean et bondis sur lui. Ce n'était plus le moment de jouer.

Heureusement, il éprouvait la même chose. Il y eut un bref instant maladroit quand nos membres s'emmêlèrent et que nous titubâmes contre le mur, mais il ne nous fallut pas longtemps pour nous en sortir. Sa peau était d'une chaleur écrasante contre la mienne, malgré l'air frais qui s'enroulait autour de nous. Je l'aurais pensé trop timide pour du sexe en plein air, étant donné que n'importe qui pourrait tomber sur nous. L'absence de monde dans les rues boostait peut-être son assurance, ou alors, la magie dans l'atmosphère l'excitait de manière excessive. Mais voilà, à en juger par le désir brûlant et fiévreux qui se lisait dans son expression, c'était peut-être juste qu'il me désirait assez pour abandonner toute prudence.

Je fis courir mes doigts le long de sa colonne vertébrale et il grogna. Il me le rendit en déplaçant ses mains vers le haut en partant de ma taille, jusqu'à ce qu'elles taquinent la ligne de mes seins. Je retins mon souffle. Est-ce que je tremblais ?

— Vas-y, susurra-t-il.

Je m'humectai les lèvres.

— Quoi ?

— Dis-moi ce que tu veux.

Je secouai la tête, remarquant la brève lueur de déception paniquée dans ses yeux.

— En fait, je ne veux pas, lui soufflai-je. J'en ai besoin.

Je fis glisser mes doigts sur sa peau jusqu'à ce que je puisse sentir sa longueur dressée à leur bout.

— J'ai besoin de toi en moi. J'ai besoin que tu me remplisses, Morgan.

Je le contemplai.

— J'ai besoin que tu me prennes.

— Pas de problème, grogna-t-il.

Il croisa mon regard et, d'un coup de reins fluide vers le haut, il entra en moi, me remplissant complètement. Je poussai un cri et il répondit d'un sourire triomphant.

La pression s'accumula, menaçant de m'engouffrer à chaque mouvement de nos hanches.

— Morgan, gémis-je.

— Dis-le-moi, m'ordonna-t-il sans me lâcher des yeux. Dis-moi que tu as besoin de moi.

Je peinai à pousser les mots à sortir. Il ne me restait qu'un semblant de pensée consciente. Morgan prenait le contrôle sur tout ; chaque atome de mon corps le réclamait lui, et lui seul. Je pris une inspiration hachée et soufflai les mots :

— J'ai besoin de toi.

Ça suffisait. Il ferma à demi ses yeux et assena un dernier coup de reins. Je me relâchai enfin. Mon corps tressaillit contre le sien et il grogna, ses mains m'agrippant alors qu'il tressautait et s'écrasait sur moi. Oh, bon sang.

— Je suis désolé, murmura-t-il contre mes cheveux humidifiés par la transpiration. J'avais moins de contrôle que je le pensais. Ça fait trop longtemps et je te désirais tellement… La prochaine fois, ce sera mieux.

Je souris contre son épaule.

— J'en ai déjà le souffle coupé. Je ne crois pas que mon cœur puisse supporter le « mieux ». Il cogne toujours comme un marteau-piqueur.

Je pris sa main et la posai sur ma poitrine pour qu'il puisse le sentir lui aussi.

— Pas si scolaire, donc, fit-il remarquer.

— Non, avouai-je. C'est mieux comme ça. La Madhatter ne se guinde pas. On va devoir te trouver un surnom approprié, à toi aussi.

— Tu en avais trouvé un, répondit-il d'une voix amusée. Tu m'appelais le Voyou des cœurs parce que j'ai volé le tien. Je t'appelais la Madhatter parce que tu me rendais fou.

Je me reculai un peu.

— Pas parce que je suis folle ?

— Non, assura-t-il avec un sourire. Même si tu l'es peut-être.

Je soupirai, mes lèvres retombant.

— J'aimerais pouvoir me rappeler.

Il éloigna une boucle de ma joue.

— Je t'aime comme tu es, souvenirs ou pas.

Des bruits de pas presque inaudibles s'élevèrent à notre gauche. Nous tournâmes tous deux la tête et repérâmes un rat avec une longue queue qui nous dépassait à toute vitesse. Je me demandai, rêveuse, si c'était l'un de ceux qui s'étaient jetés sur Rubus. J'espérais qu'une grosse bouchée de sa peau avait rempli son estomac.

— Ce n'est pas le paysage le plus romantique, pas vrai ? nota Morgan avec regret.

— Je n'ai pas besoin de romance, assurai-je. Je n'ai besoin que de toi.

Puis je soupirai.

— En fait, ce n'est pas tout à fait vrai. J'ai aussi besoin d'empêcher l'apocalypse. On devrait se remettre en route.

Il pencha la tête vers la mienne une dernière fois et effleura mes lèvres des siennes.

— On devrait peut-être remettre nos vêtements, d'abord.

Je l'embrassai en retour.

— Si tu insistes…

Chapitre 8

Pour un interlude, ce qui venait de se produire entre Morgan et moi n'aurait pas pu être plus plaisant. Non, oubliez ça : plaisant n'était pas le bon mot. Délice glorieux, électrisant, créateur de frissons et d'orgasme était bien plus approprié. Hélas, ça ne changeait rien à ce qui se passait autour de nous, sur cette planète. Nous faisions toujours face avec un tas de problèmes qui paraissaient insurmontables. Malheureusement. Si Morgan et moi pouvions nous reprendre, tout le monde le pouvait. J'avais le droit de rêver.

Nous étions sur le point d'entrer dans le quartier des gobelins quand le même tremblement de terre que lors de la confrontation avec Rubus se produisit. En théorie, nous étions mieux préparés, mais en pratique, Morgan et moi fûmes projetés au sol sans cérémonie.

Je tentai de me remettre sur pieds d'un mouvement agile, comme aurait pu le faire quelqu'un qui venait de retourner le cerveau de l'homme le plus séduisant de la planète. Hélas, mon corps ne répondit pas comme je le désirais ; je devais plutôt avoir l'air d'un ver qui gesticulait qu'une fée danseuse.

C'était sûrement mieux. Avant que je puisse essayer de me lever une deuxième fois, plusieurs nuages teintés de rouge apparurent. Et ce n'était pas de la pluie qui en tomba soudain, mais des gouttes de feu.

Morgan beugla un avertissement et roula vers moi, affalant son corps imposant sur le mien pour me protéger. Miam.

— Prêt à repartir pour un tour ? ronronnai-je.

Une gouttelette atterrit sur ma tête, roussissant mes cheveux et me faisant tout de suite changer d'avis.

— Abri de bus ! s'exclama-t-il à travers ses dents serrées après m'avoir aidé à éteindre les flammes. À onze heures !

Nous nous précipitâmes dans cette direction à toute vitesse pour trouver refuge. La pluie de feu prenait de la vitesse. Les gouttes sifflaient quand elles touchaient le sol et la rue tout entière semblait prendre vie.

— Nom d'un lutin ! hurlai-je une fois que nous fûmes abrités. C'est de la folie !

— À qui le dis-tu ? marmonna Morgan.

Une goutte enflammée plus grosse frappa le toit d'une voiture garée, ce qui fit fondre sa peinture.

— Il pleut du feu, bordel !

En plus de ça, la « pluie » prenait de l'ampleur. Si ça continuait, la ville s'embraserait dans son intégralité en quelques instants.

— Il faut qu'on fasse quelque chose ! m'étranglai-je en jetant un regard noir à Morgan, comme si c'était sa faute alors qu'il était clair que c'était la mienne.

— On pourrait utiliser la magie pour attaquer les nuages, répondit-il. Mais j'ai peur que ça disperse encore plus de magie résiduelle dans l'atmosphère et que ça empire les choses.

Le vent se levait. Bien sûr ! À présent, au lieu de tomber par terre, la pluie enflammée s'inclinait. Je glapis lorsque de petites gouttes s'infiltrèrent dans l'abri de bus. Une toucha le dos de Morgan. Je le frappai plusieurs fois pour l'éteindre en grinçant des dents.

— Hé ! protesta-t-il en s'éloignant de moi.

— Tu pourras me remercier plus tard.

Je tournai la tête autour de moi. On devait pouvoir faire quelque chose… nous étions censés être des fées, après tout. *Réfléchis, Madrona.*

— Le glamour que Rubus a créé, dis-je soudain.

Morgan me toisa, toujours contrarié que je l'aie frappé pour éviter qu'il s'enflamme.

— Quel est le rapport ?

Il me tira à lui juste à temps pour m'empêcher de prendre feu une fois de plus.

— Artemesia a dit que ça n'a pas contribué à l'accumulation de magie parce qu'il prenait racine dans le rowan. Et si on utilisait la magie contre ces nuages, mais en nous servant d'autre chose ?

L'expression de Morgan s'éclaircit.

— Boggart Hole !

Je clignai frénétiquement des paupières.

— Eh bien, il n'y a aucune raison d'être aussi malpoli envers mes attributs féminins.

Il leva les yeux au ciel.

— Ce n'est pas à ça que je faisais référence, soupira-t-il avant de s'interrompre et de se pencher légèrement vers moi. Ce n'est pas comme ça que j'appellerais tes attributs féminins non plus. C'est le nom d'un ancien parc près d'ici. Il y a un ruisseau qui le traverse. Il a des propriétés mystiques. C'est l'une des raisons pour lesquelles les gobelins vivent ici. On devrait pouvoir l'exploiter.

Je lui jetai un regard dubitatif.

— Quand tu dis près d'ici, j'espère que tu veux dire qu'on peut sprinter jusque là-bas.

— Un quart de kilomètre, répondit Morgan avec une confiance vive et exagérée, de toute évidence.

Pour une fois, je décidai de ne pas le lui reprocher. Ce n'était pas comme si nous disposions d'autres options.

— Bien, statuai-je en me tournant vers lui. Avant qu'on y aille, comment tu appellerais mes attributs féminins ?

— Concentre-toi, Maddy, grogna-t-il, un rose adorable lui montant aux joues. Le ciel crache du feu.

Ouais, d'accord. Je secouai mes bras et mes jambes avant d'étirer mes ischios, pas parce que je pensais que ça m'aiderait, mais parce que j'avais décidé que ça me donnerait l'air moins terrifié.

Puis je positionnai mes mains au-dessus de ma tête pour me protéger. Un instant plus tard, Morgan et moi courions comme si l'enfer nous brûlait les pieds, ce qui était vrai, d'une certaine façon.

Nous fîmes de notre mieux pour slalomer sous la pluie ardente, mais en peu de temps, je me retrouvai couverte de légères brûlures. Nous bougions bien plus vite que n'importe quel humain, mais ce n'était toujours pas assez rapide.

Quand nous atteignîmes la lisière des arbres et nous engageâmes dans un petit bois, je pensais que les choses allaient s'améliorer ; au moins, les feuilles et les branches nous offriraient un abri de fortune. Malheureusement, le feuillage commençait à prendre feu et à tomber. À présent, nous ne devions plus seulement nous inquiéter de la pluie, mais aussi des débris enflammés.

Je sifflai et accélérai le rythme. Juste devant moi, j'aperçus la lueur de l'eau à travers les arbres. Enfin ! Alors que je m'élançais dans mon sprint final, quelque chose atterrit sur mes épaules. Sans réfléchir, je me jetai dans le petit lac, évitant plusieurs canards déjà assez nerveux à cause du ciel en feu. Ils étaient bien plus doués pour fuir les flammes qui tombaient que moi… ils s'en remettraient.

L'eau n'était pas profonde et une couche d'écume flottait à la surface. Quand je réunis assez de courage pour émerger, je ressemblais sans doute à la créature du lac noir[1]. Le fait que Morgan n'avait pas daigné plonger avec moi, malgré l'averse de flammes incessante, suggérait que ce bassin contenait plus d'horreurs potentielles que le ciel.

Je regardai autour de moi. Les canards, même s'ils étaient terrifiés et cancanaient dans une cacophonie continuelle, ne semblaient pas malades. J'étais probablement en sécurité. Et peut-être un peu gluante, aussi.

— Comment ça va marcher ? l'interpelai-je.

J'étais déjà mouillée ; je ferais mieux de rester où j'étais. Autant sauver mes sourcils.

1 En référence au film L'étrange créature du lac noir sorti en 1954.

Morgan se pinça les lèvres.

— Tu te rappelles quand tu as utilisé la magie pour toucher le sniper ?

J'acquiesçai. C'était devant le Travotel, juste avant que j'aie la joie, ou pas, de rencontrer Rubus pour la première fois. Le tireur était là pour Julie, pas nous, un autre petit rappel que le monde pouvait s'avérer très dangereux pour n'importe qui.

— Eh bien, si on combine notre magie et qu'on essaie de faire la même chose, mais en visant les parties qui se reflètent le plus dans le lac, en théorie, on peut répliquer la magie et envoyer l'eau vers le haut en direction des plus gros nuages. Là, dit-il en regardant derrière moi et en pointant du doigt. À environ six mètres sur ta droite.

Je me tournai, ce qui projeta des gouttes d'eau au passage. Les canards cancanèrent de plus belle pour protester ; j'aurais pu jurer que certains d'entre eux me jetaient des regards mauvais.

— Est-ce qu'un canard a déjà tué quelqu'un ? m'enquis-je.

Morgan ne répondit pas ; il était trop concentré sur la parcelle d'eau réfléchissante. Je soupirai et me focalisai dessus. Le ciel était peut-être en feu, mais il faisait vraiment froid dans ce lac. Avec un peu de chance, ça ne durerait pas longtemps.

— Prêt ? l'interpelai-je.

— Prêt, répondit-il.

Je pris une profonde inspiration.

— Un. Deux. Trois.

Ensemble, nous levâmes les mains et nous mîmes à l'œuvre. À un moment donné, nos magies fusionnèrent au-dessus de ma tête avant de tirer vers l'eau sous un certain angle. Ça ressemblait au snooker[2], décidai-je, mais en plus maladroit.

Je n'arrivais pas à voir comment ça allait fonctionner. Les gouttes que nous dispersâmes vers le bassin créèrent un spray fin, ce qui, au début, sembla juste agacer les canards. Pourtant, j'aurais dû faire plus confiance à la magie, ainsi qu'à l'instinct de Morgan.

---

2 Variante du billard.

La puissance de nos sorts combinés projeta l'eau vers le haut et la magie qui y était imprégnée fit ce qu'il espérait. Petit à petit, les boules de feu qui tombaient du ciel se transformèrent en de simples et grosses gouttes d'eau, d'abord vers le lac, puis vers l'extérieur, comme si chacune d'elles infectait les autres. Je maintins le flot jusqu'à ce que j'entende Morgan me hurler d'arrêter. Je continuai un instant de plus, juste pour m'en assurer. Mes cheveux étaient déjà roussis et brûlés ; je n'allais pas prendre plus de risques.

Je jetai un coup d'œil à l'horizon. Les nuages n'étaient plus teintés de rouge et, aussi loin que je pouvais voir, le feu ne tombait plus. Voilà qui était mieux. Je me tournai vers Morgan et levai le poing en l'air, triomphante.

— On a réussi ! m'exclamai-je avec un sourire.

Il ne me le rendit pas.

— C'est vrai.

— Tu pourrais être un peu plus content que ça.

— Je suis content que ça se soit arrêté. Mais le simple fait que c'est arrivé ne me comble pas de joie. Je m'inquiète de ce qui se passera ensuite.

À la vue d'une foule de personnes qui émergeait des arbres en direction de Morgan et du bord du lac, j'eus aussi un mauvais pressentiment au sujet de la suite des événements. Aucun d'eux n'avait l'air particulièrement ravi et leur peau à tous prenait une légère teinte verte anormale. Des gobelins. Beaucoup de gobelins.

Malgré la température glaciale, je fus tentée de rester dans le bassin et laisser Morgan s'occuper d'eux. Même si je détestais l'admettre, il était bien plus doué que moi avec les gens. La seule raison pour laquelle je me mis à patauger pour le rejoindre, c'était le plus gros connard qui me fusillait toujours du regard et commençait à nager vers moi. Je préfèrerais mille fois affronter des gobelins en colère plutôt que des canards furieux. Au moins, les premiers avaient peu de chance de me tuer à coups de bec.

Morgan avait de toute évidence entendu leur arrivée.

Il se tourna pour leur faire face, les paumes vers le haut en signe de paix. Avant qu'il puisse dire quoi que ce soit, je projetai mes cheveux en arrière, retirant une algue trempée et piquante qui s'était collée contre ma joue et m'éclaircis la voix.

— Emmenez-nous voir votre chef ! tonnai-je.

Un petit gobelin s'avança et haussa un sourcil à l'attention de Morgan.

— Elle est sérieuse ?

— Vous êtes de petits hommes verts, rétorquai-je. Qu'est-ce que je suis censée dire ?

Je n'apercevais pas l'expression sur le visage de Morgan, mais j'étais certaine qu'il riait. Avec un esprit aussi jovial et malin que le mien, il était impossible de rester sérieux. Hélas, les gobelins se débrouillaient bien. L'idée que de nouvelles boules de feu pourraient tomber du ciel devait plus les inquiéter.

Alors que je me hissais hors du lac, Morgan inclina respectueusement la tête.

— Je suis Morganus.

Le meneur des gobelins n'esquissait toujours pas de sourire.

— Vous êtes Fey.

— Oui.

— Pourquoi êtes-vous venus ici ?

— On cherche la famille de Charrie.

Le gobelin renifla.

— Il est mort.

Morgan resta calme et stoïque. Il était doué pour ça.

— On le sait. C'est pour ça qu'on veut parler à sa femme, expliqua-t-il en faisant un geste vers moi. Ma compagne, Madrona, était impliquée dans son décès.

Comme mus par un seul esprit, les têtes des gobelins se tournèrent vers moi. Leur expression ne changea pas, mais je sentis soudain la responsabilité de la mort de Charrie, quelle que soit la manière dont ça s'était vraiment produit cette nuit et qu'importait si je ne me souvenais pas des détails. Leur ami, leur frère, leur fils était décédé. Et c'était ma faute.

Le meneur des gobelins, qui n'avait toujours pas daigné nous donner son nom, s'éloigna du groupe et s'avança vers moi. Avant de m'atteindre, il passa ses mains derrière son dos et, d'un mouvement fluide, en sortit une longue épée acérée.

Je sifflai.

Morgan se rapprocha de moi, comme pour empêcher la progression du gobelin.

— On n'est pas venus pour se battre, assura-t-il, le ton teinté d'un avertissement dangereux quant à ce qui pourrait suivre.

— Je gère, grognai-je.

La trêve n'affectait pas les gobelins. Si cet enfoiré tentait quoi que ce soit, je le projetterais au sol en un claquement de doigts. Il regretterait le jour où il avait essayé de s'en prendre à moi. Tout comme ses enfants. Et ses petits-enfants…

Le gobelin fit tourner l'épée dans sa main avec dextérité et me présenta la garde avant de se mettre à genoux.

— Merci, dit-il. Du plus profond de nos cœurs, merci.

Je clignai bêtement des yeux. Euh…

La confusion devait se lire sur mon visage et celui de Morgan. Le gobelin esquissa un léger sourire, une expression teintée de chaleur plutôt que de moquerie.

— Ce n'est pas souvent que l'un des vôtres respecte nos coutumes et agisse en conséquence, expliqua-t-il. Vous avez aidé Charrie, et sa famille aussi. Nous vous en serons éternellement reconnaissants.

J'étais toujours sidérée.

— Vous savez que je l'ai tué, pas vrai ? Je ne m'en souviens pas à cause de mon amnésie, mais il y a des preuves qui suggèrent que je l'ai empoisonné. En tout cas, j'ai démembré son cadavre.

Je fronçai les sourcils face à l'épée tendue. Est-ce que ce gobelin voulait que je fasse de même avec lui ?

— C'est une chose plutôt révoltante, ajoutai-je.

— On sait ce que tu as fait. Et on sait que c'est Charrie qui te l'a demandé.

Je reculai d'un pas, oubliant que je me tenais au bord du lac. Au lieu de trouver la terre ferme, mon pied se retrouva dans le vide, puis dans l'eau. Mes bras battirent, impuissants, alors que je basculais en arrière. Morgan se précipita vers moi, mais le gobelin le devança. Il plongea en avant avec son épée et l'accrocha d'un mouvement fluide à la couture sur le côté de mon jean ample avant de m'aider à me remettre debout.

Je le fixai.

— C'était bien joué.

— Bien sûr. Je suis un gobelin. Le maniement de l'épée, c'est notre truc, répondit-il avec un clin d'œil. Pas mal pour un petit homme vert, hein ?

Pas mal du tout. Je jetai un bref regard à Morgan. Ses bras étaient croisés sur sa poitrine. Il n'avait pas l'air très impressionné.

— Ne t'inquiète pas, roucoulai-je en lui tapotant le bras. Je sais que tu aurais pu me sauver. Tu pourras le faire la prochaine fois.

Il leva les yeux au ciel.

— Mon égo n'est pas si pathétique. D'ailleurs, tu es déjà trempée. Un autre plongeon n'aurait pas pu te faire de mal.

Le gobelin plissa les paupières en le regardant.

— J'ai entendu parler de toi, Morganus, même si on ne s'était jamais rencontrés en personne. Je n'aurais pas pensé que tu étais si… si…

Il réfléchit comme s'il cherchait ses mots.

— Scolaire ? suggérai-je.

Le gobelin claqua des doigts.

— Scolaire. Exactement.

Je souris. Les yeux verts de Morgan se tournèrent vers moi. C'était plutôt amusant.

— Venons-en au fait, d'accord ? s'emporta-t-il. Si vous savez ce qui est arrivé à Charrie, on aimerait bien l'entendre. Comme l'a dit Maddy, elle est amnésique. Elle ne se souvient de rien. On espérait que de nouvelles informations nous aideraient avec Rubus. Il est…

— Ton frère, oui, le coupa le gobelin en hochant la tête. Celui qui essaie de déclencher une saleté d'apocalypse sur nous.

Il fit un geste vers le ciel qui s'était éclairci.

— Il va peut-être réussir.

Je grimaçai. Moins nous parlerions de la pluie de feu et des éléphants roses errants, mieux ce serait.

— Je m'appelle Sitri, continua le gobelin. Si vous me le permettez, je vais vous conduire à la famille de Charrie. Ils pourront tout vous expliquer mieux que moi. Après tout, c'était eux qui le connaissaient le mieux.

Ça aurait pu être un piège, mais nous étions déjà en infériorité numérique et je savais que notre magie Fey pouvait surpasser tout ce qu'une armée de gobelins pourrait jeter sur nous.

— Super, décrétai-je. Ça me paraît bien.

Morgan se tourna vers moi et je haussai les épaules. Après tout, c'était pour ça que nous étions venus.

Quelques jeunes gobelins ne tenaient pas en place et lançaient des regards nerveux vers le ciel.

— Ne vous inquiétez pas, les interpelai-je. Je vous ai sauvés des boules de feu.

Morgan toussa. Je le pointai du doigt.

— Il m'a un peu aidée, mais j'ai fait le plus gros.

— Alors, nous vous sommes encore plus reconnaissants, entonna Sitri.

Il s'inclina pour souligner ses paroles, ses boucles sombres s'affalant sur son front. Morgan plissa d'autant plus les yeux. Sitri se redressa, toute son attention sur moi.

— Vous savez ce qui a causé ce terrible événement ? On n'avait jamais vu une telle chose avant.

— Euh… bredouillai-je en me grattant la tête. C'est dingue, pas vrai ?

Il était temps d'un brusque changement de sujet.

— Dis-moi, c'est quoi exactement, un gobelin ? Je vois que votre peau est légèrement verte, mais avec mon amnésie, j'ai bien peur de ne pas savoir grand-chose sur vous.

Sitri et les autres gobelins se tournèrent et nous guidèrent vers le bois et le petit lotissement de l'autre côté.

— Eh bien, on est des indigènes de ce monde, même si les humains l'ignorent, expliqua-t-il alors que nous marchions. D'après ce qu'on sait, on est ici depuis aussi longtemps qu'eux. Mais notre population est bien plus modeste, et les humains sont connus pour être un peu… intolérants envers ceux qui sont différents. On fait de gros sacrifices pour garder le secret sur notre existence.

— Mais vous êtes verts.

Je ne voulais pas me montrer impolie, mais je me devais de souligner l'évidence. Leur peau n'était pas d'un vert émeraude ou d'un jade foncé, mais elle portait tout de même une teinte de mousse, ce qui différait remarquablement des Fey et des êtres humains.

Sitri sourit.

— D'après ce qu'on sait, on avait un aspect plus chlorophyllien, avant.

— Chloro quoi ?

— Vert.

Ah. J'acquiesçai d'un air savant. Nom d'un lutin, pourquoi ne s'était-il pas contenté de dire vert ?

Comme s'il lisait dans mes pensées, le gobelin se pencha vers moi.

— La brigade du politiquement correct, me confia-t-il. Depuis Roswell[3], on évite de dire qu'on est verts.

— Roswell ? marmonna Morgan. J'étais sûr que c'était un truc de gobelin.

Sitri continua comme s'il n'avait rien dit. Je trouvais ça plutôt agréable d'être considérée comme une personne altruiste et importante. Ça changeait.

— L'évolution nous a autant affectés que les humains. Au fil des générations, notre génétique a progressé. Notre peau s'est éclaircie, même s'il y a des parties, comme notre cuir chevelu ou nos organes sexuels, qui gardent une teinte plus proche de la chlorophylle.

Je haussai un sourcil.

— Vous avez des boules vertes ?

---

3 L'affaire Roswell désigne le crash d'un objet non identifié aux États-Unis près de Roswell (Nouveau-Mexique) en juillet 1947.

Le gobelin ne s'en offusqua pas.

— Les plus vertes de toutes, répondit-il avec un sourire.

— Je suppose qu'il n'y a pas de croisement avec les humains, alors.

— Non. De toute façon, on n'est pas compatibles biologiquement.

Je tentai de me faire une idée de comment je me sentirais si je trouvais un mec dans une boîte de nuit, l'emmenais chez moi pour des cabrioles au lit, et que je finissais par découvrir qu'il avait une queue vert vif, mais mon esprit refusa d'aller aussi loin. Bizarrement, je me demandais si c'était parce que je ne pouvais m'imaginer coucher avec quelqu'un d'autre que Morgan, et pas parce que les organes génitaux des gobelins étaient trop étranges pour y réfléchir.

— Alors, est-ce que vous avez des pouvoirs magiques ? m'enquis-je en enjambant une branche qui était tombée.

— On peut affecter le monde naturel, répondit Sitri. Mais nos capacités ont diminué avec notre couleur. On peut faire tourner le lait, estropier des animaux ou ruiner des cultures si on en a envie. Inutile de dire que ça n'arrive pas souvent. On n'a plus besoin de ce genre de méfaits dans ce monde technologique. On reste entre nous, en général. Ou du moins, c'était le cas jusqu'à ce que votre espèce se pointe et décide de rester, ajouta-t-il d'un air sombre.

Je tressaillis.

— Même si je comprends, ce n'était pas vraiment une décision consciente.

— Quelle qu'en soit la cause, la présence continuelle des Fey ne nous a pas aidés, soupira-t-il avant de s'interrompre un instant. Sauf toi, Madrona. Tu es différente.

Je jetai un regard triomphant à Morgan, mais me retins de lever le poing en l'air. Malheureusement, il ne me prêtait pas la moindre attention. Il se concentrait pour rester correct, ce qui ne servait pas à grand-chose vu que trois des gobelins les plus jeunes semblaient prêts à se mettre en travers de son chemin pour le faire trébucher. Ils ne l'aimaient pas beaucoup.

Nous tournâmes à droite et traversâmes un petit pont en bois pour revenir à notre point de départ. Je regardai autour de moi. Il n'y avait personne dehors. Vu les marques de brûlure sur la route et le trottoir, sans mentionner la fumée qui s'élevait de nombreux bâtiments, ce n'était pas très surprenant. *Restez chez vous, petits humains. Ça vaut mieux pour vous.*

— On a essayé d'infiltrer vos rangs. Mais ça n'intéressait pas la plupart d'entre vous. Le seul qui a vraiment eu du succès, c'était Charrie. Il a dû faire des choses horribles pour que Rubus lui fasse confiance, mais ça valait le coup pour suivre ce qu'il mijotait de l'intérieur. À de nombreuses occasions, les renseignements de Charrie nous ont aidés à déjouer les Fey pour éviter des catastrophes. Tu es la seule qui l'a vraiment aidé, ajouta-t-il avec une tristesse désespérée. La seule à qui il faisait confiance.

Je reniflai.

— Eh bien, même avec mon amnésie, je sais que je suis tout à fait digne de confiance. Je cherche à faire le bien. Je travaille seule contre les forces de l'ombre.

Je penchai légèrement la tête.

— J'ai même un costume de superhéroïne.

Plutôt qu'avoir l'air impressionné par cette information, Sitri resta perplexe. J'assenai un coup de coude à Morgan.

— Tu vois ? le narguai-je. Charrie ne faisait confiance qu'à moi.

Mon compagnon détourna son corps du gobelin le plus proche qui, j'en étais sûre, essayait furtivement de lui mettre un coup dans les côtes avec un bout de bois pointu caché sous sa manche.

— Je ne suis pas surpris, répondit-il. Peut-être que maintenant, tu peux arrêter de te blâmer de l'avoir tué et agir comme une personne normale.

— N'oublie pas que j'ai démembré son corps, lui rappelai-je. J'ai fait ça, aussi.

Puis je plaquai ma main sur ma bouche et jetai un regard horrifié aux gobelins.

Sitri se contenta de sourire et les autres n'esquissèrent aucune réaction. Voilà qui était étrange. Je comprenais qu'ils m'aimaient bien et qu'ils vénéraient le sol que je foulais. J'aurais dû m'y attendre. Mais ils auraient dû s'inquiéter de ce que j'avais infligé à leur compatriote.

Un mauvais pressentiment qui me disait que nous nous dirigions droit dans un piège refit surface.

— Voilà, déclara Sitri en pointant devant lui. C'est sa maison.

Je suivis son regard. Une part de moi s'attendait à un château lugubre avec des tourrettes et de la mousse qui pendait sur les murs. Au lieu de ça, je contemplai une petite habitation en briques rouges avec des fenêtres lumineuses et une pelouse bien tondue. J'acquiesçai. C'était logique. Ils n'allaient quand même pas nous guider vers un endroit évident pour nous prendre en embuscade. Ils essayaient de nous donner un faux semblant de sécurité. On ne me la faisait pas, à moi. J'étais la Madhatter ; j'avais des yeux derrière la tête.

Quelque chose s'écrasa sur mon omoplate. Je me tournai, les mains levées pour attaquer, alors que le ballon de football incriminé s'éloignait en rebondissant dans la rue. Morgan explosa de rire, même si plusieurs gobelins riaient.

— Hé ! Bally ! Arrête ça !

Un gobelin de la taille d'une chope arbora un sourire espiègle.

— Désolé !

Vu l'expression sur son visage, il n'était pas désolé du tout.

— C'est Madrona, rétorqua sévèrement Sitri.

Tout de suite, l'enfant pâlit. Il me fixa, les yeux écarquillés et la peau livide.

— Je suis désolé, répéta-t-il sans une once d'amusement, cette fois.

En fait, il avait l'air terrifié. Voilà qui était plus logique.

— Je t'excuse, répondis-je, magnanime, avant d'ajouter : pour cette fois.

J'avais mes limites, après tout.

— Tu ne devrais pas être dehors, le réprimanda Sitri. Qui sait ce qui va encore tomber du ciel.

— Le feu s'est arrêté, bredouilla Bally d'une petite voix. Tout va bien, maintenant. Je voulais voir s'il y avait des éléphants roses.

Moi aussi !

Sitri fronça les sourcils et fit un signe de tête vers la maison.

— Va chercher ta mère. Dis-lui que Madrona veut lui parler.

Je sentis Morgan se hérisser.

— Et Morgan, ajoutai-je, rayonnante.

— Ouais. Lui aussi, marmonna Sitri en haussant les épaules.

Je mis un coup de coude à Morgan.

— Tu sais ce que ça veut dire ?

— Quoi ? grogna-t-il.

— Que tu es mon larbin officiel, maintenant. Je suis l'héroïne et tu es celui qui tient ma cape, m'extasiai-je avant de hausser un sourcil. Reste derrière moi, Batgirl.

Morgan fronça les sourcils, donc je me penchai vers lui et effleurai sa joue de mes lèvres.

— C'est peut-être un piège, murmurai-je.

Il amorça un pas en arrière, croisa les bras et acquiesça, un mouvement discret à ma seule attention. Ces gobelins étaient peut-être doués pour caresser mon égo, mais hors de question de me détendre pour l'instant. D'ailleurs, le ballon de Bally s'était mystérieusement volatilisé. Il pourrait toujours me frapper à la tête à tout moment.

Bally fonça, ouvrit la porte et appela à l'intérieur :

— Maman ! Elle est là ! La Madhatter est là !

Je secouai mes cheveux et écartai les jambes, posant mes mains sur mes hanches pour adopter une posture classique de superhéroïne. Ça signifiait aussi que personne ne pouvait voir que mes genoux tremblaient.

Un instant plus tard, une petite femme gobelin apparut à l'entrée. Son visage était tiré, pas par l'âge, mais par l'inquiétude et la douleur. Je laissai tomber mon rôle et m'approchai. En fait, si elle voulait me tendre un piège odieux, je le méritais.

Elle s'essuya les mains sur son tablier et s'avança sur le pas de sa porte. Sa bouche resta incurvée vers le bas, mais ses yeux souriaient. Elle m'offrit ses mains. Alors que je me raidissais, ses bras s'enroulèrent autour de moi pour me serrer contre elle.

— Madrona, murmura-t-elle. C'est si bon de te revoir.

Le voilà, son plan démoniaque : elle allait m'étouffer avec sa chaleur pour que je me noie dans ma culpabilité. Un excellent plan.

— On se connaît ? demandai-je en m'éloignant.

— Je suis Alora. On s'est rencontrées plusieurs fois. Et bien sûr, Charrie m'a tout dit de toi.

Elle poussa un soupir avant de continuer :

— Ta présence aura joué un rôle essentiel pour lui.

Je déglutis.

— Je ne m'en souviens pas.

Les coins de sa bouche se pincèrent.

— Je sais, assura-t-elle. La potion de mémoire, c'était mon idée. Ça me semblait plus prudent, à ce moment-là.

Mon expression me trahit. Elle esquissa un léger sourire et fit un signe vers l'intérieur.

— Entre. Je vais nous faire du thé et te parler de tout, m'invita-t-elle avant de jeter un regard par-dessus mon épaule. Tu peux emmener ton…

Elle chercha ses mots.

— Larbin, complétai-je. C'est mon larbin. Tu peux l'appeler Garçon Escargot.

Morgan leva les yeux au ciel.

— Mon nom est Morgan, me reprit-il, la tête haute. Je suis son amant.

Je clignai frénétiquement des paupières. Je ne m'attendais pas à ça. Il se plaça à côté de moi et me prit la main, la serrant dans la sienne. Je lui rendis son geste.

— Je préfère Garçon Aimé à Garçon Escargot, murmurai-je.

Morgan me gratifia d'un bref sourire.

Au lieu de grimacer à la manière des autres gobelins, l'expression d'Alora s'adoucit.

— C'est vrai ? Charrie m'a dit que tu étais amoureuse d'un Fey du nom de Morgan. Je suis si heureuse que vous vous soyez remis ensemble. Il a dit que tu parlais de lui tout le temps et que tu le suivais à chaque fois que tu en avais l'occasion. Toi et Charrie, vous vous rejoigniez pour discuter dans un endroit qui donnait sur le bar Metropolitan. Tu observais Morgan pendant que tu conspirais avec mon mari pour arrêter Rubus.

Elle poussa un long soupir.

— Il appréciait vraiment ces moments.

Morgan et moi nous jetâmes un regard, stupéfaits.

— Tu me traquais, murmura-t-il. Tu ne pouvais pas te passer de moi.

Il ne cacha pas la lueur de triomphe dans ses yeux émeraude.

Je m'humectai les lèvres, la bouche sèche, tout à coup.

— Je m'assurais sûrement que tu ne faisais rien de stupide, me justifiai-je.

— Non, me contredit Alora. Tu aimais juste le regarder et t'assurer qu'il allait bien.

Elle sourit à nouveau.

— Bon, vous la voulez, cette tasse de thé ?

La main de Morgan se resserra sur la mienne. Je résistai à l'envie de m'appuyer contre lui et hochai la tête à l'attention de la femme de Charrie.

— Oui. Allons-y.

Chapitre 9

— Chen a refusé de céder la sphère, expliqua Alora en s'installant sur un fauteuil et sirotant son thé. Tant qu'il était en vie, ça ne posait pas de problème. Le trésor d'un dragon lui est lié et, malgré les croyances populaires, on ne peut pas le lui voler. Chen aurait pu s'en séparer s'il l'avait désiré, mais il était impossible qu'il fasse ça un jour. Toi et Charrie lui avez rendu visite pour vous assurer qu'il ne la donnerait pas à Rubus, quoi qu'il arrive. Apparemment, Chen regrettait vraiment d'avoir créé la sphère. Il voulait s'en servir pour attirer des objets d'autres mondes et les ajouter à ses trésors. Quand il a réalisé les dégâts qu'elle pourrait causer si elle était utilisée, il l'a cachée.

Elle grimaça.

— Malheureusement, il a parlé à plusieurs personnes de son existence. C'est arrivé à l'oreille de Rubus, et…

Elle soupira et se plongea dans le silence.

— Et Rubus ne s'arrêtera devant rien pour la récupérer, finit Morgan d'un air sombre. Il a essayé de le raisonner. De faire du troc avec lui. Comme ça n'a pas marché, il a tenté de le tuer. Mais ce vieillard était plus fort que Rubus ne le pensait. En fin de compte, il n'avait qu'à attendre que Chen s'éteigne.

Je passai une main dans mes cheveux, tirant sur les pointes roussies.

— On n'a juste pas eu de chance que Chen meure de causes naturelles, soupirai-je avant de m'interrompre un instant. Chen non plus, bien sûr. Il aurait pu détruire cette chose quand il a compris de quoi elle était capable.

— Le trésor d'un dragon devient une part de lui-même, justifia Alora. Détruire un objet, même si petit, l'aurait beaucoup fait souffrir. Je suppose qu'il a décidé qu'il ne vivrait plus très longtemps et que ça n'aurait pas vraiment d'importance pour lui une fois qu'il serait parti. Je ne peux pas en être sûre. C'est le seul dragon qu'on ait jamais connu… je ne parle pas pour l'espèce toute entière, parce que je n'en connais pas d'autres. Je ne crois pas qu'il y en ait près d'ici et les dragons ont tendance à ne pas trop voyager, parce qu'ils devraient laisser leur trésor.

— Quel qu'ait été son trésor… marmonnai-je en pensant à la coquille vide abandonnée après l'incendie chez Chen.

Ça aurait été bien de savoir que les autres dragons étaient si rares, vu le rôle de Mendax interprété par Rubus en glamour.

Ce dernier avait été intelligent d'utiliser des sbires d'espèces différentes, tels que Charrie. De toute évidence, les gobelins possédaient une vaste connaissance accumulée au fil des générations. Comme les Fey ne passaient que de courtes périodes dans ce monde, il y avait bien sûr de nombreux secrets, surtout au sujet des non-humains, dont nous ignorions jusqu'à l'existence.

— Quoi qu'il en soit, quand Chen est mort, les jeux étaient faits, continua Alora. À ce moment-là, le cancer de Charrie avait tellement progressé qu'il n'y avait plus de traitement possible. On ne pouvait que le regarder pourrir lentement de l'intérieur.

Elle me lança un regard suppliant.

— Vous avez vu les épées. On est des guerriers dans l'âme, même si on n'a pas d'ennemis à attaquer. Ce n'est pas dans nos gènes de laisser la maladie nous achever. Ce que tu as fait pour lui était une mort bien plus honorable.

Malgré ses mots, elle semblait contrariée. La disparition de Charrie restait récente ; son cœur était à vif et l'âme de Charrie coulait toujours dans ses veines. Je voyais la douleur gravée sur son visage et dans sa façon de se tenir ; elle me rappelait Opulus et Finn. Je la suspectais de bien mieux gérer la perte de l'être aimé que ces deux-là, même si elle souffrait.

Sans réfléchir, mes doigts cherchèrent à nouveau Morgan et effleurèrent la peau nue de ses avant-bras. Il se détendit à mon contact. Je n'étais pas la seule qui en avait besoin.

Les yeux pleins d'intelligence d'Alora nous contemplèrent et son abattement sembla empirer.

Comme je sentais le besoin de maintenir le cap de notre conversation, je relevai le menton.

— Qu'est-ce que j'ai fait pour Charrie, exactement ? demandai-je alors que la tension crépitait sur mes omoplates. Pour être honnête, les preuves qu'on a vues jusqu'ici ne me dépeignent pas comme quelqu'un de très glorieux.

— Je m'en doutais, répondit Alora d'une voix claire qui démentait ses larmes qu'elle retenait. C'est pour ça que j'ai été au commissariat. Je refusais que tu sois enfermée pour nous avoir aidés. Ça n'aurait pas été juste.

Morgan replaça son corps de sorte à pouvoir atteindre ma main. Son pouce traça avec douceur des cercles concentriques sur ma paume. J'expirai. *Respirer, c'est bien*, me rappelai-je. C'était important de continuer.

— Continue, l'encourageai-je, l'air plus bouleversé qu'Alora.

Elle porta sa tasse de thé à sa bouche et but avec lenteur. Je ne croyais pas qu'elle repoussait délibérément sa réponse ; elle essayait juste de trouver les bons mots et de les mettre en ordre dans sa tête.

— Sous l'ordre de Charrie, tu as pris quelque chose qu'on appelle l'actée blanche dans le laboratoire de Carduus, finit-elle par dire.

Morgan se tendit. Je m'empêchai de le regarder et restai concentrée sur Alora.

— Laisse-moi deviner, murmurai-je. L'actée blanche est une sorte de poison.

— Pour nous les gobelins, oui, confirma-t-elle. Je sais que Charrie a dû te persuader d'aller en chercher. Il a réussi à mettre la main sur la sphère… il l'a prise après la mort de Chen, mais il a été vu avec. Ce n'était qu'une question de temps avant que Rubus le rattrape.

Elle jeta un coup d'œil par la fenêtre, où Sitri et Bally se tenaient, plongés dans une conversation.

— Et, avec le cancer de Charrie, c'était logique pour lui de boire de l'actée pour mettre fin à ses jours, ajouta-t-elle avec douceur. Comme ça, Rubus ne pourrait pas lui poser de questions sur la sphère, nous menacer et nous prendre en otage au détriment de Charrie.

Elle grimaça.

— Rubus a quand même essayé. Il a envoyé plusieurs sbires ici pour découvrir ce qu'on savait. Ce n'était pas difficile de jouer les ignares, et ils ont fini par nous laisser tranquilles. Cette partie du plan a fonctionné. Bien sûr, quand le corps de Charrie a disparu, tout est devenu plus compliqué.

Elle se tourna vers moi.

— Tu étais censée prendre la tête de Charrie, boire la potion d'oubli, te réveiller complètement perdue et appeler la police. Ils auraient trouvé la sphère sur son corps et l'auraient conservée en tant que preuve. Tu n'aurais sincèrement eu aucune idée de ce qui s'était passé, donc tu aurais été à la hauteur quand la police et Rubus t'auraient interrogée. Et plus important, la sphère aurait été en sécurité.

Morgan me prit la main. Je secouai la tête. Peut-être que ma mémoire n'était pas aussi perdue qu'elle le semblait : l'idée résiduelle était restée quelque part dans les recoins de mon esprit. C'était une stratégie très similaire à celle que j'avais utilisée quelques jours plus tôt… sans le démembrement de corps et la potion magique d'oubli.

— Je suis désolée, murmurai-je. Je suis tellement désolée.

Alora secoua la tête et me gratifia d'un sourire plein de tristesse.

— Ne sois pas désolée. Tu lui as offert une mort honorable. Il est mort en sauvant le monde. Qu'y a-t-il de mieux ?

Ne pas mourir. Ne pas mourir aurait été mieux.

— Tu vois ? murmura Morgan. Tu n'es pas une meurtrière. Charrie a choisi cette issue. Tu n'as fait que l'aider.

Il me caressa les doigts.

— Tu n'es pas une méchante, Madrona. En fait, c'est tout le contraire.

— Mais on a fait tout ça pour rien, rétorquai-je d'un ton plat. La sphère est toujours en jeu, même si elle est cachée temporairement.

Je levai les yeux vers Alora.

— Il doit y avoir un moyen de la détruire pour de bon.

— Si on savait comment, ça aurait déjà été fait.

— Charrie est mort pour rien.

— Il allait mourir de toute façon.

Elle hésita, une lueur de désespoir dans le regard.

— Je suppose que tu n'as pas retrouvé son corps ? Tu sais ce qui lui est arrivé ? J'aimerais l'enterrer. J'aimerais savoir où il est.

C'était Finn qui s'était débarrassé du cadavre de Charrie. Finn et ses frères. Ils avaient interrompu notre plan infaillible à première vue et essayé de me tuer. Au lieu d'appeler la police, je m'étais fondue dans la nuit et avais pris cette fichue sphère avec moi.

— Je ne sais pas où est ton mari, répondis-je. Mais je connais quelqu'un qui le sait. On va se renseigner et te tenir au courant.

Pour la première fois, Alora sembla se détendre.

— Merci, souffla-t-elle. Ça compterait beaucoup pour moi. Et pour nos enfants.

Je me mordis la lèvre inférieure.

— Je ne suis pas complètement démoniaque, dis-je à Morgan.

J'aurais dû être ravie, mais j'étais fatiguée.

— Mais on n'a toujours pas avancé. On doit encore trouver un moyen de se débarrasser de la sphère. Je pense qu'impliquer la police est voué à l'échec. On a déjà essayé deux fois, d'une certaine façon, et ça a échoué. Il doit y avoir un moyen de la détruire.

Morgan se pinça les lèvres.

— On peut toujours tenter de trouver un autre dragon. Donner la sphère à Mendax était idiot, parce qu'il n'existait pas comme on le pensait. Mais en théorie, c'est une bonne idée. Un dragon pourrait se lier à la sphère pour la protéger de Rubus. Dans le meilleur des cas, un autre dragon pourrait la détruire une bonne fois pour toutes.

— Et comment on fait ça ? Comment on trouve un satané dragon ? Les gobelins n'en connaissent pas d'autres et les humains ignorent tout.

— Il y a la British Library, suggéra-t-il. Ou internet.

— Ce serait chercher une aiguille dans une botte de foin.

Morgan tapota sa cuisse avec ses doigts.

— Tu as dit que ce n'était pas de chance que Chen soit mort. Tu avais raison, Maddy. Les dragons vivent longtemps, bien plus que les humains et sûrement bien plus que nous. Il faut qu'on cherche des livres anciens qui pourraient suggérer leur existence. Je suis sûr qu'on peut trouver des indices sur quelque chose.

— Au lieu de livres anciens, on pourrait essayer avec des gens anciens ? proposai-je avec lenteur.

Morgan fronça les sourcils, mais il comprit en un rien de temps.

— Julie, souffla-t-il. Elle sait peut-être.

— Et si elle ne sait pas, elle connaît peut-être quelqu'un qui sait, ajoutai-je.

Alora resta perplexe.

— Qui est Julie ?

— C'est une… commençai-je avec un immense sourire.

Une violente douleur me comprima la poitrine. Je me pliai en deux alors qu'elle me traversait le corps, déchirant mes veines et mes artères. Morgan se retrouva à mes genoux en une seconde. Je peinai à respirer et eus des haut-le-cœur tandis que des larmes involontaires roulaient sur mes joues. Je ravalai le mot que j'étais sur le point de prononcer et gémis à la place. C'était tout ce dont j'étais capable.

— Le thé, grogna Morgan à l'attention d'Alora. Qu'est-ce que tu as mis dans le thé ?

Je lui fis signe de la main pour l'arrêter. Ce n'était pas le thé, bon sang. J'en avais à peine bu.

— Je n'ai rien fait ! protesta Alora.

— Elle… n'a rien… fait… m'étranglai-je.

— Alors, quoi ? insista Morgan. Qu'est-ce qui t'arrive ?

Je me redressai et m'assis.

— C'est… le contrat… de confidentialité, haletai-je.

Morgan fronça les sourcils, l'inquiétude marquant toujours son visage. Soudain, son expression s'illumina.

— Oh, commença-t-il avant de jeter un regard à Alora. Je suis désolé. J'ai eu tort de t'accuser.

Il se rassit sur sa chaise.

— Julie est une vampire. Maddy n'a pas le droit d'en parler parce qu'elle a bêtement signé un contrat magique pour ça.

Les yeux d'Alora s'écarquillèrent.

— Une vampire ? Vous en avez rencontré une ? Je savais qu'ils existaient, mais aucun gobelin vivant n'en a jamais croisé.

Morgan prit un air suffisant.

— Tu vas adorer ça, alors. Notre super vampire n'est nulle autre que Julie Chivers.

— De *St Thomas Close* ? L'actrice qui joue Stacey ?

— C'est ça, confirma-t-il en acquiesçant.

— Pas possible ! Je l'adore ! s'exclama Alora, bouche bée. J'ai toujours pensé qu'elle était bien conservée pour son âge.

Je leur fis un signe faible.

— Allô ? J'ai failli mourir, là.

— Ça ira pour toi, rétorqua sèchement Morgan.

— Tu n'en sais rien, grognai-je. D'ailleurs, l'ethnie de Julie est censée être un secret. C'est pour ça qu'elle m'a fait signer ce stupide contrat de confidentialité.

Mon corps tout entier me faisait toujours souffrir et des vrilles de douleur se déroulaient aux endroits les plus profonds et déplaisants.

— Je ne dirai rien, souffla Alora.

De toute évidence, elle était sidérée.

— Ça t'agace que j'en aie parlé à Alora alors que tu en étais incapable, c'est tout, me nargua Morgan avec un sourire.

Je lui tirai la langue. Même ça, ça me faisait mal. Comment était-ce possible ?

— Je déteste quand tu as raison, marmonnai-je.

— J'ai toujours raison, assura-t-il.

— C'est moi le super génie ici, mec, rétorquai-je avec un léger mouvement de tête. C'est moi qui ai pensé à elle la première.

Je ne pouvais pas beaucoup bouger ; ça faisait toujours trop mal.

Alora m'offrit un petit sourire.

— Je vois pourquoi vous allez si bien ensemble.

Je plissai le nez avant d'esquisser un sourire en coin.

— On est géniaux, pas vrai ?

Soudain, la porte d'entrée d'Alora s'ouvrit à la volée. Sitri et Bally se précipitèrent à l'intérieur. Morgan bondit sur ses pieds. J'essayai à mon tour, mais je vacillai plus que je ne sautai. Mince. Cette magie de confidentialité était puissante. Mes genoux se dérobèrent et je retombai sur la chaise. Nom d'un lutin.

— Quelqu'un arrive ! explosa Sitri. Une Fey, qui se dirige par ici. On a des sentinelles en avant-poste partout. Il est clair qu'elle vient par ici.

— Elle ? Ce n'est pas Rubus ? s'enquit Morgan, les poings serrés.

— Non, clairement pas. Ce n'est pas l'une des vôtres ?

— Non, répondit Morgan avant de baisser les yeux vers moi. Lève-toi, Madrona. On ne peut pas rester ici à boire du thé alors qu'on a peut-être été suivis. Il faut qu'on découvre qui vient par ici.

— Ça fait mal.

Il fronça les sourcils.

— Ça ne peut pas être si terrible. Tu n'as pas rompu le contrat. Tu ne vas pas mourir.

— Facile à dire pour toi.

Je me hissai péniblement sur mes jambes. Cette fois, je parvins à me mettre debout et le rester. Je progressais.

Morgan se dirigea vers l'entrée et je me lançai à sa suite, même si j'étais bien plus lente. Avec une foule de gobelins qui apparaissaient sur le pas des portes le long de la rue, nous allâmes vers la nouvelle venue.

Je n'avais absolument aucune idée de qui ça pouvait être. Vu tout ce que j'avais traversé pour en arriver là, que je puisse m'en souvenir ou pas, j'étais déterminée à ne laisser personne se mettre en travers de mon chemin. À moins que ce soit Rubus, qui avait décidé d'arborer un glamour de femme, cette fois. Peut-être qu'il avait besoin de changement. Je grinçai des dents. Il apprendrait certaines choses quand il aurait ses premières règles.

Des gouttes de transpiration se formaient sur mon front, mais au moins, la douleur se calmait. Je fis de mon mieux pour rattraper Morgan.

— Tu es sûr que ce n'est pas l'une des nôtres ? m'enquis-je en essayant de reprendre mon souffle. Ça pourrait être Artemesia. Elle a peut-être fait un de ses tours d'apothicaire pour nous trouver ici.

— Non, répondit Morgan en serrant la mâchoire. Elle a d'autres moyens de nous contacter. Si c'était une urgence, elle utiliserait les coquilles. On a des paires connectées, donc elle pourrait appeler si elle en avait besoin. Elle ne perdrait pas de temps à essayer de nous trouver et, si ce n'est pas une urgence, elle ne nous cherchera pas. Arty a assez de pain sur la planche. J'aurais dit que ça pouvait être Viburna… sauf qu'elle est morte.

Sa voix était restée plate. Nom d'un lutin.

— Peut-être que les gobelins se trompent, suggérai-je avec espoir. Peut-être que ce n'est qu'une humaine qui se promène.

— Ce serait bien, mais ils ne se trompent pas, réfuta-t-il en pointant le doigt devant nous. Regarde.

Je suivis son doigt et pris une inspiration tremblante lorsque je vis qui se trouvait là. Lunaria. Nous avions passé du temps ensemble quand j'avais essayé d'espionner Rubus et, malgré les circonstances, je devais admettre que j'aimais plutôt bien cette fée dégingandée. Mais elle était raide dingue de Rubus ; il était impossible qu'elle soit venue discuter du bon vieux temps autour d'une bière.

— Je m'en occupe, décidai-je.

Je redressai les épaules, ignorant la vague de douleur causée par ce mouvement. Très bien. Je ne parlerais plus du vampirisme de Julie ; j'avais Morgan pour ça.

J'aurais plutôt espéré avoir une démarche courageuse et menaçante. Au lieu de ça, on aurait dit que je traînais des pieds. Lunaria avait réalisé qu'elle était à la frontière d'un bastion de gobelins, même si ce bastion se résumait à de jolies petites maisons et des jardins bordés de fleurs. Elle s'arrêta et me regarda approcher. Je continuai jusqu'à ce que seuls six mètres nous séparent. Heureusement, mon corps se remettait enfin ; au moment où je fis halte, la douleur s'était assourdie.

— Tu as acheté de nouvelles chaussures, Mads ? demanda Lunaria, perplexe, la tête légèrement penchée. Tu marches comme si tu avais une tonne d'ampoules prêtes à exploser.

— Morgan est derrière moi, rétorquai-je avec une tentative de sourire nonchalant. Je ne veux pas enflammer sa libido en remuant les fesses.

Lunaria fronça les sourcils comme si elle ne comprenait pas comment ça pourrait arriver.

— Je suis une bombe sexuelle, expliquai-je. C'est assez difficile pour lui comme ça de ne pas me toucher.

— Si tu le dis…

J'ignorais pourquoi elle ne me croyait pas jusqu'à ce que je me souvienne que j'étais couverte de brûlures et que je portais des vêtements de skateur. Très bien.

— Avant de continuer, il faut que je sache que tu es bien qui tu sembles être, décrétai-je.

L'expression de Lunaria se détendit et elle me toisa sans surprise.

— Tu penses que je pourrais être Rubus, répliqua-t-elle en faisant signe vers son corps. Que tout ça n'est qu'un glamour. Tu sais qu'on ne peut pas prendre la forme de quelqu'un qui existe déjà. Les glamours ne fonctionnent pas comme ça.

Je haussai les épaules.

— Fais-moi plaisir. Prouve-moi que tu es vraiment Lunaria.

Elle se suça la lèvre inférieure.

— Quand on avait huit ans, on s'est promis d'être meilleures amies pour toujours et de ne jamais embrasser de garçon, parce que ça compromettrait notre amitié.

Je lui jetai un regard exaspéré.

— Je suis toujours amnésique. Je ne me souviens pas d'avoir eu huit ans, Looney. En plus, je suis certaine que je n'aurais jamais accepté de ne pas embrasser de garçon, ajoutai-je en reniflant.

— Tu as aussi promis que si j'étais plus grande que toi un jour, tu me donnerais ta poupée préférée, reprit-elle en croisant mes yeux. Je suppose qu'on ne tient pas toujours nos promesses, pas vrai ?

— Je suppose que oui, soupirai-je.

— La semaine dernière, je t'ai dit que je pourrais quitter Rubus et essayer Morgan à la place. Ça t'a rendue dingue.

— Mmm. Continue.

— Quand on est allées acheter des vêtements ensemble, tu étais tentée par le pantalon ouvert à l'entrejambe.

— Seulement l'espace d'une seconde, protestai-je.

Elle se pencha vers moi.

— Tu as aussi pointé un morveux du doigt et dit que ce serait bien que Rubus utilise la sphère, parce que l'apocalypse voudrait dire que cet enfant n'existerait plus.

— Ouais, admis-je d'une petite voix. J'ai dit ça.

— Je ne suis pas idiote, Mads. Je sais que tu essayais de m'ouvrir les yeux et me faire réaliser que rentrer à Mag Mell ne valait pas ce qui arriverait ici. Tu aimes faire semblant d'être démoniaque, mais tu ne l'es pas.

Elle détourna le regard.

— Il m'a fallu du temps pour m'en rendre compte. Tu es plutôt méchante, en apparence.

Je haussai les sourcils.

— Plutôt méchante ? Oh, pitié ! Tu peux faire mieux que ça.

Elle remua, mal à l'aise.

— Très bien. Tu es très méchante.

J'avais l'impression que c'était mon rôle de guider Lunaria. Elle avait de la chance de me connaître.

— Mes dents brillent plus que ton avenir, rétorquai-je.

Lunaria cligna frénétiquement des yeux, mais ne répondit pas. Je réessayai :

— L'expression sur ton visage suggère que tu es aussi perdue que l'était Adam le jour de la fête des Mères.

Toujours rien. Je continuai :

— Tu es…

— J'ai vu des blessures mieux habillées que toi, m'interrompit Lunaria, sévère, avant de pointer un buisson du doigt. Fais tes excuses à cette plante pour tout l'oxygène que tu lui voles.

Mon sourire s'étira jusqu'à mes oreilles. J'avais l'impression d'être une mère fière que sa fille ait obtenu son diplôme universitaire. Sans mention, bien sûr, elle n'était pas si incroyable, mais elle avait fait de son mieux.

J'entendis quelques murmures derrière moi provenant de la foule de gobelins, et de Morgan. Il était temps d'arrêter nos bêtises.

— Qu'est-ce que tu fais là, Lunaria ? Rubus t'a envoyée ?

Elle déglutit, comme frappée d'une soudaine nervosité.

— Il ne sait pas que je suis ici. Je suis venue pour moi, pas pour lui.

Elle tordit une mèche de cheveux dans ses doigts, puis acquiesça, comme si elle venait de prendre une décision.

— Et c'est moi qui ai envoyé les images de vidéosurveillance à la police pour toi, pas lui. Je ne les ai pas regardées, mais tu as tué Charrie le gobelin pour éviter que la sphère revienne à Rubus, pas vrai ? C'était un moindre mal. Et je sais que tu as délibérément essayé d'être envoyée en prison pour que la sphère soit en sécurité. C'est pour ça que tu as tiré. Je pensais que j'allais t'aider en donnant à la police ce qu'il leur fallait pour t'enfermer.

Alors voilà comment ils avaient mis la main sur la première vidéo éditée. Lunaria était plus rusée que je le croyais.

— Tu as fourni une preuve qui m'impliquait dans un meurtre à la police ? la questionnai-je avec un demi-sourire. Tu es vraiment une bonne amie.

J'étais sincère.

— Ce n'est pas que je te voulais en prison ! s'exclama-t-elle. Mais j'étais là. J'ai vu ce que faisait Rubus. Il ne s'arrêtera devant rien. J'ai essayé de le convaincre de ne pas utiliser la sphère à cause des dégâts qu'elle causerait, mais il s'en fiche. C'est un héros, mais s'il continue sur ce chemin, il va finir par se faire du mal et en faire à tout le monde.

Faire du mal à tout le monde ? C'était comme ça que nous nommions l'apocalypse qui se profilait ? Et moi qui pensais que m'appeler « plutôt méchante » était un euphémisme. Pourtant, il semblait que Lunaria commençait à ouvrir les yeux. Ça, ou elle désapprouvait ses plans parce que Rubus avait fait les yeux doux à Julie. L'enfer n'était rien face à la fureur d'une fée rejetée.

— Je n'ai pas vraiment tué Charrie, l'informai-je. Il travaillait avec moi, pas contre moi. C'est… compliqué.

— C'est pour ça que tu es ici et pas en prison ?

— En quelque sorte, admis-je avant de plisser le nez. Tu sais qu'on ne peut pas vraiment te faire confiance, pas vrai ? Tu peux nous suivre, mais on ne peut divulguer aucun secret. Après tout, tu pourrais toujours être amoureuse de Rubus et être de son côté.

Lunaria me fixa.

— Bien sûr que je suis toujours amoureuse de Rubus. Bien sûr que je suis de son côté. C'est pour ça que je ne peux pas le laisser utiliser la sphère. Je refuse que l'homme que j'admire soit responsable de la fin du monde ! Imagine ce qu'il ressentirait après, quand il reprendra ses esprits !

Je n'étais pas convaincue que Rubus doive reprendre ses esprits, mais Lunaria était on ne peut plus sincère. Elle voulait le sauver de lui-même ; c'était la seule façon dont elle pourrait lui prouver son amour. Je soupirai. J'avais entendu de plus mauvaises intentions, mais je ne pensais pas que tout finirait bien pour elle.

Une étrange lueur apparut dans ses yeux. Jusqu'ici, j'avais toujours considéré que Lunaria était tête en l'air et bien trop naïve, mais elle avait un fond rationnel. Pourtant, maintenant, elle émanait d'une ferveur qui me fit réfléchir. Quand les gens comme moi commençaient à s'inquiéter de l'état de l'esprit de quelqu'un, il était temps de prendre ses jambes à son cou.

— Parle-lui, Mads, me supplia-t-elle. Parle à Rubus. Il t'écoutera.

— S'il m'écoutait, on n'en serait pas là. Rubus n'en fait qu'à sa tête.

Je pris ses mains et les serrai dans l'espoir de la ramener à la réalité.

— Il faut qu'on l'arrête, Looney. Il faut qu'on fasse tout pour arrêter ce qu'il est en train de faire. C'est comme ça qu'on l'aidera.

— Comment ? murmura Lunaria. Comment l'arrêter ?

Ses doigts se resserrèrent autour des miens.

— C'est un héros, Mads. Un vrai. Tout ce qu'il veut, c'est nous sauver tous. En retour, il faut qu'on le sauve. Si les gens meurent, ça va lui faire tant de mal.

Ça commençait vraiment à m'agacer.

— Lunaria, des gens sont déjà morts. Et ils sont morts à cause de lui. C'est lui qui a tué Viburna. De la façon la plus glaciale possible. Et il a fait pareil à d'autres. Le frère de Finn a subi le même sort entre ses mains.

Ses yeux s'emplirent de larmes et sa lèvre inférieure trembla.

— Reste avec nous, l'encourageai-je. Si tu ne peux pas arrêter Rubus en étant avec lui, alors tu peux nous rejoindre et nous aider à l'arrêter.

— Non, rétorqua-t-elle. Je ne suis pas ici pour rester avec vous, je suis ici pour vous aider. Je ne veux pas savoir où est la sphère ou ce que vous faites. Rubus perd la tête. Vous avez mentionné Viburna. Depuis sa mort, il tourne en rond comme un fou. Il a cassé le bras d'Amellus parce qu'il a mis trop de temps à aller chercher son petit déjeuner. Il a coupé le petit doigt de Citrona quand il a cru qu'elle bâillait. Il a envoyé des fées partout en ville pour vous trouver, tous. Il y a un groupe devant le bar Metropolitan, un autre qui cherche Artemesia et une douzaine qui viennent par ici. J'ai réussi à prendre de l'avance parce que ces boules de feu se sont mises à tomber du ciel. Ils seront là en un rien de temps. Rubus est prêt à détruire la ville pour trouver la sphère.

Elle s'humecta les lèvres avant de conclure :

— Et tout le monde a assez peur de lui pour l'aider. Plus il fait du mal aux gens, plus il va se faire du mal.

Je pris une profonde inspiration. Les mots de Lunaria me laissèrent un mauvais pressentiment.

— Comment tu savais que je serais ici ? demandai-je. Pourquoi tu es venue ici, et pas ailleurs ?

Lunaria détourna les yeux.

— Tu ne te souviens peut-être pas de qui tu es, mais moi, oui, expliqua-t-elle. Je savais que tu te sentirais coupable de la mort de Charrie et que tu voudrais voir sa famille. Si Rubus comprenait que la culpabilité peut ronger une personne, il aurait envoyé plus de Fey ici, mais il pense que c'est un pari risqué. Les fées qu'il a envoyées pourraient faire du mal aux gobelins, par contre.

— Je n'ai pas tué Charrie, marmonnai-je, absente.

Pourtant, je me sentais toujours coupable. Je fis demi-tour pour jeter un coup d'œil au groupe rassemblé. Alora était là, avec Bally et beaucoup d'autres enfants. Il fallait que je les fasse sortir d'ici.

— Combien de temps il nous reste, Lunaria ? Ils arriveront dans combien de temps ?

— J'avais une avance d'une demi-heure.

Elle se mordit la lèvre. La conscience sembla briller à nouveau dans ses yeux. Enfin.

— Il ne reste plus beaucoup de temps, murmura-t-elle.

J'acquiesçai.

— Si tu ne restes pas avec nous, tu ferais mieux de partir.

Même dans son état actuel, il fallait qu'elle réalise le risque qu'elle prenait en me parlant et en dévoilant les plans de Rubus.

— Attends ! m'interpela Lunaria en attrapant mon bras. Est-ce que tu sais pourquoi il a plu du feu ? Pourquoi ces animaux deviennent fous ?

— À cause de nous, répondis-je avec tristesse. C'est nous et notre utilisation de la magie qui avons causé ça. Ce ne sera que le début, si Rubus obtient ce qu'il veut.

Ses yeux étaient aussi écarquillés que des soucoupes.

— J'ai entendu dire qu'il y avait un éléphant rose.

Je me figeai.

— Tu l'as vu ?

Elle secoua la tête. Nom d'un lutin. J'aurais juste aimé l'apercevoir. Je croisai ses yeux une dernière fois.

— Merci, Looney Tunes, soufflai-je. Prends soin de toi.

— De rien.

Elle me gratifia d'un sourire. Un instant plus tard, elle tourna les talons.

Je restai où je me trouvais, la regardant s'éloigner. Malgré l'urgence de la situation, l'inquiétude que je ressentais envers Lunaria grandissait. Quand elle disparut enfin au détour d'un virage, je me secouai. Il y avait bien plus que son bien-être en jeu.

Je rejoignis les gobelins à toute vitesse. Le corps de Morgan était tendu et ses yeux examinèrent mon visage comme s'il voulait vérifier que cette discussion ne m'avait pas causé de blessures mortelles. Son ouïe était pourtant assez fine ; il avait saisi chaque mot que nous avions prononcé.

— Il faut que tout le monde s'en aille d'ici. Il faut que vous évacuiez, tout de suite ! beuglai-je.

Personne ne bougea.

— Vous ne m'avez pas entendue ? Rubus a envoyé un contingent de Fey ici. Ils nous cherchent, Morgan et moi. Ils veulent retrouver la sphère à tout prix et satisfaire leur chef suprême. Oubliez la pluie de flammes : ils vont brûler cette cité tout entière sans même y réfléchir à deux fois !

Les gobelins échangèrent des regards. Sitri fit un pas en avant, Alora sur ses talons.

— C'est chez nous, ici, déclara-t-il. On ne partira pas.

Je levai les mains.

— Je sais que vous avez de grandes épées, mais comme vous l'avouez vous-mêmes, vous ne pouvez pas attaquer correctement. Votre meilleure chance, c'est de fuir.

Sitri secoua la tête.

— Les enfants seront mis en sécurité. Les autres camperont sur leur position.

— Non ! Vous ne pouvez pas faire ça ! Ces Fey vont…

— Ces Fey feront ce qu'ils feront. On n'est pas des trouillards, Madrona. On leur a déjà fait face. On ne va déserter maintenant, quoi qu'il arrive.

— Il n'est pas question d'être trouillard, mais plutôt de faire le bon choix, protestai-je.

Alora posa sa main sur mon épaule.

— On fait ce qu'on a à faire. On pourra peut-être les convaincre de s'en aller. Peut-être pas. Mais Charrie n'a pas laissé tomber, et nous non plus.

Je jetai un regard désespéré à Morgan. Les fées de Rubus se trouvaient déjà dans un état de grande tension. En exécutant Viburna, il avait démontré avec efficacité que tous les coups étaient permis, donc ils n'hésiteraient pas à faire du mal aux gobelins. Leur meneur les avait rendus frénétiques et avait instauré des règles mafieuses.

— Alors, il faut qu'on reste, décrétai-je. Morgan et moi, on peut vous aider. Au moins, notre magie est égale à la leur. Avec nous, vous aurez une chance.

— Non, rétorqua Sitri, catégorique. Votre présence ne fera que mettre le feu aux poudres. Vous ne nous aiderez pas.

— Mais…

Il leva la main.

— C'est à nous de faire ce choix, déclara-t-il avant de faire face à un petit groupe de gobelins qui se tenaient d'un côté. Rassemblez les enfants et mettez-les en sécurité. Tous les autres doivent prendre position. On s'est préparés pour ce moment.

Il se tourna vers moi.

— Quand votre espèce n'est pas partie il y a dix ans de ça, on a commencé à se préparer. On est prêts.

Je ne comprenais pas comment c'était possible.

— Morgan, suppliai-je, désespérée. On ne peut pas…

— C'est leur choix, Maddy, contra-t-il. Il faut qu'on le respecte.

Je voyais mes propres émotions se refléter sur son visage.

— Je suis la Madhatter, grognai-je. Je n'ai rien à respecter.

Morgan échangea un regard avec Sitri.

— Mais tu vas le faire, souffla-t-il.

Mes épaules s'affaissèrent. Sitri sourit.

— On est plus forts que tu le penses. Mais d'abord, on essaiera de maintenir le calme. Seulement si et quand ça échouera, on défendra physiquement nos maisons.

Son ton ne laissait pas place à la protestation. Quoi que je fasse, il ne changerait pas d'avis.

— On devrait y aller, Maddy, m'interpela Morgan. Ils ont pris leur décision. Et Sitri a raison : si un des Fey nous voit, ce sera bien pire.

Nom d'un lutin. Je soupirai et secouai la tête. Je fus tentée de taper des pieds, mais je doutais que ce soit utile.

— Et s'ils utilisent la magie ? Ils pourraient, argumentai-je en pointant le ciel bleu. Qu'est-ce qui viendra après les gouttes de feu si encore plus de magie est libérée ?

— On s'assurera de le leur préciser, répondit Sitri avec un calme incroyable. Partez, maintenant.

Plus de vingt jeunes gobelins avaient déjà été menés dans une ruelle. Morgan prit ma main et tira. Je jetai un coup d'œil à Alora, mais je n'eus droit qu'à un sourire en réponse.

— On peut y arriver, Madrona, m'assura-t-elle. C'est ce que Charrie aurait voulu.

Elle m'enlaça brièvement.

— Fais attention à toi. Et, plus important, concentre-toi sur la sphère. Quoi qu'il arrive, elle ne doit pas être activée. Pour nous tous.

J'acquiesçai. Il fallait que je me focalise à cent pour cent sur ça ; je devais protéger la sphère.

— Prends soin de toi, lui murmurai-je.

Elle posa son poing sur sa poitrine et toucha un bref instant son cœur.

— Toujours.

Morgan et moi partîmes à la suite des enfants et de leurs gardiens, avant de nous séparer d'eux pour aller dans la direction opposée. Au bout de la rue, je me tournai et les regardai disparaître dans un virage. Ils semblaient sûrs d'eux. Sitri avait raison : ils s'attendaient à une situation similaire depuis dix ans. Ils savaient ce qu'ils faisaient, mais ça ne voulait pas dire que je ne pouvais pas les aider.

Je libérai ma main de celle de Morgan et marchai d'un pas lourd vers une vieille cabine téléphonique, qui avait connu des jours meilleurs. Elle semblait délaissée et seule dans ce nouvel âge digital.

— Maddy ! aboya Morgan. Qu'est-ce que tu fais ?

— Ce que je peux faire pour aider, répondis-je avec calme.

Si les gobelins pouvaient garder la tête froide, moi aussi. Je cherchai des pièces dans ma poche et sortis la carte de la détective Jones au passage.

Elle décrocha à la troisième sonnerie.

— Ici Détective Jones, dit-elle d'une voix sévère.

— C'est Madrona Hatter. Je suis dans un lotissement résidentiel près de Boggart Hole. Je suppose que vous avez vu une partie de ce qui s'est passé devant votre commissariat juste après ma libération. À moins que vous vouliez que ça se reproduise, vous devez envoyer la cavalerie ici tout de suite.

Je laissai tomber le combiné, qui se balança en l'air tandis que la petite voix de Jones me canardait d'une série de questions. Puis je sortis de la cabine et la lourde porte se referma en claquant derrière moi.

Morgan me jeta un regard en coin.

— Je ne crois pas que la police de Manchester ait une cavalerie.

Je haussai les épaules.

— Ils trouveront un moyen. Vu tout ce qui s'est passé aujourd'hui avec la magie, ils seront occupés et en auront par-dessus la tête. La détective Jones me prend plus au sérieux qu'elle ne le laisse paraître. Elle fera de son mieux aux côtés des gobelins. Même si nous, on n'y peut rien, ajoutai-je en perdant mon sourire.

— On fait ce qu'ils nous ont demandé, fit-il remarquer.

— Ça ne veut pas dire que c'est bien.

Morgan acquiesça sans détourner les yeux.

— Je sais, répondit-il en passant une main dans ses cheveux. Tout part en cacahuète.

Je redressai le menton.

— On a toujours la sphère. D'une certaine façon. Bon, au moins, Rubus ne l'a pas. D'après moi, ça compte comme une victoire. On devrait commencer à prévenir les autres qu'il envoie ses troupes, par contre.

Morgan me montra une petite coquille blanche.

— J'ai déjà parlé à Artemesia. On se regroupe chez Julie. Rubus la connaît, bien sûr, mais on m'a dit qu'on serait en sécurité, chez elle.

— En effet. C'est une vampire, donc personne ne peut passer le pas de sa porte sans sa permission.

Son expression m'arracha un petit rire.

— C'est fou, pas vrai ? C'est comme si tout ce qu'on nous a dit sur les vampires était faux.

Une légère douleur d'avertissement me traversa et je ravalai mon souffle.

Je jetai un regard au lotissement des gobelins. Le silence régnait toujours. Pour l'instant. Je poussai un soupir. Je ne pouvais que leur souhaiter bonne chance.

— Allons-y.

Morgan n'esquissa pas un mouvement.

— Avant ça… murmura-t-il en penchant la tête vers mon oreille. Je suis fier d'être ton larbin.

Je lui offris un petit sourire en retour.

— Si on finit par s'en sortir un jour, je te trouverai un costume sympa, lui annonçai-je. Un string, peut-être. Et rien d'autre.

Je lui fis un clin d'œil avant d'ajouter :

— Il est temps de filer, Garçon Escargot.

Chapitre 10

La seule personne visible dans la rue de Julie était un enfant humain hautain qui se promenait, les mains dans les poches. Sa façon de lever la tête vers le ciel tous les quelques pas suggérait qu'il n'était pas aussi confiant qu'il le laissait paraître. Je ravalai mon envie de lui hurler de rester chez lui. J'avais le sentiment que lui dire quoi faire aurait l'effet inverse. Au lieu de ça, je le rattrapai et tendis la main pour qu'il m'en tape cinq.

— Hé ! Tu es comme moi ! m'extasiai-je avec un sourire. On ne va pas laisser quelques rats errants et des boules de feu nous empêcher de sortir ! Je n'ai pas du tout peur. Tu n'en as pas l'air non plus.

L'adolescent me fusilla du regard pour avoir osé lui adresser la parole.

— Dégage, grogna-t-il.

J'écarquillai les yeux et tourbillonnai plusieurs fois, au point d'en avoir le tournis.

— Il n'y a que les gens ennuyeux et sains d'esprit qui restent chez eux ! tonnai-je. C'est vrai que l'armée est en chemin pour nous protéger ? Parce que j'aimerais bien voler un de leurs tanks, tu vois. Même s'ils ne viennent pas, ça ne changera rien. Tout ça, c'est la faute des services de sûreté. Ils ont fabriqué ces conneries parce qu'ils font des essais nucléaires.

Je me tapotai le côté du nez.

— Je le sais, tu vois ? Ils ne peuvent rien me cacher.

L'adolescent jeta un regard à Morgan derrière moi, qui se contenta de hausser les épaules et de plonger ses mains dans ses poches.

Mes lèvres s'étirèrent encore.

— Il pense qu'on devrait rentrer, mais je veux voir la fin du monde. D'abord le feu, puis il y aura des inondations.

Je pointai une bouche d'égout à proximité.

— Les eaux sortiront par là. Les quatre cavaliers de l'apocalypse chevaucheront dans la ville. Il y aura pestilence et…

— Va te faire voir ! hurla le garçon. Je rentre chez moi !

Il s'éloigna d'un pas rapide.

Je l'observai et me tapotai mentalement le dos. Avec un peu de chance, il s'en tiendrait à ce qu'il venait d'annoncer. S'il croyait que les seules personnes dans la rue étaient des tordus qui n'avaient pas l'air sains d'esprit, il serait plus enclin à faire le bon choix et de rester à l'intérieur pour le moment. Qui sait ? L'inondation serait peut-être vraiment la prochaine étape.

Puis une pensée me traversa.

— Hé ! l'interpelai-je. Tu as vu un éléphant rose ?

Il ne répondit pas, mais disparut au détour d'un virage. Morgan s'avança au niveau de mon épaule.

— C'était gentil de ta part, murmura-t-il.

— Je suis la Madhatter, chantonnai-je. Je vide les rues dangereuses pour que les enfants soient en sécurité.

Je m'interrompis un instant, puis repris :

— Il aurait dû être plus reconnaissant. Il ne m'a sûrement pas reconnue sans ma fabuleuse cape.

Morgan ne sourit pas. Ce n'était pas très surprenant ; dans mon souvenir de notre première rencontre, je portais ladite cape. Même si je devais admettre qu'elle n'était pas aussi fabuleuse que je l'aurais souhaité.

Sans prévenir, il déposa un brusque baiser sur mes lèvres. Avant qu'il puisse s'éloigner, j'agrippai ses épaules et enroulai une jambe autour de sa cuisse. Ce n'était pas juste qu'il soit aussi bon.

Je n'avais jamais goûté de poussière féérique, la drogue des Fey que je vendais avant mon amnésie, mais j'aurais parié ma culotte préférée que ce n'était pas aussi addictif que les baisers de Morgan. Enivrant. À m'en faire tourner la tête. À m'en tordre les entrailles…

Quelque part à notre gauche, quelqu'un toussa bruyamment. Je jetai un regard assez long pour remarquer le groupe qui se tenait sur le pas de la porte de Julie à nous contempler.

— Ce n'est pas un spectacle, grogna Morgan après avoir mis fin au baiser.

Julie s'éventa.

— Si c'était un spectacle, c'en serait un très chaud. Mon Dieu, mes petits choux !

J'esquissai un sourire suffisant et satisfait, puis je fus frappée par sa pâleur. Finn, présent aussi, rôdait derrière elle comme si ses jambes étaient sur le point de la lâcher.

— Qu'est-ce qui ne va pas ? demandai-je. J'ai déjà condamné une espèce entière au désastre, aujourd'hui. Je ne veux pas perdre la seule v… star de feuilleton que j'ai rencontrée aussi.

Fichu contrat de confidentialité. J'étouffai la nouvelle vague de douleur.

— Ils savent tous ce que je suis, mon chou, fit remarquer Julie avec un faible geste de la main. En de telles circonstances, il me semblait pertinent de révéler la vérité. Et merci de poser la question, mais je vais bien. Juste un petit rhume.

Ça n'avait pas l'air d'un petit rhume à mes yeux. Je fronçai les sourcils. Derrière elle, Finn me fit signe avec ses mains, puis fit mine de se couper la gorge.

— Qu'est-ce que tu as, Finn ? m'enquis-je. Tu veux que je te coupe la tête ? Parce que je n'ai pas d'épée de gobelin sur moi. Je suppose que je pourrais essayer avec un couteau de cuisine.

Il leva les yeux au ciel, exaspéré, et siffla à mon attention. Julie sourit et lui tapota la main.

— Finn est un peu inquiet pour moi. Pour être honnête, ce n'est rien. Entrez.

Morgan et moi nous engageâmes à l'intérieur tandis que les autres reculaient. Heureusement, la maison de Julie faisait une taille remarquable. Notre groupe destiné à battre Rubus et sauver le monde semblait s'agrandir dès que je détournais les yeux. C'était sans doute une bonne chose.

Timmons apparut.

— J'ai surveillé les radios de police. Il y a eu des perturbations dans le quartier où vivent les gobelins, mais tout le monde semble s'être dispersé, pour l'instant. C'était vous, les gars ?

Morgan secoua la tête.

— Non, répondit-il d'une voix sombre. Je te laisse deviner qui était responsable. Les gobelins savaient que ça arriverait et nous ont jetés dehors pour pouvoir s'en occuper tous seuls.

Il me lança un regard en coin.

— On dirait qu'ils ont fait le bon choix.

Je reniflai.

— C'est seulement parce que j'ai impliqué la police. C'est bon de savoir que la détective Jones est venue.

Je ne pouvais nier l'immense soulagement que je ressentais de savoir que les gobelins allaient bien ; j'en avais assez sur la conscience comme ça. Puis une autre pensée me frappa.

— Attends, interpelai-je Timmons. Tu as une radio de police ? Toi ?

Il arbora une mine déconfite.

— Je n'ai pas ma propre radio. Je l'écoute sur internet. C'est un passe-temps.

— Un passe-temps utile, répliquai-je avec un sourire. Bravo.

Le compliment fit rosir les joues de Timmons. Hmmm. Il semblait que je pouvais prendre les gens au dépourvu en leur disant des choses gentilles. Les insultes n'étaient pas la seule solution.

Je me mis sur la pointe des pieds et repérai Jodie.

— J'adore tes cheveux ! la louai-je.

Malheureusement, ils étaient en bataille et donnaient l'impression qu'elle ne les avait pas brossés depuis un mois. Elle parut le réaliser et me jeta un regard noir.

— J'essayais d'être gentille, marmonnai-je.

— Garde ton hypocrisie pour toi, cracha-t-elle.

Je haussai les épaules. Je ne pouvais pas lui en vouloir pour son hostilité.

— Si tu insistes ! m'exclamai-je avec joie. À partir de maintenant, je serai méchante.

Morgan leva les yeux au ciel.

— Ce n'est pas le moment. On a des choses à faire, grommela-t-il avant de se tourner vers Julie. Est-ce qu'on peut s'asseoir quelque part ?

— La cuisine fera l'affaire, répondit-elle. Il y a plein de chaises autour de la table, là-bas.

Nous nous y attroupâmes tous et nous installâmes sur une variété de chaises de toutes les tailles et formes. Je m'assurai de prendre place à côté de Morgan avec l'espoir qu'il se jetterait sur moi pour une nouvelle partie de roulage de pelles. Je me fichais que les gens regardent du moment que ses lèvres se collaient aux miennes. En fait, ces personnes pouvaient faire ce qu'elles voulaient tant que Morgan était avec moi.

— Je suppose que vous avez vu le feu tomber du ciel, nota Timmons en se gesticulant sur son siège jusqu'à être à l'aise. Je me demande ce qui viendra après.

Artemesia apparut dans l'encadrement d'une porte.

— Difficile à dire, répondit-elle d'un air sombre. On entre en territoire inconnu.

Elle s'affala sur l'une des chaises de la cuisine, à l'opposé de moi.

Je battis des doigts sur la table.

— Il doit y avoir une sorte de valve pour relâcher la pression.

— Bah voyons, répliqua Artemesia, la voix dégoulinante de sarcasme. Pourquoi je n'y ai pas pensé ? Pourquoi tu n'irais pas la chercher ? Je suis sûre que tu mettrais la main dessus en quelques secondes. Après tout, ce monde est comme une chaudière. La valve est sûrement cachée dans l'un des placards de Julie. Pendant que vous vous rouliez des pelles, j'essayais de trouver une solution.

— On ne s'est pas juste roulé des pelles, rétorquai-je en faisant la moue. J'ai aussi pris un bain avec des canards.

Elle fit claquer sa langue.

— L'accumulation de magie serait bien plus facile à résoudre si je pouvais rester dans mon laboratoire, où se trouve tout mon équipement.

— Je te l'ai dit avec la coquille, contra Morgan. Avec Rubus qui nous cherche, c'est trop dangereux.

— Il m'a toujours cherchée.

— Ouais, mais maintenant, il est particulièrement motivé, soulignai-je. Tu es la meilleure geek qu'on ait, Arty. On ne peut pas se permettre de te perdre.

— Comme c'est mignon, marmonna-t-elle. Quoi qu'il en soit, ce que j'essaie de dire, c'est que je ne peux rien trouver pour arrêter cette folie provoquée par la magie. La prochaine vague pourrait arriver à n'importe quel moment. Ça n'aide pas que Rubus et ses sbires balancent sûrement des sorts et des potions où ils veulent. Ils ne vont faire qu'empirer les choses. Au point de causer des catastrophes.

— Peut-être qu'on pourrait agiter le drapeau blanc temporairement et entrer en contact avec lui, soupirai-je. Tout ça l'a impacté plus négativement que nous. Il a failli se faire dévorer vivant par un tsunami de rats. Si Carduus n'a pas compris ce qui se passe et ne l'a pas prévenu d'éviter la magie, on devrait peut-être le faire.

Les épaules de Morgan se tendirent.

— Il n'écoutera rien de ce qu'on a à dire.

Mon regard glissa vers Julie, dont le visage arborait une expression étrange et rêveuse.

— Il l'écoutera peut-être, elle, hasardai-je.

Finn se raidit.

— Hors de question. Ça n'arrivera pas.

Le Bonnet-rouge se montrait vraiment surprotecteur avec elle.

— C'est une suggestion raisonnable, assurai-je. Je ne pense pas qu'il lui fera du mal. Il est plus en admiration devant elle qu'autre chose.

— Mes petits choux, ce serait un plaisir, répondit-elle d'une voix traînante. Organisez le rendez-vous. Par contre, dites-lui d'apporter du bon gin. Autant m'amuser un peu au passage.

Finn ouvrit la bouche pour protester, mais Morgan lui fit signe de se taire.

— C'est risqué, mais il faut qu'on le fasse. Si d'autres fées sous les ordres de Rubus utilisent la magie sous ses ordres, qui sait ce qui pourrait se passer. Du moment qu'il est coincé dans ce monde, il ne voudra pas mettre en péril sa sécurité.

— En parlant de ça, on ne va pas récupérer la sphère qui est avec la femme de ménage ? s'enquit Jodie. Et si elle la déclenchait par accident, ou quelque chose comme ça ?

Artemesia secoua la tête.

— Ça n'arrivera pas. Les humains ne peuvent pas la déclencher parce qu'ils n'ont aucune magie en eux.

— Elle est en sécurité, pour l'instant, confirma Morgan. Tant que les Fey de Rubus seront dans les rues, on ne pourra pas se permettre de s'approcher de la sphère. Elle ne pourrait pas être mieux cachée. Ce n'est qu'une solution temporaire, bien sûr, mais Maddy a bien fait de ne pas la garder sur elle.

J'esquissai un sourire rayonnant.

— Je la récupèrerai plus tard, quand on sera sûrs que la voie sera libre, déclarai-je. Ça ne devrait pas être long. On a d'autres choses à faire, en attendant.

Je me tournai vers Julie.

— Il faut qu'on trouve un dragon. Tu es ancienne. Tu dois avoir entendu parler d'autres créatures comme Chen.

— Mon chou, je n'ai pas la moindre idée d'où commencer. Je ne savais même pas que les fées existaient il y a quelques semaines. Je ne crois pas avoir déjà croisé un dragon.

Je fis un geste vers le groupe, agacée.

— Comment c'est possible ? Comment toutes ces créatures surnaturelles ne savent pas que d'autres existent ?

— Tu dis ça comme si c'était notre faute, répliqua sèchement Morgan.

— C'est le cas !

— Tu es l'une des nôtres, Maddy.

— Ouais, mais je suis amnésique, contrai-je en faisant la moue. Je suis un cas à part.

Je haussai un sourcil à l'attention de Finn.

— Je me souviens t'avoir entendu dire que toi et tes frères, vous comptiez contacter des loups-garous pour vous aider à combattre Rubus. Comment vous alliez procéder ? Peut-être qu'ils savent quelque chose.

— Tout ce que j'ai, c'est un numéro de téléphone. Je pense qu'ils vivent dans les contrées sauvages d'Écosse, où ils ont de l'espace pour courir sans se faire remarquer.

— Appelle-les, ordonnai-je. Même s'ils ne peuvent pas nous aider à trouver un dragon, on aura besoin de toute la main-d'œuvre possible. Ils ont dû entendre parler de ce qui se passait ici et ils ont de la magie dans les veines. Ce qui arrive à Manchester les affecte aussi.

Finn haussa les épaules.

— Je ferai de mon mieux pour les persuader de venir par ici.

Mon regard se durcit.

— Fais mieux que ça. On a besoin d'eux.

— Je ne te comprends pas, parfois, intervint Jodie. Un moment, tu embrasses Morgan, l'autre, tu te comportes comme une garce. Après, tu te montres désinvolte. Et voilà que tu donnes des ordres à tout le monde.

— J'embrasse Morgan parce que je suis dans un état d'excitation constante en sa présence, répondis-je sans pouvoir m'empêcher de remarquer la soudaine lueur qui passa dans ses yeux verts. Je me comporte comme une garce parce que j'en suis une. Je me montre désinvolte parce que, parfois, on ne peut gérer un désastre qu'avec le sens de l'humour. Je donne des ordres à tout le monde parce qu'il vous faut un superbe général comme moi pour vous dire quoi faire. Ce n'est pas sorcier. La personnalité n'est pas une force immuable : on change tous et on s'adapte à la situation. On a tous de bons et de mauvais côtés. Les miens sont plus évidents parce que je m'en tamponne le coquillard de ce que vous pensez de moi, c'est tout. J'ai assez de problèmes avec mon propre jugement pour m'inquiéter de celui des autres.

Je m'interrompis un instant, avant d'ajouter :

— À part celui de Morgan.

C'était une évidence.

— Maintenant, on peut en revenir au principal ? repris-je. Il faut qu'on trouve un dragon. C'est la seule façon d'empêcher Rubus de mettre la main sur la sphère. Apparemment, les dragons vivent de très longues vies... ils sont sûrement ici depuis plus longtemps que les vampires. Il doit y avoir des traces de leur existence quelque part, même s'ils sont cachés. S'il y a des traces des vampires, que les chasseurs ont utilisées pour trouver Julie, il y en aura aussi des dragons, quelque part.

Soudain, Julie claqua des doigts.

— Attendez, intervint-elle.

Nous nous tournâmes tous vers elle.

— Tu as pensé à quelqu'un ? m'enquis-je, les doigts croisés.

— Non, répondit Julie. Mais je pense savoir où on peut chercher.

Tout le monde se redressa et retint son souffle. Nous avions besoin d'une pause, et nous le savions.

— La cathédrale de Manchester, continua-t-elle. Il y a un vieux registre de paroisse qui remonte à cinq siècles. Un groupe de vampires s'y est introduit pendant le blitz des années quarante pour s'assurer que ceux où nous étions mentionnés soient détruits. Mais il est possible que les dragons n'aient pas été aussi circonspects. Il y a peut-être quelque chose là-bas.

— C'est comme chercher une aiguille dans une botte de foin, fit remarquer Artemesia. Si vous me laissez quelques heures, je peux utiliser de l'essence de rose et du falwort pour fabriquer une potion qui pourrait nous aider à repérer plus rapidement les informations dont on a besoin.

— L'accumulation de magie dans l'atmosphère doit rester ta priorité, Arty, répliqua Morgan. On doit s'assurer que la ville ne soit pas détruite.

Elle leva les mains, désespérée.

— Je suis dans une impasse. Je ne sais pas quoi faire pour ça. Je peux l'atténuer un peu, mais pas si Rubus et les autres lancent toujours des sorts. J'ai besoin de mon labo et de mes livres.

— Dans ce cas, notre priorité est de faire en sorte que Julie rencontre Rubus pour lui dire d'arrêter d'utiliser la magie, déclarai-je. Après ça, on peut aller à la cathédrale et tous s'y retrouver. Avec un peu de chance, la potion d'Artemesia nous aidera à découvrir quelque chose au sujet de dragons à proximité. On n'aura qu'à croiser les doigts pour qu'ils tiennent vraiment à leurs réserves au point de ne pas avoir déménagé depuis le seizième siècle. Après, j'irai chercher la sphère.

— Après quoi ? demanda Jodie. Si on ne peut pas trouver de dragon pour nous aider à nous débarrasser de la sphère, qu'est-ce qu'on fait ?

— On s'enfuit très vite. À Tombouctou, de préférence, répondis-je en dépoussiérant mes mains avant de me lever. Mais on n'aura pas besoin de faire ça.

— Pourquoi pas ?

— Parce qu'on peut battre Rubus, enchaîna Morgan. On peut être plus malins que lui. Pour l'instant, c'est le monstre qui boude dans l'ombre, dans l'attente de son grand moment. Mais nous, on est les renards rusés qui s'assureront que ça n'arrive pas.

Il me sourit.

— On n'a pas d'autre choix.

Chapitre 11

Morgan avait peut-être décrit Rubus comme un monstre qui boudait dans l'ombre, mais avec son nouveau moyen de contourner la trêve, il ne se cachait plus. Il ne fallut que quelques appels rapides pour découvrir qu'il était de retour dans le repère qu'il utilisait quand je l'espionnais. Il était temps que le vent tourne en notre faveur.

Poussés par l'optimisme et un plan à peu près correct, Morgan, Finn, Julie et moi nous précipitâmes en direction de cette adresse dans la voiture du premier. À part un hélicoptère noir qui tournait dans le ciel, nous n'aperçûmes personne d'autre. Même les adolescents idiots qui feignaient l'assurance restaient à l'intérieur, à présent. La nuit tombait et, au vu des événements de la journée, il n'était pas très surprenant que les gens ne s'aventurent pas à l'extérieur. Il n'y avait aucun véhicule d'intervention dans la rue non plus.

Je remarquai un chat qui faisait sa toilette d'une patte dans la plus grande indifférence. Le vent poussait les déchets brûlés sur la route tels des virevoltants dans les vieux films westerns. Un air silencieux et fantomatique planait sur la ville. La pluie de feu avait détruit au moins la moitié des lampadaires. Les maisons devant lesquelles nous passions et dont les habitants étaient assez courageux pour ne pas éteindre la lumière avaient bien fermé leurs rideaux, comme pour se protéger de quelque chose à l'extérieur.

Nous essayions d'éviter l'apocalypse, mais j'avais l'impression qu'elle était déjà arrivée.

Julie se mit du rouge à lèvres vif et secoua ses cheveux.

— Je veux attendre qu'il fasse entièrement sombre, annonça-t-elle sans s'adresser à personne en particulier.

Je jetai un coup d'œil par la vitre de la voiture.

— Cinq minutes, pas plus, dis-je. La dernière lueur du jour aura disparu. Mais il n'y a personne, si tu t'inquiètes d'être repérée par des fans.

— Je ne m'inquiète pas, mon chou.

Elle tapota ma main avant de prendre son sac pour en sortir une petite flasque en argent. Elle but une gorgée délicate et l'y remit.

— Mais je crois que Rubus sera plus à l'aise sous la protection complète de la nuit. Après tout, ces rats dont tu m'as parlé lui ont sûrement endommagé le visage avec leurs petites griffes.

J'esquissai un sourire.

— Ouais. C'est presque dommage qu'on guérisse si vite. Ce serait bien que ces marques de griffure s'infectent.

Soyons francs, il méritait bien pire.

Je jetai un regard à Morgan, sur le siège conducteur.

— Je ne sous-entends pas qu'on en appelle aux bons sentiments de Rubus, mais comment ça se fait que tu sois si merveilleux et lui si mauvais ? Vous êtes frères. Vous vous ressemblez. Pourquoi vous êtes si différents ?

— C'est la question à un million d'euros, répondit Morgan en me toisant par-dessus son épaule. Qui sait pourquoi certaines personnes sont méchantes ?

J'y réfléchis.

— J'ai été méchante quelques jours parce que je pensais que ce serait plus amusant.

— Ça l'était ? s'enquit Finn.

— Je n'étais pas très douée, lui confiai-je. J'ai fait de mon mieux, mais je n'avais pas ce qu'il fallait en moi pour réussir.

Il poussa un léger ricanement.

— Je trouve ça difficile à croire.

— C'est clair ! Difficile d'imaginer qu'il y a une chose pour laquelle je ne suis pas la meilleure au monde. Malheureusement, Rubus me bat à plates coutures quand il s'agit de méchanceté.

— Ne t'inquiète pas, mon chou, intervint Julie. Tu as encore le temps.

Elle se pencha et trifouilla la radio. Quelques secondes plus tard, la machine revint à la vie.

— Une zone d'exclusion de trente-deux kilomètres a été installée autour du périmètre de Manchester, déclara le présentateur. Le gouvernement a annoncé qu'ils ignorent le nombre de morts, mais assurent encore que les problèmes sont tous localisés. Les troupes de l'armée sont mobilisées et ont prévu de passer les frontières de la ville avant demain matin pour restaurer la paix et maintenir l'ordre. Les lignes téléphoniques dans Manchester restent ouvertes et la plupart des maisons ont l'électricité et l'eau courante. Si vous êtes en ville, nous vous prions de rester à l'intérieur pour l'instant au cas où d'autres problèmes se produiraient.

Mon regard balaya la rue vide.

— L'armée va venir restaurer la paix ? Ce ne sera pas difficile : cet endroit n'a jamais été aussi paisible. Ils viennent plutôt détruire la paix.

— Pas si Rubus a son rôle à jouer là-dedans, répliqua Morgan. Tu es prête à sortir maintenant, Julie ?

Elle étira son cou. La pleine lune nous nimbait de sa douce lumière blanche. Seules quelques faibles lueurs de jour persistaient à l'horizon.

— Oui, déclara-t-elle d'un air décidé en nous souriant. Ne vous inquiétez pas. Il ne sait pas ce qui l'attend.

Finn semblait mal à l'aise et avait toujours envie de lui emboîter le pas. Julie lui offrit un sourire rassurant qui révéla ses dents blanches acérées. Puis elle ouvrit la portière et, hissée sur des talons aiguilles immaculés qu'elle portait comme si c'était des pantoufles, elle traversa la route pour rejoindre la porte de Rubus.

Elle ne toqua même pas. Nous l'observâmes, retenant nos souffles, alors qu'elle tournait la poignée et entrait tranquillement.

— Elle a plus l'air d'un vampire, non ? interpelai-je Finn.

Il ne répondit pas, mais je sentis sa tension augmenter.

— Je ne parlerai pas d'elle derrière son dos, déclara-t-il, nerveux.

— C'est mon amie aussi, et je veux la protéger. Mais l'accumulation de magie l'affecte plus qu'elle ne le laisse paraître, notai-je avant de faire un décompte sur mes doigts. Elle a l'air plus pâle. Plus fatiguée. Elle a attendu qu'il fasse complètement nuit avant de sortir de la voiture. Même ses dents ont l'air différentes.

— Elle est exactement la même qu'elle a toujours été, rétorqua-t-il. Tu imagines des choses.

Non. Je n'imaginais vraiment rien.

— Finn… commençai-je.

— Je ne veux pas en parler.

Je soupirai. Depuis le décès de ses frères, le Bonnet-rouge s'était accroché à Julie comme un homme à la dérive à une bouée de sauvetage. Je savais que je pouvais jacasser jusqu'à en avoir le visage bleu, mais il ne m'écouterait pas. Malgré tout, je pouvais compter sur lui pour la surveiller de près ; elle méritait au moins ça. Avec un peu de chance, personne n'était en train de la démembrer.

Je gardai les yeux fixés sur la porte.

— Dix minutes, décidai-je. Si elle n'est pas sortie d'ici dix minutes, on entre et on la récupère.

— Et comment on va la faire sortir, exactement ? s'enquit Finn. Tous les Fey à l'intérieur ont la capacité de m'arrêter. Rubus peut vous arrêter tous les deux. S'il décide de garder Julie, on ne pourra rien y faire.

— Il n'en fera rien.

— Tu n'en sais rien.

— Je te l'ai déjà dit, le contrai-je. Rubus l'aime bien. Je pense qu'il la respecte sincèrement. Il veut qu'elle croie que c'est un type bien. Lui faire du mal ne jouera pas en sa faveur.

— C'est ce que tu espères, grogna Finn.

— Chut, nous prévint Morgan. Il y a du mouvement.

Je me tendis sur le champ. La porte qui menait au repère Fey ne bougeait pas et je ne distinguais rien à travers les fenêtres.

— Où ça ?

— Pas du côté de Rubus, me corrigea Morgan. Regarde les arbres.

Il pointa l'autre bout de la route. Une note de mauvais augure flottait dans sa voix.

Quand je plissai les yeux, je compris pourquoi.

Des arbres étaient plantés à intervalles réguliers et s'élevaient à des points creusés avec attention le long du trottoir. Quelques secondes plus tôt, aucun ne dépassait trois mètres de hauteur et le tronc du plus grand avait probablement une circonférence inférieure à celle de mon mollet. Je n'étais pas une experte en plantes, mais je les trouvais assez beaux avec leur feuillage d'été. Ils l'étaient toujours ; leurs feuilles étaient encore vert vif. Mais ils poussaient. De manière visible.

Je me concentrai sur l'arbre le plus proche de nous, à environ six mètres. Alors que je l'observais, mes doigts se resserrant sur l'accoudoir, le bois craqua, gronda et s'étira vers le ciel. Trente centimètres, soixante, quatre-vingt-dix… En quelques secondes, il avait dépassé le toit le plus haut.

Son tronc s'étendait aussi. Il bourgeonna vers l'extérieur, tel un estomac boursoufflé. Comme l'écorce n'arrivait pas à suivre, elle céda et s'écarta, ce qui forma des fissures sur la surface dure. Je m'attendis presque à voir apparaître de petites créatures des bois, mais s'il y en avait, elles gardaient leurs distances.

Quand le trottoir, puis la route se brisèrent sous la force des racines, je compris pourquoi. Tant d'arbres poussaient à une telle vitesse que le sol commençait à trembler.

Un son tonitruant résonna. Je ne pus d'abord pas deviner ce que c'était, mais quand les tuiles tombèrent du toit de l'une des maisons près du repère de Rubus, je compris. Juste sous mes yeux, un chêne émergea de la bâtisse pour grimper vers le ciel. On pouvait entendre les cris terrifiés venant de l'intérieur.

Je refermai la bouche et me mis en mouvement ; je sortis de la voiture et me précipitai vers l'habitation.

À la vitesse où l'arbre poussait, les personnes qui s'y trouvaient allaient finir ensevelies sous les racines.

En un claquement de doigts, Morgan me rejoignit. Nous ouvrîmes la porte à la volée et nous jetâmes à l'intérieur. Nous ne fûmes pas accueillis par un hall bien rangé. Nous ne vîmes que le tronc qui ne cessait d'augmenter de volume et faisait pression sur les murs. Je sentais le plâtre craquer et se déformer. Nous ne disposions que de quelques secondes avant que la structure tout entière s'écroule et qu'il ne reste que l'arbre.

Je bondis en arrière en arrière et regardai vers le haut. Le tronc penchait vers la droite. À gauche, il y avait une fenêtre au premier étage. Soudain, elle s'ouvrit et le visage terrifié d'une jeune femme apparut.

— À l'aide ! s'écria-t-elle. Aidez-moi !

Ses yeux balayèrent frénétiquement la rue avant de nous trouver. Elle nous fit des signes désespérés de la main.

— Je ne peux pas ouvrir la porte de la chambre ! Mes enfants sont dans l'autre pièce ! Je ne peux pas… je ne peux pas…

Elle se mit à hyperventiler, son anxiété prenant le dessus.

— On arrive ! hurlai-je. Restez calme !

Facile à dire. Maintenant, nous pouvions entendre des cris dans les rues à proximité, même s'ils étaient à peine audibles par-dessus le son des routes et des trottoirs qui se brisaient.

— Donne-moi un coup de main, dis-je à Morgan. Je vais entrer et voir ce que je peux faire.

Il acquiesça et forma un marchepied avec ses paumes. Je pris appui sur ses mains, me jetai vers le haut et réussis à attraper le bord de la fenêtre.

Nom d'un lutin. Même si j'aurais aimé que ce soit différent, je n'avais pas la force suffisante dans les bras. Mes jambes remuèrent dans les airs alors que je faisais tout pour ne pas perdre ma prise. Ce ne fut qu'en posant mes orteils contre le mur que je pus me hisser et me faufiler par la fenêtre.

La femme, toujours en état de panique intense, avait abandonné son poste et était retournée à la porte de sa chambre. Elle tirait dessus dans l'espoir de la faire bouger. Dans une autre pièce, j'entendais des enfants pleurer. Je m'époussetai et serrai les dents.

— Combien d'enfants il y a ?

La femme ne répondit pas. Elle était trop concentrée sur sa tentative frénétique d'ouvrir la porte.

Je posai une main ferme sur son bras.

— Combien de personnes se trouvent dans la maison ?

Morgan déteignait forcément sur moi ; quelque chose dans ma voix stricte comme celle d'une maîtresse d'école atteignit enfin cette femme. Même si ses mains ne lâchèrent pas la poignée, elle cessa de gesticuler et répondit :

— Deux. Deux enfants. Bertie… il n'a que trois ans. Et Jess. Ce n'est… s'étrangla-t-elle. Ce n'est qu'un bébé.

— Où sont-ils ?

— Dans leur chambre. Elle n'est qu'à quelques mètres, de l'autre côté de la maison. Je ne peux pas les atteindre, expliqua-t-elle avant d'élever à nouveau la voix. Je ne peux pas les atteindre ! Je ne peux pas… !

— Du calme. Ils pleurent, donc ça veut dire qu'ils sont en vie. Je m'en occupe. Ce n'est qu'un arbre. Ce sera un jeu d'enfant.

J'avais à peine fini de parler qu'un craquement glaçant résonna. Les panneaux en bois de la porte gonflèrent et se fissurèrent. Je tirai la femme en arrière juste à temps avant qu'une branche surgisse et la plaque contre le mur opposé. Elle hurla à nouveau. Ses cris sonnaient faux et étaient plutôt rebutants.

Je bondis par-dessus la branche et l'attrapai. Si elle n'avait pas été si surprise, elle se serait plus débattue. Grâce à ça, je pus la mener jusqu'à la fenêtre.

— Morgan ! appelai-je. Tiens-toi prêt !

Je poussai l'habitante à l'extérieur. J'entendis un bruit sourd et jetai un regard vers le bas.

Mon complice l'avait attrapée, mais à présent, il était étalé sur le dos, la femme sur lui. Comme elle bougeait, elle allait bien. Vu l'expression meurtrière sur le visage de Morgan quand il leva les yeux vers moi, lui aussi. Je le gratifiai d'un sourire et d'un léger signe de main, puis me dirigeai vers la porte.

Je tentai d'imiter la mère paniquée et tirai la poignée de toutes mes forces. L'encadrement de la porte cédait déjà, mais malgré avec le bois brisé à travers lequel la branche était passée, je n'aurais aucun moyen de l'ouvrir.

Je penchai la tête et écoutai. Heureusement, la croissance de l'arbre semblait s'être arrêtée… pour le moment, du moins. Les enfants pleuraient toujours. Après avoir entendu leur mère, je savais de qui ils tenaient.

— Eh bien, Madrona, marmonnai-je à ma propre attention. Les portes sont bloquées. Impossible de passer. Tu vas devoir trouver un autre moyen.

Refusant de libérer de la magie sans l'enraciner dans quelque chose de réel, je reculai et regardai en l'air. Sous cet angle, je voyais l'immense trou qu'avait percé l'arbre dans le toit. Si je ne pouvais pas descendre ni traverser, j'allais devoir grimper.

Sans perdre une seconde de plus, je traînai la coiffeuse, puis montai dessus. Si je sautais, je pourrais peut-être me jeter vers le haut pour attraper une branche et atteindre le toit.

Le bâtiment cliquetait, à présent. Que l'arbre ait fini sa croissance ou non, je m'attendais à ce que la structure puisse céder à tout moment. Il fallait que j'agisse, et vite.

J'utilisai le meuble comme tremplin et bondis. Je ne réussis qu'à me retrouver plaquée contre le mur. Mes ongles effleurèrent à peine la charpente du toit qui était devenue visible. Ce n'était pas bon. Je me remis sur pied, me hissai une fois de plus sur la coiffeuse et me mis à réfléchir autrement. En un claquement de doigts, je réalisai que j'avais une solution.

Je sautai à nouveau et cette fois, j'utilisai la branche qui ressortait comme une sorte de trampoline.

L'arbre était jeune et en bonne santé pour m'offrir la souplesse nécessaire quand j'atterris et me propulser une trentaine de centimètres plus haut. Ça me suffit.

Après avoir hululé à la manière de Tarzan, je projetai mes jambes et les enroulai autour d'une poutre transversale. C'était juste, mais il y avait assez d'espace pour que je puisse me glisser sur le toit. Après avoir été rendue claustrophobe par la bâtisse remplie par le tronc, me retrouver dehors était un soulagement bienvenu, même si je ne pus pas prendre le temps de le savourer.

J'avançai avec prudence, dans l'intention de contourner l'arbre pour atteindre l'autre côté de la maison. Mais dès que je bougeai, mon pied glissa sur l'une des tuiles recouvertes de mousse et je m'envolai.

Mes mains battirent l'air et ma vie défila devant mes yeux. Heureusement, à la dernière minute, l'arbre lui-même me sauva. Tandis que je me pendais dans le vide complet face au trottoir dur sous moi, l'une des branches les plus fines s'était accrochée à mon tee-shirt ample et m'avait retenue. Elle m'avait empêchée de tomber. Nom d'un lutin… C'était moins une !

Je me balançai vers la droite, dans l'espoir d'utiliser la même branche pour retrouver une sécurité relative. J'entendais déjà le tissu de mon tee-shirt se déchirer ; le temps pressait. Avec une profonde inspiration, et juste au moment où mon haut cédait, je me jetai en avant et enroulai mes bras autour du tronc pour éviter de glisser une fois de plus. Et voilà !

Je me dandinai pour le contourner et finir du côté du toit où il fallait que je sois. Un nouveau craquement tonitruant retentit ; le bâtiment vacillait. Comme c'était une maison mitoyenne, je priai pour qu'elle n'en entraîne pas une douzaine avec elle quand elle s'écroulerait. Ce n'était pas le moment de jouer aux dominos.

— Morgan ! hurlai-je.

Sa voix arriva jusqu'à moi :

— Est-ce que ça va ?

— Je vais bien ! Il faut que tu fasses évacuer les voisins. Le bâtiment va s'effondrer !

J'entendis un gémissement de la mère, mais je n'avais pas le temps de m'inquiéter pour elle. Morgan pouvait s'occuper des évacuations, du thé et de la compassion ; la Madhatter, elle, faisait dans l'action.

Je pivotai légèrement. Hélas, l'espace dans le toit était bien plus petit. Sans un bon régime, je doutai que ce soit aussi facile de se glisser à l'intérieur de ce côté que de l'autre. Je fis la moue. La maison suivante était dotée d'un velux ; j'allais devoir me contenter de ça. Avec un peu de chance, le mur adjacent avait été détruit et, une fois à l'intérieur, je pourrais le traverser.

Me tenant à une branche pour garder l'équilibre, je rejoignis mon objectif. Il était bien fermé. J'allais devoir le briser pour m'y introduire. Je maudis l'humain qui avait inventé le double vitrage et plaçai mon talon vers le bas pour frapper la vitre. Elle craqua et les petites fissures formèrent une toile d'araignée. Il allait me falloir plus que ça.

Je levai le genou et renouvelai mon coup. Cette fois, ma jambe tout entière traversa le verre. Les éclats déchirèrent mon jean et me coupèrent la peau. J'ignorai la douleur et le sang et m'attelai à retirer le plus de débris possible avant de me glisser à l'intérieur.

— Maddy ! entendis-je Morgan crier. Il faut que tu…

Le reste de sa phrase fut étouffée par le son des sirènes en approche. Et voilà les soldats du feu, pensai-je. Ils venaient sûrement de finir d'éteindre les incendies causés par la pluie enflammée, un peu plus tôt, et voilà qu'ils devaient s'inquiéter d'arbres avec un libre arbitre. Je pariais que ces pompiers musclés souhaitaient que quelqu'un comme moi les aide.

La maison des voisins était tout aussi dévastée. Les branches d'à côté avaient traversé les murs. Je me précipitai vers la partie la plus endommagée et me mis à tirer sur le plâtre qui s'effritait, de sorte à créer un espace suffisant pour m'y faufiler. Une fois le trou assez large, je plongeai tête la première, me cognai à un lit à barreaux et le renversai à l'atterrissage.

Nom d'un lutin. Le cœur battant la chamade, je bondis sur mes pieds. La pièce était couverte de débris et il était presque impossible de distinguer quoi que ce soit. Ce serait ridicule d'avoir bataillé pour entrer ici et sauver des bébés pour en blesser l'un d'entre eux de mon propre fait. Je me baissai pour passer sous une branche basse qui ressortait du mur et soulevai le lit. Pas de nouveau-né.

— Bertie ! m'écriai-je, ma voix atteignant la même octave que leur mère. Jess !

Les pleurs avaient cessé. La maison semblait respirer, craquer et gémir dans son dernier sursaut de vie, mais des enfants, on n'entendait rien. Me trouvais-je dans la mauvaise pièce ? Se cachaient-ils ? Est-ce que… ?

— Maddy ! Sors de là ! Tout va s'écrouler !

Je fronçai les sourcils et tournai la tête. Là, à la fenêtre, il y avait Morgan.

— Les enfants…

— Ils vont bien. Ils sont dehors, m'assura-t-il avant de tendre la main vers moi. Viens !

Je plissai les paupières.

— Tu flottes dans l'air ? On peut voler, au final ?

Il leva les yeux au ciel.

— Ne sois pas ridicule. Je suis sur une échelle, dans le jardin. Un des voisins me l'a prêtée.

Je me remis debout, me tournai lentement et posai mes mains sur mes hanches.

— Tu as une échelle.

— Oui.

— Qu'un voisin t'a prêtée.

Il me jeta un regard impatient.

— Oui ! Allez. Il faut qu'on s'en aille d'ici.

Je reniflai.

— J'ai fait l'équilibriste sur le toit, risqué ma vie, j'aurais pu balancer un enfant hors de son lit, et tu as tranquillement trouvé une échelle que tu as mise dans le jardin ?

— On peut en parler plus tard ?

Je jetai ma tête en arrière.

— J'aimerais en parler tout de suite.

Un puissant grondement suivit. Je poussai un petit cri et fondis sur Morgan. Ses bras s'enroulèrent autour de ma taille et, après m'avoir hissée sur son épaule à la manière d'un pompier, il me fit sortir par la fenêtre puis descendit l'échelle.

Nous atteignîmes le sol juste à temps. Un instant plus tard, la maison s'effondra sur elle-même comme un ballon crevé.

Morgan courut pour que nous ne finissions pas dans le nuage de poussière et de débris. Il me porta de l'autre côté de la rue, qui était devenue un embronchement de racines noueuses et de briques échouées. Les lumières bleues des camions de pompier clignotaient à l'extérieur de plusieurs habitations alors qu'on portait secours à d'autres résidents. Puis quelque chose frappa mon partenaire et je me retrouvai écrasée entre lui et le mur.

— Merci ! Merci ! Vous avez sauvé mes enfants.

— Il n'y a pas de quoi, marmonnai-je, ma voix étouffée à proximité des fesses de Morgan.

Il me posa au sol avec douceur. Je m'époussetai et me tournai. Une fois que ce fut fait, la mère de Bertie et Jess serrait Morgan dans ses bras. Elle ne pleurait plus, ne criait plus et ne hurlait plus ; elle s'enroulait autour de lui en un geste de gratitude abject.

— Si vous n'aviez pas été là, ils seraient morts, s'étrangla-t-elle.

Elle se recula et d'autres humains s'approchèrent.

— Bien joué, mon vieux, l'interpela un homme robuste avec une barbe et ce qui ressemblait à un pyjama avec des dinosaures. Je ne sais pas ce qui se passe ici, mais tu es un héros. Bien joué.

Je croisai les bras et les fusillai du regard. C'était moi qui étais entrée dans cette fichue maison. C'était moi qui avais grimpé sur le toit. C'était moi qui avais failli me tuer au passage. Morgan avait emprunté une échelle, monté quelques barreaux et c'était lui qui était devenu un satané superhéros. Sérieusement. C'était stupide.

— Ouais, renchéris-je, sarcastique. Bravo à toi.

Plusieurs voisins secouèrent la tête.

— On en a assez. On va faire nos bagages et partir d'ici. L'armée a installé un périmètre autour de la ville. On va par-là, si quelqu'un veut venir.

Quelques acquiescements suivirent, puis des murmures et des plans s'élaborèrent. Après quelques poignées de main de plus pour Morgan, le merveilleux sauveur, les gens commencèrent à se disperser.

Je ne me mis à parler qu'une fois que nous fûmes seuls :

— Peut-être qu'on devrait arrêter de s'inquiéter pour Rubus. On dirait que l'apocalypse a déjà commencé, sphère ou non.

Morgan me jeta un long regard funeste.

— Ça n'arrive qu'à Manchester, fit-il remarquer d'un ton sombre. Là où la majorité des fées sont concentrées. Et si tout ça commençait à se produire à d'autres endroits, aussi ?

Il avait accompagné ses paroles d'un geste de main vers la rue dévastée. J'y réfléchis.

— Eh bien, tu seras occupé, répondis-je d'un ton enthousiaste. Après tout, tu es le héros, ici.

— Jalouse ? demanda-t-il avec un sourire en coin.

— Non.

— Tu as l'air jalouse.

— Je ne suis pas…

Heureusement, je n'eus pas à me défendre. Un peu plus loin, où se trouvait le repère de Rubus, un petit groupe émergeait. Je repérai le principal intéressé, Julie, Finn, Lunaria et d'autres.

Ma bouche forma une ligne droite.

— Regarde qui a décidé de pointer le bout de son nez.

Morgan se tourna, l'expression fermée. Sans un mot de plus, il se dirigea vers son frère dévoyé. Je le rattrapai et suivis le rythme. Au moins, Julie avait l'air d'aller bien. C'était une bonne chose. C'était bien dommage qu'un arbre n'ait pas plaqué Rubus à un mur, par contre.

Nous rejoignîmes ce dernier et sa bande et maintînmes une distance raisonnable entre nous au cas où il tenterait quoi que ce soit. Il semblait détendu, un sourcil haussé alors qu'il étudiait la rue du regard.

— Tu as mis le bazar, Morganus ? s'enquit-il.

— Ce n'est qu'un avant-goût de ce qui se passera si tu utilises la sphère, Rubus, grogna l'intéressé. Des gens ont failli mourir dans cette rue. Qui sait ce qui s'est passé dans le reste de la ville.

Rubus plaqua ses mains sur ses joues pour feindre le désarroi.

— Mais oui, qui sait !

— C'est notre magie qui a fait ça, insistai-je pour ajouter du poids aux mots de Morgan dans l'espoir de prouver aux sbires de Rubus que son manque d'intérêt était criminel. C'est notre faute. On ne doit plus jeter de sorts. Pas si on veut que ça cesse de se produire.

Je repérai plusieurs visages pâles, mais nul doute sur la personne qui commandait. Personne d'autre ne prit la parole ; pas même un murmure ne s'élevait de l'assemblée.

Rubus secoua tristement la tête.

— Madrona, Madrona... Écoute-toi. Tu étais bien plus drôle quand tu laissais la vraie toi prendre le dessus. L'héroïsme ne te va pas.

Peut-être pas, mais Rubus ne comprendrait jamais le concept d'altruisme. Je poussai un soupir et croisai ses yeux.

— Ce n'est pas une question d'héroïsme, mais plutôt d'instinct de survie. Vous avez eu de la chance qu'aucun chêne ne surgisse soudain sous vos pieds. Vous avez eu de la chance que la pluie de feu ne vous ait pas brûlé les cheveux.

Je penchai la tête avant d'ajouter :

— Tu n'as pas eu autant de chance avec ces rats pourtant, non ?

Rubus ne put réprimer son frisson.

— D'horribles créatures. Heureusement, ils n'ont pas fait plus de dégâts, commenta-t-il alors que ses lèvres s'orientaient vers le bas. C'est pour ça que les Fey doivent quitter ce monde sur le champ. On doit se sauver. Donne-moi la sphère, Maddy. Laisse tomber ta douloureuse bonne conscience. Ça ne fera que te rendre malheureuse.

— Elle n'a pas la sphère, intervint Morgan. Et c'est une autre histoire. Il faut qu'on s'entende pour éviter d'utiliser la magie pour que ce qui se trouve dans l'atmosphère puisse se disperser sans accroc.

Rubus resta silencieux un moment. Je ne parvins pas à lire son expression. En toute honnêteté, il aurait pu penser n'importe quoi. Puis il haussa les épaules.

— J'ai dit à la magnifique Julie ici présente que je m'assurerai qu'aucun des miens n'utilise la magie à moins que ce soit une urgence. Je peux être magnanime. S'il s'agit de la sphère, par contre, tous les coups sont permis. Et je n'évite les sorts que parce que je veux éviter qu'il y ait des blessés.

— Tu veux dire que tu veux éviter d'être blessé ! m'emportai-je.

Il fit claquer sa langue.

— Oh, Maddy. Tant de colère. Cette part de toi n'est pas drôle du tout.

Il fondit en avant sans prévenir, une main m'attaquant au visage. Morgan bondit devant moi pour le bloquer. Son frère recula et se mit à rire.

— Bien sûr, je n'ai pas besoin de magie pour vous faire du mal, ajouta-t-il. Je peux le faire sans aucun sort.

Julie amorça un pas vers nous.

— Mon chou, commença-t-elle d'un ton traînant. Il faut que tu te détendes.

Elle fit un signe de main fluide.

— Je te conseille le gin. Ça fait des miracles.

Elle lança un baiser à Rubus puis, flanquée par Finn, elle nous rejoignit. C'était un exploit que l'imposant Bonnet-rouge se retienne ; après tout, Rubus avait tué son frère de sang-froid. Je devais admettre que son self-control était remarquable.

Rubus posa sa main sur son cœur sans quitter Julie des yeux.

— Au revoir, ma belle.

— Au revoir, répondit-elle avec un sourire.

Je volai un rapide regard à Lunaria. Elle semblait encore plus blafarde et malheureuse qu'un peu plus tôt. La pauvre. Visiblement, nous faisions tous de notre mieux pour réussir, chacun à notre façon, mais aucun de nous n'y arrivait.

À part Julie, mais elle disposait d'un bon siècle et demi d'expérience de plus que nous autres.

— Julie ! appela Rubus. N'oublie pas ce que je t'ai dit !

L'expression de l'intéressée se décomposa une fraction de seconde et je réalisai que je me trompais : elle portait un masque, comme nous tous.

Je ravalai mon envie de demander à Julie ce qu'il entendait par là. Je ne donnerais pas satisfaction à Rubus. Je continuai mon chemin. Nous avions fait tout ce que nous pouvions, pour l'instant.

Chapitre 12

Il nous fallut bien plus de temps que d'habitude pour atteindre la cathédrale de Manchester en partant de la rue de Rubus. Comme les arbres qui avaient germé avaient déformé toutes les routes et les gens entassaient leurs affaires dans leur voiture pour échapper à l'horreur de la ville, la chaussée était presque impraticable pour les véhicules motorisés. En fin de compte, nous empruntâmes assez de Mobike[4] gratuits pour pédaler jusque-là.

D'immenses arbres parsemaient le paysage, dont le feuillage assombrissait encore plus les rues qu'en temps normal à cette heure de la soirée. De plus en plus d'hélicoptères envahissaient le ciel ; quand nous remarquâmes un char qui tournait dans l'une des artères principales, nous comprîmes que l'armée n'attendait plus le lever du jour pour entrer dans la ville.

— Que tout le monde reste calme, beugla un petit haut-parleur accroché au tank. Nous maîtrisons la situation et vous n'avez rien à craindre.

Je poussai un ricanement bruyant. Je savais ce qui se passait et que les militaires britanniques ne maîtrisaient pas du tout la situation. Il y avait beaucoup de raisons de s'inquiéter.

— Les événements actuels ne se produisent que dans la ville de Manchester, continua le haut-parleur. Jusqu'à ce que la situation s'améliore, tous les citoyens doivent rester

4 Service de vélos qui fonctionne sans station.

à l'intérieur, à moins de ne pas y être en sécurité. Suite à une inondation, la banlieue de Burnage est en cours d'évacuation, mais les autres zones ne représentent à première vue pas de danger.

Je contournai une énorme doline qui s'était ouverte au beau milieu de la route.

— Pas de danger ? répétai-je en jetant un coup d'œil au gouffre sombre, plissant le nez face à l'odeur fétide qui s'élevait de ses profondeurs.

— Ils ne savent pas quoi faire, les défendit Morgan d'une petite voix. Les humains aiment la science, ils aiment pouvoir expliquer les choses et utiliser la logique pour résoudre leurs problèmes. La magie n'a rien de logique.

— Ton frère n'a rien de logique non plus, lança Finn par-dessus son épaule.

— Il m'a promis qu'il lèverait le pied sur les tours de magie, mon chou, assura Julie.

L'expression du Bonnet-rouge resta amère.

— Je ne lui accorderai pas un brin de ma confiance. Les promesses de Rubus ne valent rien.

En fait, malgré sa langueur insouciante, je suspectais Rubus d'être aussi secoué par ce qui se passait que nous tous. Bien sûr, il allait s'appuyer sur ces éléments, de sorte à prouver que le pouvoir de la sphère devait être libéré pour que les Fey puissent retourner à Mag Mell aussi vite que possible. Mais il devait enfin commencer à réaliser le chaos qui en résulterait.

— Que voulait dire Rubus, Julie ? demandai-je. Quand il t'a dit de ne pas oublier ce qu'il t'a dit, de quoi il parlait ?

— Oh, juste quelques conseils d'acteur insensés, répondit-elle en levant une main du guidon pour faire un geste qui indiquait que ses mots n'avaient aucune importance. Franchement, on me sort ce genre de bêtises tout le temps. Tout le monde pense être capable de devenir la prochaine Greta Garbo.

— Qui est Greta Garbo ? s'enquit Finn, les sourcils froncés.

— Désolé, mon chou. C'est mon âge qui ressort. Tu sais que je l'ai rencontrée, une fois ?

Elle enchaîna avec un long récit qui, sans surprise, impliquait de copieuses quantités de gin.

Je jetai un bref regard en direction de Morgan. Sa mâchoire était crispée. Même si ses épaules étaient détendues, ses articulations blanchissaient sous la pression qu'il exerçait sur le guidon du vélo. Ça ne devait pas être facile de faire face à son frère démoniaque et le supplier d'être tempéré alors qu'il essayait aussi de l'empêcher de détruire le monde.

Je fis une légère embardée pour éviter de justesse des racines qui apparurent de nulle part, puis baissai la voix :

— Je ne veux pas gâcher l'ambiance, mais je me sens obligée de remarquer que tu as l'air d'un ours de cirque sur un tricycle, déclarai-je pour alimenter la conversation.

Je ne mentais pas ; même si le Mobike était taillé pour un adulte, il semblait ridiculement petit sous l'imposante silhouette de Morgan. Une masse de genoux et de coudes. Ce n'était rien comparé à Finn, bien sûr, mais celui-ci se distrayait en se concentrant sur Julie. Pour l'instant, j'étais la seule à pouvoir changer les idées de mon complice.

— Donc toi, tu es un clown ? me tacla-t-il à son tour.

Mes entrailles se détendirent légèrement.

— Ne sois pas ridicule. Il est évident que je suis le maître de cérémonie. Julie est la superbe assistante du magicien. Le clown, c'est Finn. À tout moment, il pourrait coincer sa roue avant dans un nid de poule et faire un énorme saut périlleux, suivi par un coup de cymbale.

Morgan leva un sourcil.

— Tu es déjà allée au cirque ?

— Comment je pourrais le savoir ? demandai-je avec un haussement d'épaules. Je ne m'en souviens pas.

Je tapotai ma tempe et ajoutai :

— Mais même moi, j'ignore jusqu'où s'étend la vaste profondeur de mes incroyables connaissances.

Morgan n'esquissa même pas un sourire.

— Tu dois vraiment avoir envie de retrouver ta mémoire.

Contre toute attente, ce n'était pas le cas. Artemesia m'avait dit qu'elle était à deux doigts de trouver une potion qui résoudrait mon problème d'amnésie, mais je savais déjà tout ce que je voulais savoir. Je n'avais pas besoin de me rappeler qui j'étais avant, plus maintenant. Et je ne désirais pas m'engager dans une discussion sérieuse avec Morgan. Il lui fallait la bonne humeur tout en légèreté signée Madrona, pas de lourdes réflexions sur nos âmes.

— Je suis fabuleuse, même sans mes souvenirs, me vantai-je. Enfin, regarde-moi ! Je fais du vélo dans une ville déserte pour visiter une cathédrale tout en évitant des tanks et des déformations arboricoles. Je suis en compagnie d'une célèbre star de feuilleton, un homme qui a l'air d'avoir combattu un camion poubelle pendant dix rounds dans un ring de boxe et la fée la plus sexy du monde. Peut-on vraiment faire mieux ?

La prise de Morgan sur le guidon se relâcha un peu. Ses yeux croisèrent les miens.

— La compagnie est extraordinaire, en effet, souffla-t-il.

Je souris. Je devrais peut-être tomber volontairement de mon vélo pour être obligée de monter derrière Morgan. Je pourrais me frotter contre son corps, enrouler mes bras autour de lui, sentir ses muscles onduler sous mes doigts, fourrer mon nez dans ses boucles sombres et luxuriantes…

— Voilà la cathédrale ! s'extasia Julie.

J'écartai l'image de Morgan et moi qui faisions du vélo tous nus à contrecœur et regardai devant moi. J'avais aperçu le bâtiment plusieurs fois par-dessus les toits de la ville, mais je ne me rappelais pas m'en être autant rapprochée. La structure était très imposante, surtout en pleine nuit. D'ici, aucun arbre à proximité ne paraissait l'avoir endommagée. Vu la taille de la cathédrale, ce n'était pas très surprenant. Je doutais qu'un arbre magique puisse y porter atteinte.

Nous pédalâmes tous les quatre jusqu'à l'entrée, laissâmes tomber les Mobike sur l'herbe du bas-côté et levâmes les yeux.

— L'horloge s'est arrêtée, murmura Finn.

Nous suivîmes son regard. Il avait raison : les aiguilles de l'immense horloge sur la tour est ne bougeaient plus. Le temps ne coopérait plus avec la ville de Manchester. Coupable, je pensai aux fois où j'avais manipulé le temps dans mon propre intérêt, ralentissant les secondes pour prendre le dessus sur mes adversaires. Puis je haussai les épaules ; *ce qui est fait est fait.*

— Où sont entreposées les archives ? m'enquis-je.

Julie se mordit la lèvre inférieure, puis pointa la gauche.

— Je suis presque sûre qu'elles sont près de la petite chapelle, là-bas.

Morgan acquiesça, l'air sombre.

— Au moins, on pourra fouiller sans être dérangés.

— Eh bien, allons-y, les encourageai-je en les regardant. On a un dragon à trouver.

Nous grimpâmes les marches. Il paraissait évident que les lourdes portes de la cathédrale seraient verrouillées à cette heure de la nuit pour éviter que des fêtards saouls saccagent l'intérieur ou, Dieu nous en garde, que des sans-abris y dorment. Pourtant, celle de gauche était entrouverte.

Je marquai l'arrêt, penchai la tête et tendis l'oreille.

— Il y a des gens à là-dedans, annonçai-je. Beaucoup.

Nous échangeâmes des regards. Je poussai ensuite la porte avec douceur pour que nous puissions jeter un coup d'œil à l'intérieur. Mes oreilles ne m'avaient pas trompée : il n'y avait pas qu'une ou deux personnes à l'intérieur de la cathédrale, mais plutôt des centaines.

Personne ne parlait beaucoup, ce qui expliquait pourquoi nous ne les avions pas entendus plus tôt. La plupart étaient assis en silence sur les bancs et contemplaient leur entourage, enlaçaient des amis ou priaient sans un bruit.

— L'église offre son secours quand les temps sont durs, murmura Finn avant de prendre la main de Julie pour la serrer. Et je suppose que beaucoup de gens imaginent que ce qui arrive est un fléau de Dieu.

Morgan se pinça les lèvres.

— On profitera d'un ou deux jours comme ça. Les gens rechercheront le réconfort et l'aide, mais il ne faudra pas longtemps avant que leur peur se transforme en quelque chose de bien plus moche. Agression. Autodéfense. Si Artemesia ne parvient pas à disperser ne serait-ce qu'un peu de magie résiduelle, ça va être le chaos.

Je redressai les épaules.

— Alors, dépêchons-nous avant que ça arrive.

Je me glissai à l'intérieur et cherchai un chemin vers la petite chapelle où Julie pensait que les archives se trouvaient. Une fois que j'eus repéré une porte similaire, je m'y dirigeais. Aucun croyant sous le choc ne m'accorda un regard.

J'ouvris et jetai un coup d'œil dans l'obscurité qui régnait dans la pièce.

— C'est ça, Julie ? demandai-je.

Comme je n'obtins pas de réponse, je me tournai et réalisai, un peu tard, que j'étais seule. Sérieusement. N'importe qui se serait attendu à ce que ses acolytes essaient au moins de suivre le rythme.

Je fis demi-tour et les rejoignis. Julie était pliée en deux, le bras de Finn enroulé autour d'elle. Un voile sombre était tombé sur l'expression de Morgan.

— Qu'est-ce qui se passe ? m'enquis-je, affolée.

— Elle ne se sent pas bien, répondit le Bonnet-rouge, couvant sa silhouette frêle.

Il pouvait écarter les jambes autant qu'il le voulait ; ça n'arrêterait aucun parasite intestinal.

Morgan s'humecta les lèvres.

— Tu peux la raccompagner chez elle ? Maintenant qu'on sait où sont les archives, Maddy et moi, on va trouver les autres et les aider dans leurs recherches. Julie devrait se reposer.

Finn semblait encore plus inquiet pour elle qu'en temps normal. Il acquiesça et la soutint pour retourner où nous avions laissé les vélos. Morgan et moi les regardâmes partir.

— Ça a des effets très néfastes sur elle, hein ? fis-je remarquer. C'est une vampire. Elle n'a jamais eu de vrais pouvoirs. Ces étranges flots de magie ne perturbent pas que la pluie, les arbres et les animaux. Ils la perturbent, elle aussi.

Morgan se tourna vers moi, une grimace sur le visage.

— C'est ce que je pense aussi. Ça ne peut pas être une coïncidence qu'elle ait été mise au tapis pile sur les marches d'un bâtiment sacré.

— Elle m'a dit qu'elle n'avait jamais eu de problèmes avec ces choses-là, avant. Je ne pense pas qu'elle mentait.

— Non, confirma-t-il. Pas avant. Mais elle change, maintenant.

— J'ai essayé d'en parler à Finn, mais il refuse d'écouter.

— C'est compréhensible, soupira Morgan. Il a pris tout l'amour qu'il ressentait pour ses frères et l'a donné à Julie. Je crains ce qu'il adviendra de lui si quelque chose lui arrive.

— Tu veux dire si elle ne sort pas les crocs pour essayer de boire notre sang ?

Il me jeta un regard en coin.

— On n'en est pas encore là.

— « Encore » est le mot clé, marmonnai-je. Allez. On ne peut pas se préoccuper d'elle pour l'instant.

Morgan acquiesça. Pourtant, d'après la lueur dans ses yeux verts, il s'inquiétait tout autant pour Julie que moi.

***

Heureusement, nous ne perdîmes pas trop de temps à trouver les archives. Le son d'autres gens qui se chamaillaient atteignit nos oreilles bien avant que nous soyons près d'eux.

— Regarde dans cette boîte, disait Timmons.

— J'ai de la poussière dans les yeux, se plaignit Jodie. Je ne suis pas une Fey, tu sais ? C'est plus difficile pour moi. J'ai des fragilités humaines.

— Eh bien, fais bon usage de ces fragilités humaines, rétorqua-t-il. Même Opulus fait de son mieux.

La lumière filtrait sous l'une des portes. Morgan prit cette direction, moi sur ses talons.

— Je suppose que vous n'avez toujours rien trouvé, intervint-il sèchement.

Leurs visages s'illuminèrent tout de suite.

Pas étonnant qu'ils soient ravis de cette distraction ; des papiers à l'odeur de moisi étaient éparpillés un peu partout dans la pièce.

— Qu'est-ce qui s'est passé ? demanda Jodie. Vous avez vu Rubus ?

— Oui. Il a dit qu'il ne toucherait plus à la magie pour l'instant.

Timmons poussa un soupir.

— Tu penses qu'il tiendra parole ?

— On ne peut qu'espérer, répondis-je d'un air sombre. Vous avez vu ce qui est arrivé aux arbres ?

— On était à l'intérieur, à ce moment-là. Mais on en a assez entendu.

Jodie fit la moue.

— Pas moi. Je n'ai pas de super oreilles de fée comme vous autres, grommela-t-elle en jetant un regard amer à Timmons. Les yeux non plus.

Ce dernier soupira, exaspéré, et je les contemplai avec un certain amusement. Timmons adorait être ici ; il espérait sûrement autant être humain que Jodie une fée. Il était tout naturel que ces deux-là veuillent me ressembler un peu plus. Les pauvres.

— Est-ce qu'Arty a réussi à concocter la potion ? demanda Morgan.

À l'autre bout de la pièce, Opulus grogna. Ses yeux étaient cerclés de rouge, mais, de ce groupe, il semblait être celui qui faisait de son mieux pour trouver un dragon à proximité.

— Oui. On a estimé qu'on ferait mieux de ne pas l'utiliser à moins d'y être obligés. Elle a dit que la majorité de la magie est liée aux ingrédients, donc son utilisation ne devrait pas poser de problème et ne devrait pas libérer plus de magie dans le ciel. Mais on voulait attendre, au cas où.

Au cas où on leur reprocherait la fin du monde. Contre toute attente, c'était un sentiment que je pouvais comprendre.

— Depuis combien de temps vous êtes là ? demandai-je.

— Quelques heures. On a trouvé une référence à une bête qui pouvait contrôler le feu dans un vieux livre... commença Jodie.

— C'est moi qui ai trouvé ça, la coupa Timmons.

Elle leva les yeux au ciel.

— Qu'importe. C'était inutile, de toute façon. Au final, ce n'était qu'une salamandre transportée ici par un croisé de passage au Moyen-Âge.

— Il nous faut de l'aide, nota Opulus d'un ton plat.

Je m'étirai les bras.

— N'ayez crainte ! La Madhatter est là !

Cette fois, ils levèrent tous les yeux au ciel.

Après avoir repéré une petite fiole sur une étagère poussiéreuse, je contournai Morgan et les piles de papier chancelantes pour l'attraper.

— C'est la potion ?

Jodie et Timmons acquiescèrent. Je haussai un sourcil interrogateur à l'attention de Morgan.

— C'est un risque calculé, fis-je remarquer. L'armée commence déjà à évacuer les gens. Je suppose qu'il ne reste que quelques heures, et encore, avant les pillages. Il faut qu'on s'occupe de la sphère pour pouvoir nous concentrer sur les autres problèmes. Un peu plus et on n'aura plus aucune ville à sauver.

— Je croyais que l'armée n'évacuait que Burnage, souligna Timmons.

Je haussai les épaules.

— C'est ce qu'ils ont dit. Mais ils essaieront de maintenir l'ordre et empêcher la panique de masse, donc ils vont le faire étape par étape pour éviter que les routes soient bouchées. Je parie qu'à cette heure, demain, Manchester sera une ville fantôme.

Timmons paraissait accablé.

— Les clients de mon hôtel sont déjà partis. Je n'ai pas envie de devoir me déplacer.

Je lui souris.

— C'est pour ça qu'on fait ça : pour éviter que les fées se déplacent si ce n'est pas nécessaire.

Je débouchai la fiole et l'inhalai avec insistance.

— L'odeur m'a l'air plutôt inoffensive. On y va ?

Jodie fit un signe de main vers la pièce en désordre.

— Ce sera toujours mieux que ce qu'on fait déjà.

Morgan semblait contrarié.

— Si Arty pense qu'il y a une chance que l'utilisation de la potion puisse disperser plus de résidus de magie, on devrait peut-être choisir la méthode la plus ardue.

— Ils l'ont déjà fait, insistai-je. Ça ne les a menés qu'à se prendre la tête. On n'a pas de temps à perdre.

— Qu'importe…

Je l'ignorai et portai la potion à ma bouche, l'avalant en une seule et longue gorgée.

— Tu n'es pas censée la boire, Maddy !

Je grimaçai.

— Je comprends pourquoi. C'est dégueulasse.

— C'est censé être dispersé dans la pièce !

— Et c'est dispersé dans mon corps à la place. Ça va contenir la magie et éviter que des résidus s'échappent.

Peut-être. Qu'est-ce que j'en savais ? Ça m'avait semblé être une bonne idée à ce moment-là.

Jodie fit bruyamment claquer sa langue.

— Génial ! s'emporta-t-elle. Vraiment génial ! Maintenant, on a perdu notre seule chance de trouver les informations dont on a besoin. On va devoir retourner voir Artemesia et lui demander d'en refaire. Sauf qu'elle est super occupée à empêcher l'accumulation de magie de détruire la ville. Elle n'a pas le temps de prendre une pause pour nous aider à sauver le monde.

Il y avait quelque chose d'incongru dans ce que disait Jodie, mais je n'arrivais pas à me concentrer. Je fis la moue. Des sensations étranges se manifestèrent dans mon estomac, qui bouillonna d'une façon bien curieuse. Ma vue commençait aussi à se troubler dans les coins. J'allais vomir… J'allais vraiment vomir !

— Maddy ! m'interpela Morgan, alarmé.

Je me tournai vers lui.

— Qu…quoi ?

Même à mes propres oreilles, ma voix semblait lente et peu assurée.

— Est-ce que ça va ?

— Oui, marmonnai-je. Je vais parfaitement bien. Il faut juste que je…

Tout sortit avant que je puisse l'en empêcher ; un jet de vomit verdâtre jaillit de ma bouche. Jodie hurla et se hissa sur la pointe des pieds, se poussant du chemin. Même Opulus sembla interpelé.

Je m'essuyai les lèvres du dos de la main et lâchai un rot bruyant.

— Voilà qui est mieux.

Je clignai plusieurs fois des yeux et ma vue revint à la normale. Morgan me contourna.

— Tu ne dois plus jamais boire ou manger quelque chose comme ça, m'ordonna-t-il. Ça pourrait faire des dommages considérables.

Je pointai les éclaboussures de vomi.

— Malheureusement, je crois que c'est déjà fait, soulignai-je.

— Vive la Madhatter, grommela Jodie. Maintenant, ce n'est plus simplement des montagnes de papiers à surmonter. Il y a aussi le contenu de son satané estomac.

Je devais admettre que ce n'était pas très ragoûtant. La pièce n'était pas aérée ; à présent, la puanteur âcre de mon dîner à moitié digéré flottait dans l'air. Je regardai autour de moi. Je supposais que je pouvais faire un effort et nettoyer.

Le plus gros du vomi se trouvait sur une pile de vieux livres posée contre une étagère en métal branlante. Je la rejoignis en vacillant et me mis à essuyer la matière verte avec l'ourlet de mon tee-shirt. Il avait déjà été trempé, recouvert de vase, brûlé et déchiré aujourd'hui ; ce n'était pas quelques fluides d'estomac qui allaient empirer les choses.

Je tapotai sans grand résultat la couverture du premier livre.

— *Le registre de paroisse de Diggle*, lis-je quand les mots devinrent visibles. On dirait le titre d'une émission pour enfants, pas le nom d'un endroit.

J'ouvris les premières pages.

— 12 mai 1467, baptême de Richard Stiff.

J'en parcourus d'autres.

— Qui a cru bon d'appeler son enfant Dick Stiff[5] ? Dick Stiff de Diggle, commentai-je en secouant la tête. Pauvre gars.

Je n'aurais vraiment pas dû boire cette potion. Nous n'allions jamais trouver ce dont nous avions besoin.

Opulus, qui se taisait jusqu'ici, se hissa soudain sur ses jambes.

— Redis-le, m'interpela-t-il.

— Dick Stiff, Willie Throat, Bi…

— Pas ça, idiote. L'autre. L'autre nom.

Je fronçai les sourcils.

— George Lung ?

Il claqua des doigts.

— C'est ça !

— Tu penses vraiment que c'est ça ? demanda Morgan, dont l'expression s'était illuminée.

Opulus haussa une épaule.

— C'est là que nous a menés la potion.

— C'est là que nous a menés mon vomi, le corrigeai-je avant de m'interrompre un instant. Ça nous a menés où, en fait ?

Morgan se tourna vers moi.

— Lung. C'est une variation de Liung.

J'en attendis plus. Comme il ne continuait pas, je fis un geste impatient.

— Il va m'en falloir un peu plus que ça.

— Liung est le mot chinois pour dire dragon.

— C'est un peu tiré par les cheveux, non ?

---

5 Peut se traduire par « pénis dur ».

— En fait, je ne crois pas, rétorqua Morgan avec une soudaine lueur dans les yeux, avant de tendre la main. Donne-moi le livre.

Je m'exécutai. Une quantité considérable de vomi le recouvrait toujours. Morgan fit la moue, dégoûté.

— Des légumes, Maddy. Il faut que tu manges moins de kébabs et de nouilles instantanées, et plus de légumes.

— Eh bien, au moins, tu ne pourras plus dire que tu me connais dans mes moindres recoins, fis-je remarquer.

Morgan m'offrit un léger sourire avant de parcourir les pages, ses yeux examinant chacune d'elles dans sa recherche. Quand son corps se tendit, je sus qu'il avait trouvé.

— On a une adresse ! s'extasia-t-il. Il a déménagé de Diggle peu après sa naissance. C'est peut-être ça.

— Tu as une adresse du quinzième siècle, soulignai-je en regardant par-dessus son épaule. Comment ça va nous aider ? Quoi qu'il en soit, comment tu arrives à déchiffrer ça ? C'est à peine lisible.

— C'est Moss Side.

Il pointa la note du doigt.

— Ce quartier existe depuis des siècles et les dragons n'aiment pas déménager à moins d'y être obligés. Aussi incroyable que ça puisse paraître, il y a de grandes chances que notre Monsieur Lung soit toujours là-bas. Enfin, si le bâtiment tient encore debout.

Tout le monde, même Opulus, sembla rasséréné. Je posai mes mains sur mes hanches et souris.

— Alors, allons le découvrir.

Chapitre 13

Moins de six kilomètres séparaient la cathédrale de Moss Side où, avec un peu de chance, nous trouverions notre propre dragon. À cause des routes à moitié détruites, des piles de gravats et des énormes nids de poule, il nous fallut presque quarante minutes à vélo. Le voyage n'entacha pourtant pas mon optimisme retrouvé.

— On part à la chasse au dragon ! chantai-je une bonne partie du trajet.

J'espérais au moins le voir cracher du feu et battre des ailes. Sinon, quel intérêt d'être un dragon ?

Hélas, les autres ne possédaient pas ma joie de vivre. Jodie, en particulier, se montrait de plus en plus nerveuse au fur et à mesure que nous approchions.

— Est-ce qu'il sera, vous savez, couvert d'écailles ? Avec de grandes dents ?

— De très grandes dents, répondis-je. C'est pour mieux nous manger.

Morgan leva les yeux au ciel.

— S'il est semblable à Chen, il aura l'air d'un homme ordinaire, corrigea Morgan. Et à l'âge de cinq siècles, il ne sera pas très rapide. On n'a pas à s'inquiéter.

— À moins que la magie dans l'air l'affecte comme Julie et que des écailles et des crocs acérés lui aient poussé, ajoutai-je.

— Merci, Maddy, rétorqua Morgan, pas très reconnaissant. J'en doute beaucoup.

— Des griffes qui peuvent transpercer la peau humaine d'un simple geste, continuai-je. Et un penchant pour le grignotage du crâne de ses victimes.

— Tout ira bien, siffla-t-il entre ses dents.

Jodie ne sembla pas rassurée par ses paroles. De toute évidence, elle faisait plus confiance à mon jugement qu'à celui de Morgan. Mon sourire s'étira d'autant plus.

Nous nous arrêtâmes devant l'adresse que le registre de paroisse nous avait donnée. Le bâtiment avait l'air plutôt vieux. C'était une structure imposante en briques rouges, sur quatre étages qui s'élevaient vers le ciel nocturne. Je notai la parabole accrochée sur le côté et me demandai si les dragons aimaient regarder la télévision. Je trouvais ça difficile à imaginer.

— Comment on va s'y prendre ? s'enquit Timmons, nerveux. On se glisse discrètement à l'intérieur ou on sonne à la porte ? Il est plus de trois heures du matin. On devrait peut-être attendre qu'il fasse jour.

Je fis un signe de main pour écarter ces paroles.

— On s'en fiche, de l'heure. La Madhatter travaille en toutes conditions.

— La Madhatter parle d'elle-même à la troisième personne et a autant de charme qu'un moucheron couvert de fientes, marmonna-t-il.

Je haussai un sourcil.

— Pardon ?

Timmons me gratifia d'un clin d'œil et je lui répondis par un sourire. C'était bon de découvrir qu'il prenait confiance en lui quand il s'adressait à moi. Plutôt que le voir trembler de peur, c'était un changement plaisant.

— Voilà ce qu'on va faire, déclarai-je sur un ton de commandant.

Je comptais mener mes troupes à la bataille avec la meilleure des stratégies. J'allais les conduire au front comme les meilleurs généraux.

— D'abord, on fouille le périmètre à la recherche d'entrées et de sorties. Jodie et Timmons s'occuperont de l'arrière au cas où notre cher Lung déciderait de filer. Il y a peu de chances que ça arrive, mais il vaut mieux considérer toutes les possibilités. Morgan sonnera pendant que je me glisse à l'intérieur par une fenêtre ouverte et accessible. Comme ça, je pourrai contourner Lung pendant qu'il ira ouvrir la porte. Hors de question qu'il s'envole dans l'obscurité avec ses ailes de dragon en ma présence.

— Et que fera Opulus ? demanda Jodie. Parce qu'il a l'air d'avoir son propre plan.

Je fronçai les sourcils avant de réaliser, un peu tard, que le Fey en deuil avait traversé la route et frappait bruyamment sur la porte rouge. Nom d'un lutin. Quel était l'intérêt d'avoir un esprit aussi merveilleusement stratégique que le mien si on m'ignorait ? J'avais passé des secondes entières à concocter ce plan.

Nous échangeâmes des regards avant de nous précipiter vers Opulus. Je n'eus pas le temps de le sermonner ou de l'envoyer au cachot que la porte s'ouvrait et révélait un homme.

Si quelqu'un m'avait demandé quelle idée je me faisais de la forme humaine d'un dragon, j'aurais décrit la personne devant nos yeux. Il portait une veste de smoking en velours rouge avec une cravate bien nouée autour de son cou et des pantoufles en tweed. Ses cheveux blanc immaculé étaient proprement tirés en arrière sur les côtés et il arborait une moustache en fer à cheval plutôt épatante qui bouclait au niveau de ses joues. Bien sûr, il fumait la pipe.

Il haussa un sourcil en nous découvrant.

— Des fées, grogna-t-il. Il était temps, putain. Entrez avant que les voisins vous voient. La sorcière de l'autre côté de la rue a appelé la police la dernière fois que quelqu'un a frappé à ma porte à cette heure de la nuit. Si je veux que cinq escortes blondes vêtues de collants résille et de talons aiguilles me rendent visite, c'est mon problème. Ça ne regarde personne.

Mon sourire s'étendit jusqu'à mes oreilles. Il me plaisait déjà.

— J'adore les collants résille, ronronnai-je.

Il me détailla de la tête aux pieds.

— Tu n'as pas les jambes pour ça, rétorqua-t-il d'un ton détaché.

Enfoiré.

Morgan amorça un pas en avant.

— Monsieur Lung ? demanda-t-il. George Lung ?

L'homme fit claquer sa langue.

— C'est Liung, le corrigea-t-il. Sérieusement. Il a suffi qu'un fichu prêtre n'ait pas été foutu d'écrire mon nom correctement il y a des années pour que je me retrouve avec des gens comme vous qui ne peuvent pas prononcer un simple mot comme il faut. Entrez, maintenant.

Il posa ses yeux noirs sur nous, tourna les talons, puis s'éloigna.

— Et fermez cette satanée porte derrière vous ! cria-t-il par-dessus son épaule.

Nous échangeâmes tous un regard et haussâmes les épaules. Nous nous exécutâmes ensuite et pénétrâmes dans le repaire du dragon. Littéralement.

J'avais une vague idée de ce à quoi ressemblait la maison de Chen avant l'incendie grâce aux débris éparpillés. En voyant celle de Liung, je la suspectais d'être très similaire. Il y avait des objets partout ; pas un seul espace libre. Certaines choses avaient l'air très rares et chères, comme l'œuf orné qui brillait sur une table d'appoint qui n'aurait pu être créé que par Fabargé lui-même. D'autres, comme le camion rose fluo en plastique qui sortait sûrement d'un menu Happy Meal de McDonald's, semblaient moins agréables à regarder et plutôt bon marché.

J'effleurai une étole en vison enroulée n'importe comment autour d'une carafe chinoise. Un peu plus loin, Liung aboya :

— Ne touchez à rien !

Je le fis quand même. Quand Morgan me jeta un regard menaçant, je haussai les épaules, mais pour éviter la tentation, je fourrai mes mains dans mes poches.

Nous traversâmes plusieurs pièces remplies à ras bord de vieux journaux.

Pas étonnant que la maison de Chen s'était embrasée si elle était comme ça. Une allumette, et boom ! Les voisins de Liung avaient des raisons de l'espionner… Ils étaient sans doute terrifiés qu'il mette le feu à la rue tout entière.

— Ce n'est pas dangereux d'avoir tout ça alors que tu es un dragon qui crache du feu ? m'enquis-je quand nous arrivâmes enfin dans un petit bureau, avant de hausser un sourcil. Si tu es un dragon qui crache du feu, bien sûr.

Liung s'installa dans un fauteuil en cuir craquelé et nous toisa d'un air impérieux. Nous prîmes place sur des sièges de collections hétéroclites dans la pièce. Je me retrouvai sur une chaise à bascule pour enfant. Mes fesses y entraient à peine, mais je ne comptais pas manquer l'occasion de me balancer si je le pouvais.

— Je suis un dragon, mais je ne crache pas du feu ! s'emporta Liung.

Puis une ombre s'abattit sur son visage.

— Enfin, pas jusqu'ici, du moins.

Je me redressai, espérant une démonstration. Hélas, Morgan ne perdit pas de temps et se concentra tout de suite sur le plus important :

— On est ici parce que…

— Vous avez besoin que la sphère magique de Chen soit détruite, l'interrompit Liung. Oui, oui. Vous auriez dû venir dès le moment où la sphère est passée en votre possession. J'ai averti Chen que créer cette saleté causerait des problèmes, mais il a refusé de m'écouter.

Il secoua la tête avec dédain.

— Il ne m'écoutait jamais.

— Tu le connaissais ? m'étonnai-je.

— Bien sûr.

— Et tu es au courant pour la sphère ?

— Naturellement.

Je levai les mains sous le coup de la frustration.

— Alors, pourquoi tu n'es pas venu nous chercher ?!

— J'attendais que vous veniez me trouver.

Liung ne paraissait pas perturbé du tout par tous les problèmes qu'il avait créés en ne prenant pas contact avec nous. Il se pencha en avant et prit un air conspirateur.

— Chen était un entasseur compulsif, vous savez.

Je jetai un coup d'œil aux étagères de Liung ; il y avait tellement de choses accumulées dessus qu'elles se pliaient et se déformaient. Dans cette pièce, le sol était relativement dégagé, mais il y avait sept ou huit tables, ainsi qu'un nombre similaire de bureaux et de bibliothèques. Chaque meuble était recouvert d'objets.

Je me retournai vers le vieux dragon, qui semblait satisfait de révéler ce supposé vilain secret au sujet de son compatriote. C'était l'hôpital qui se foutait de la charité.

— Vous pouvez détruire la sphère ? s'enquit Timmons.

Son corps était avachi, même si sa chaise, une sorte de meuble de type chippendale au dossier droit et aux gravures élaborées, lui offrait bien plus d'espace que j'en avais.

Liung acquiesça.

— Je peux, oui.

Morgan s'avança sur sa chaise, une lueur sévère dans les yeux.

— Plus précisément, est-ce que vous le feriez ?

Liung ne répondit pas tout de suite. Il croisa ses doigts sous son menton et nous considéra tous avec un certain amusement.

— Est-ce que je vais sauver ce monde d'une apocalypse imminente ? Ou est-ce que je vais laisser des fées timbrées utiliser la sphère et tous nous condamner au chaos et à la fin du monde, vous voulez dire ?

— Ouais, rétorqua Jodie, retrouvant sa voix. C'est exactement ce qu'on veut dire.

Liung tourna la tête pour l'examiner. Elle campa sur sa position, refusant de plier.

— Tu es jolie, finit-il par remarquer. Si toi, tu veux venir me rendre visite en collants résille, tu es la bienvenue.

Il n'avait vraiment pas de goût.

— Si vous en mettez d'abord, j'y réfléchirai, rétorqua Jodie.

Un sourire s'étira sur les lèvres de Liung.

— Ça peut s'arranger.

Quelque part au loin, un grondement retentit, comme un géant qui se raclait la gorge. Nous nous tendîmes tous, même le dragon. Quand le bruit s'éloigna, je repris mon souffle.

— Tout ça, c'est votre faute ! s'emporta Liung, l'air sincèrement agacé pour la première fois alors qu'il pointait son doigt osseux vers nous. Vous, les fées, à jouer avec votre magie sans penser aux conséquences. Vous avez toujours été comme ça. Pourquoi vous ne restez pas dans votre monde, là où est votre place ? Dieu seul sait ce qui arrivera ensuite. Je n'abandonnerai pas ma maison juste parce que vous avez merdé. Mais si mon pizzaiolo préféré fait faillite à cause de vous, je vous retrouverai et je vous ferai payer.

— On cherche une solution, assura Morgan avec douceur.

— Eh bien, cherchez plus vite ! Ça fait cinq cents ans que je suis sur Terre et la seule fois où les choses ont été aussi terribles, c'était pendant la Peste noire ! Si vous ne trouvez pas rapidement une solution, il n'y aura plus rien à sauver dans cette ville.

De toute évidence, Liung était en train de s'emporter et sa voix montait dans les tons à chaque mot, jusqu'à ce qu'il s'étouffe et se mette à bafouiller. Une toux sèche émergea du plus profond de sa poitrine. Il grogna alors qu'un nuage de fumée et une petite flamme sortirent de sa bouche, manquant de brûler les sourcils d'Opulus.

Au lieu de s'excuser, Liung nous fusilla à nouveau du regard.

— Vous voyez ce que vous me faites faire ?

— C'est trop cool, sérieux, soufflai-je.

Opulus s'éventa le visage comme s'il cherchait à éloigner de possibles résidus de microbes de dragon.

— Est-ce qu'on peut détruire la sphère nous-mêmes ? s'enquit-il.

Liung secoua la tête.

— Je suis le seul à en être capable, répondit-il avant qu'un sourire mauvais s'étire sur ses lèvres. À moins que vous trouviez un autre dragon. Maintenant que Chen n'est plus là, je crois que je suis le seul dans ce pays, donc bonne chance.

Il renifla.

— Mais apportez-moi la sphère, et je m'en débarrasserai pour de bon.

— Juré craché ? demandai-je.

Liung croisa les bras sur sa poitrine.

— Je vous en fais le serment. Je ne… jure pas en crachant, ricana-t-il. La prochaine fois que vous aurez besoin de mon aide, n'attendez pas aussi longtemps pour me contacter. De terribles dégâts auraient pu s'abattre sur la ville à cause de votre retard.

— Hé ! intervint Jodie. Ce n'est pas comme si on savait que vous existiez ! Vous auriez pu nous appeler !

— J'étais occupé. Et vous deviez savoir que j'étais là. Tout le monde sait qui je suis.

— Personne ne sait qui tu es, mec, se moqua Timmons. Ce monde ne tourne pas autour de gens comme toi. C'est un monde humain.

Le visage de Liung s'assombrit.

— C'est *mon* monde.

— Personne ne sait que tu es ici.

— Je suis célèbre ! Je suis George Liung de la dynastie Liung !

— J'ai l'impression d'entendre l'écho de ma propre personnalité, soufflai-je à l'attention de Morgan avant de m'adresser au dragon. Je suis Madrona Hatter de la dynastie Madhatter, et je n'ai jamais entendu parler de toi non plus.

Liung cessa de tousser et me fixa. Un instant plus tard, il explosa d'un rire bruyant qui s'apparentait à un cacardement.

— Toi ? Tu es Madrona ? s'étonna-t-il avant de glousser de plus belle. C'est toi qui es responsable de tout ça. Ce sont tes actions qui ont coincé ton espèce ici.

Je gesticulai, mal à l'aise.

— Je ne m'en souviens pas.
— Mais bien sûr, renifla-t-il.
— Je suis amnésique, l'informai-je avec mépris. Quoi qu'il en soit, ce que j'ai fait ou non par le passé n'a aucune importance. On se concentre sur l'avenir.
Les lèvres du dragon se courbèrent.
— Si tu en as un.
— Si je n'en ai pas, alors toi non plus, rétorquai-je.
— Épices Mbongo et noyau d'avocat.
— Hein ?
— Tu m'as très bien entendu. Mélanges-en trois et un, et tu auras ton remède pour te souvenir de tout, expliqua-t-il alors que ses yeux s'illuminaient. Bien sûr, se rappeler ne sera peut-être pas particulièrement agréable.
Je réalisai que Liung était la seule personne que j'avais rencontrée à ne pas s'être montrée sceptique au sujet de mon amnésie la première fois que je la mentionnais. J'examinai son visage. Il semblait imbu de lui-même et content de lui, mais j'aurais parié gros qu'il disait la vérité pour la potion de mémoire ; il voulait que je me rappelle parce qu'il voulait que je souffre de ces souvenirs.
— Je vous l'ai déjà dit, souffla-t-il. Je suis ici depuis cinq cents ans. Je me souviens de tout ce que j'ai fait, chaque mot méchant, chaque erreur, chaque chose horrible. Pourquoi vous pensez que je suis toujours là ? Vous n'avez que quelques décennies de problèmes à ressasser dans votre lit quand vous n'arrivez pas à dormir. Imaginez ce que c'est pour moi.
— Mon cœur saigne, répliqua Timmons. Peut-être que la solution, c'est de ne pas faire d'erreurs ou de choses horribles.
Liung sourit.
— Je n'avais pas réalisé que je me trouvais en compagnie de saints. Je n'ai jamais été confronté à ça avec des gens de votre espèce.
Il jeta un coup d'œil à Jodie.

— Ou des humains. Ou des vampires. Ou des loups-garous.

Il poussa un soupir et caressa brièvement sa moustache.

— Ou des dragons.

— Je n'ai pas peur de mon passé, assurai-je. J'admettrai toutes mes erreurs sans problème.

— Cool pour toi, répondit Liung. Souviens-toi juste d'avoir dit ça. Tu as eu la chance d'effacer l'ardoise et de recommencer. Peu de gens ont cette chance. C'est une bénédiction, pas une malédiction.

Je m'humectai les lèvres. J'étais presque certaine de déjà savoir ce que j'avais fait de pire, mais je n'en connaissais pas les détails. Je ne me rappelais pas la douleur d'avoir abandonné Morgan pour Rubus. La culpabilité d'avoir réalisé que j'étais responsable de la fermeture forcée des frontières de Mag Mell. Mais je n'étais pas une trouillarde ; je ne voulais pas craindre qui j'avais été, ou qui je deviendrais. Nos souvenirs faisaient de nous ce que nous étions, défauts ou pas. J'avais cessé de me préoccuper de mon amnésie quelques jours plus tôt, mais à présent, Liung me donnait envie de résoudre ce problème une bonne fois pour toutes.

Morgan se leva, inquiet du tournant qu'avait pris la conversation.

— On va récupérer la sphère et te la ramener. Tu la détruiras.

Liung resta assis.

— Et vous ferez en sorte de calmer la magie infernale qui cause tous ces problèmes.

— On va essayer.

Il renifla avec dédain.

— Je n'aime pas les gens qui essaient. J'aime ceux qui agissent.

Il nous jeta un nouveau regard désobligeant.

— Enfin, je n'aime pas les fées, de toute façon.

— On est sacrément agaçantes, pas vrai ? confirmai-je.

— Oui, répondit-il d'un ton plat. Vous l'êtes. Apportez-moi la sphère et je m'en occuperai. Empêchez votre magie de détruire ma ville, et nous n'aurons plus rien à faire ensemble.

Nous venions de nous rencontrer et il voulait déjà nous oublier. Pourtant, nous avions obtenu ce pour quoi nous étions venus, et bien plus facilement que nous l'aurions espéré. Il valait sans doute mieux ne pas trop en abuser. Dommage. Je pensais vraiment que Liung était un homme que j'apprécierais.

Chapitre 14

Difficile de réprimer la tentation de partir à la recherche de Charlotte Page et récupérer la sphère. Mais après la journée que nous avions passée, nous étions tous à sec. Et seul l'avenir nous dirait les regrettables joies que nous apporterait l'aurore. Dans un accord silencieux, nous enfourchâmes tous nos Mobikes et pédalâmes jusqu'à la maison de Julie pour roupiller quelques heures avant la prochaine déferlante de catastrophes.

Malheureusement, quand nous prîmes le virage de sa rue, l'origine de cette catastrophe parut évidente. Les cris étaient audibles même aux oreilles humaines de Jodie.

— Il m'en faut plus !

Morgan se tourna vers moi.

— Est-ce que c'est… ?

— C'est Julie, confirmai-je avec un hochement de tête.

— Donne-moi du saaaang !

Je grimaçai. Nul doute que l'accumulation de magie faisait ressortir son côté vampirique bien enfoui. Peut-être qu'elle pourrait l'expliquer plus tard en assurant à ses voisins qu'elle se préparait pour un nouveau rôle au cinéma.

Je ne perdis pas une seconde pour entrer. Je la trouvai dans la cuisine, face à un Finn au visage livide. L'odeur lourde et métallique du sang flottait dans l'air. À en juger par les plaies au niveau de sa gorge, Julie avait décidé que les poches fournies par l'hôpital ne lui suffisaient plus.

L'idée que cette petite femme puisse prendre le dessus sur quelqu'un d'aussi costaud et imposant que le Bonnet-rouge était pour le moins inquiétant.

À peine eus-je mis un pied à l'intérieur que Julie se jeta sur moi.

— Donne-moi le tien, me supplia-t-elle. Donne-moi ton sang !

— Non merci, je préfèrerais qu'il reste où il est, répondis-je d'un ton pincé en haussant un sourcil à l'intention de Finn.

— C'est ma faute, marmonna ce dernier. Je lui ai offert mes veines. Je pensais que ça aiderait. Mais elle a un peu perdu les pédales.

Un peu ? J'observai ses mains qui s'agitaient et la supplication désespérée dans ses yeux dérangés. Cette femme, si posée en temps normal, pétait les plombs. Heureusement, j'avais quelques connaissances au sujet de la folie. Pas beaucoup, mais assez.

Je pris ses mains dans les miennes pour éviter que ses ongles bien vernis n'arrachent la peau de mes joues. Puis je la poussai en murmurant son nom, jusqu'à ce que ses jambes se retrouvent plaquées contre une chaise de cuisine. Elle s'affala dessus alors que je faisais un signe pressé à Morgan, qui s'était avancé derrière moi. Les autres gardaient une distance raisonnable.

— Du gin, exigeai-je. En grande quantité.

— Je ne crois pas que l'alcool soit une bonne idée, commença-t-il.

— C'est pour cette demoiselle.

— Je n'en veux pas ! Je veux du sang ! siffla Julie.

— Chuuut…

Je m'agenouillai devant elle, enroulai mes bras autour de sa taille et l'enlaçai. Elle aurait sans doute pu prendre le dessus sur moi si elle l'avait voulu et ma jugulaire se trouvait à sa portée.

Je prenais un risque calculé. Morgan et Finn me libèreraient si elle tentait de me mettre à sec, le premier parce qu'il ne voulait pas que je sois blessée, et le second parce que son but était d'aider Julie.

Lui donner l'occasion d'accéder à mon sang sans mon accord me permettait de voir à quel point elle avait perdu la tête. Rien de tout ça n'était de sa faute. La magie dans l'air se faufilait en elle à chacune de ses inspirations.

Il fallut plusieurs secondes, mais je finis par sentir sa tension se relâcher et elle commença à se détendre. Elle n'essaya pas non plus de me mordre, donc tout allait bien.

Elle reprenait le contrôle de son souffle erratique quand Morgan plaça un gin-tonic entre nous. Je saisis le verre, en avalai quelques gorgées, puis l'offris à Julie.

Elle secoua faiblement la tête.

— En fait, je crois que ton petit ami a raison, murmura-t-elle. Le gin, ce n'est pas une bonne idée. Je pourrais avoir une tasse de thé ?

Je lui jetai un regard suspicieux. Elle avait déjà essayé ça avec moi.

— Tu parles de PG Tips ou de Long Island ?

Elle esquissa un sourire. Il ne s'étirait pas jusqu'aux oreilles, mais ça ressemblait un peu plus à la Julie que je connaissais.

— De PG Tips, répliqua-t-elle. Avec plein de sucre.

— Je vais mettre la bouilloire à chauffer, déclara Finn.

Il se tourna, mais Julie lui attrapa la main.

— Je suis désolée, souffla-t-elle. Je ne sais pas ce qui m'a pris.

— Ce n'est pas de ta faute, répondit-il. Tu n'y peux rien.

Il n'y avait aucun reproche dans son regard, même si son ton était plutôt rauque.

Julie contempla le sang qui trempait son tee-shirt d'un air sombre.

— Tes pauvres vêtements.

Je reniflai avant de rétorquer :

— Son pauvre cou, plutôt.

Finn se raidit, mais le sourire de Julie s'étira.

— Oui, confirma-t-elle. Son pauvre cou.

Elle poussa un soupir.

— Tu as été si gentil avec moi, Finn. Ne t'imagine pas que je n'en suis pas reconnaissante.

Je leur offris un immense sourire.

— Câlin de groupe ?

Le Bonnet-rouge me jeta un regard en coin ; apparemment, je n'étais toujours pas sa meilleure amie au monde, même s'il me tolérait, à présent.

— Peut-être pas, marmonna-t-il avant de se tourner vers Julie. Toi et moi, par contre ?

Elle acquiesça. Je me reculai pour qu'elle puisse se lever et ils s'enlacèrent. Même si les choses semblaient s'être apaisées, je me plaçai de sorte à pouvoir guetter les signes d'un grognement ou d'un allongement des canines, mais elle garda les yeux et la bouche fermés.

Quand elle fut assez détendue pour le lâcher, Finn s'occupa du thé.

— On n'est pas les seuls à être assez stupides pour sortir avec toutes ces conneries magiques, déclara-t-il.

— À qui le dis-tu, soupirai-je. Les ados boutonneux n'ont aucun égard pour leur sécurité.

Il secoua la tête.

— Non. Ce n'est pas ce que je voulais dire, me corrigea-t-il avant de jeter un regard à Morgan et moi, la colère flottant sur son expression. Il y avait un chasseur.

Morgan prit une inspiration hachée.

— Un chasseur de vampires ?

Finn acquiesça.

— Il attendait qu'on rentre, devant la maison. Il a essayé d'attraper Julie.

Nom d'un lutin. Comme si nous avions besoin de ça ! Je croyais que nous nous étions débarrassés de ces enfoirés, pour le moment, du moins.

— On aurait plutôt pu penser qu'ils auraient eu le bon sens de garder leurs distances.

— Je suppose qu'ils pensent pouvoir tirer profit du chaos pour se relancer à la poursuite de Julie, marmonna Morgan en fronçant les sourcils.

— Ils n'ont que ça en tête, grommelai-je en levant les yeux au ciel. Pourquoi ils ne peuvent pas être obsédés par les poitrines, comme n'importe quel homme au monde ?

— Il était seul ? s'enquit Morgan.

— Oui.

Sa mâchoire se tendit.

— Il est toujours dehors ?

Finn secoua la tête avant de répondre :

— Non. Je crois lui avoir fait assez peur pour qu'il s'en aille, pour l'instant. Je voulais aller plus loin, tu sais, lui casser une jambe ou lui faire assez de mal pour qu'il comprenne qu'il ne faut pas toucher Julie. Mais il a filé vraiment très vite.

Après avoir vu l'état de la vampire quand nous étions entrés dans la maison, mais aussi après l'avoir entendue depuis l'autre bout de la rue, je n'étais pas surprise. Quoiqu'il en fût, la colère me ravagea. Pourquoi ne pouvions-nous pas n'avoir qu'un problème à gérer à la fois ?

— Jamais deux sans trois, murmura Morgan, comme s'il lisait dans mes pensées.

— La troisième peut aller se faire voir, rétorquai-je. Je suis un assez gros problème pour nous tous.

Il me gratifia d'un sourire, mais l'inquiétude teintait son expression. J'attrapai le verre de gin et le but en entier. Si l'apocalypse approchait, inutile de m'inquiéter d'avoir la gueule de bois plus tard.

— Il faut qu'on se repose avant le prochain round, déclara Morgan avant de faire un geste vers Finn. Tu vas t'en sortir avec Julie ?

— Ça ira.

Julie fronça les sourcils.

— Je suis toujours là, mon chou. La soif de sang me ronge peut-être, mais pas besoin de parler de moi comme si je n'étais pas là.

— Je suis désolé, répondit Morgan en passant ses doigts dans ses cheveux. La nuit a été longue, mais on a trouvé un dragon, et il est prêt à nous aider à détruire la sphère. Pour la première fois, on voit peut-être…

Je levai les mains, horrifiée.

— Non ! Ne le dis pas !

— … le bout du tunnel, conclut-il.

Mes épaules s'affaissèrent.

— Tu l'as dit, marmonnai-je. Maintenant, on est condamnés.

Loin de s'inquiéter que Morgan nous ait tous voués à l'enfer avec ses lèvres alléchantes, Julie pointa l'étage du doigt.

— Les chambres d'ami sont prêtes. N'hésitez pas à aller faire un petit somme où vous voulez.

J'y jetai un coup d'œil. En théorie, m'étendre sur l'un des lits de Julie et me blottir contre Morgan s'apparentait à ce que pouvait être le paradis. L'actrice devait certainement avoir des menottes avec de la fourrure cachées quelque part ; je pourrais l'attacher et prendre mon pied avec lui. Malheureusement, la seule chose que je désirais plus que tout à cet instant, c'était dormir.

Dans un accord silencieux, nous montâmes tous à l'étage. Morgan attrapa ma main et me guida avec douceur dans une chambre.

— On ne va que dormir, me prévint-il. Il faut qu'on se repose. Mais je veux te savoir près de moi.

Je lui offris un sourire fatigué.

— Oh, je serai près de toi. Je baverai sur ton épaule et je ronflerai dans ton oreille, mais je serai près de toi.

— Le paradis, répondit-il en me rendant mon sourire.

Je fermai la porte de la chambre et me tortillai pour retirer mon jean. Le lit était encore plus attirant que l'imposant torse de Morgan. J'allais plonger, fermer les paupières et m'endormir en un instant. Du moins, je l'aurais fait si la sonnette n'avait pas soudain retenti et résonné dans la maison, ce qui me fit sursauter.

Je me tournai vers Morgan, les yeux écarquillés.

— Je ne peux penser à aucune bonne raison pour laquelle quelqu'un sonnerait chez Julie à cette heure de la nuit.

— Moi non plus, confirma-t-il avec une expression sombre.

Je ne perdis pas une seconde pour sortir de la chambre et me précipiter en bas des escaliers. Finn était déjà sur place, une batte de baseball en métal dans les mains.

— Tu assures nos arrières ? grognai-je à Morgan qui se tenait juste derrière moi.

— Je suis là, répondit-il.

Nous échangeâmes un regard, puis j'attrapai la poignée et l'ouvris.

Je m'attendais à tout : des bazookas, des sbires Fey prêts à tout saccager, Rubus… mais pas à l'homme le plus sexy que j'avais jamais vu appuyé sur l'encadrement de la porte, m'éblouissant de ses yeux bleu ciel.

Alors qu'il examinait mes jambes nues, son sourire s'élargit et fit ressortir une fossette au niveau de sa joue. Il se redressa et une mèche roux sombre tomba sur son front.

— Eh bien, si j'avais su que les fées étaient aussi canon, je serais venu à Manchester plus tôt, dit-il d'un ton traînant avec un léger accent irlandais.

Morgan me poussa pour passer devant, ce qui me bloqua un instant la vue.

— Tu es qui, toi ? s'emporta-t-il.

Le bel Irlandais s'inclina.

— Vous m'avez appelé, et j'ai répondu. Je suis Monroe, se présenta-t-il avec un grand geste, comme si nous devrions tout de suite comprendre qui il était.

Finn lâcha la batte. Elle s'écrasa sur le plancher parfait de Julie avec un bruit métallique et il se jeta en avant, attrapant l'avant-bras du nouveau venu avec sa main.

— Monroe ! Je suis ravi de te rencontrer !

L'intéressé inclina la tête.

— En effet. Et tu es… ?

Finn lui offrit un immense sourire.

— Je suis Finn. Un Bonnet-rouge. C'est moi qui t'ai appelé !

Monroe sembla se détendre un peu.

— Eh bien, c'est un plaisir de te rencontrer.

Il toisa l'imposante silhouette de Finn de haut en bas.

— J'imagine que personne ne dit le contraire, ajouta-t-il dans un murmure.

Morgan s'éclaircit la voix, loin d'être impressionné par notre visiteur.

— Finn, qui est-ce ?

— Monroe !

— Ça, j'avais compris, rétorqua-t-il sèchement. C'est qui, Monroe ?

— Le chef des loups-garous. Celui d'Irlande auquel j'ai laissé un message.

— Je préfère le terme Alpha, répliqua Monroe.

Il jeta un coup d'œil à la rue.

— Je vois que vous, petites gens, vous avez eu quelques problèmes, donc c'est bien que vous nous ayez appelés. Ce n'était pas facile d'entrer en ville sans se faire repérer avec l'armée qui patrouille, et je crains que les choses ne fassent qu'empirer. On a pu sentir les vagues de magie à plus de trente-deux kilomètres avant d'apercevoir la ville.

Il secoua la tête, ses épais cheveux roux se balançant à ce geste.

— Qu'est-ce que vous avez fait ?

Je tournai la tête pour qu'elle dépasse l'épaule de Morgan.

— On ? demandai-je avec espoir. Vous êtes plusieurs ?

Avec un peu de chance, ils seraient tous aussi attirants que Monroe. Morgan me suffisait largement, mais ça ne voulait pas dire que je ne pouvais pas me rincer l'œil et contempler les vitrines, tout en restant accrochée à mon homme.

Monroe me gratifia d'un long sourire lent et tranquille. Puis il poussa un petit sifflement. D'autres sortirent de nulle part et se détachèrent de l'obscurité, cachés par les voitures et hissés sur des toits assez bas. J'en comptai une douzaine au total. Ils s'attroupèrent derrière Monroe et attendirent les instructions. J'aimais de plus en plus les loups-garous ; il me fallait des sous-fifres qui se comportaient comme ça, moi aussi.

— Est-ce qu'on peut entrer ? On a fait un long voyage.

Finn acquiesça comme un chiot en demande d'affection et leur ouvrit la voie. Monroe se décala comme s'il allait passer le pas de la porte, puis il fronça les sourcils. Les poils de ses bras dénudés semblèrent se dresser et frissonner, et ses yeux se plissèrent pour ne laisser que deux bandes bleues.

— Qu'est-ce que c'est ?

— Julie, me dépêchai-je de répondre. Une barrière protège la maison. Il faut qu'elle vous invite à entrer.

Monroe fronça les sourcils, suspicieux.

— Les seuls êtres capables d'une telle prouesse, c'est les vamp…

Son mot se perdit lorsque Julie elle-même apparut. Elle me dépassa et jeta un coup d'œil à Monroe. De toute évidence, elle aimait ce qu'elle voyait tout autant que moi.

— Eh bien, salut, vous.

Le roi des loups-garous lui tira un chapeau invisible.

— Je te connais, déclara-t-il.

— Tu as dû me voir à la télé, répondit-elle avec un sourire.

J'attendis l'inévitable expression d'extase, mais Monroe se contenta de faire la moue.

— Non. On s'est déjà rencontrés. Je n'étais qu'un enfant, donc tu ne t'en souviens peut-être pas, mais tu as déjà visité la propriété de mon oncle.

Tout à coup, le comportement de Julie changea. Elle ne souriait plus ; en fait, son langage corporel et son expression étaient d'un froid glacial.

— Oh, oui, rétorqua-t-elle. Tu es l'un de ces loups-garous.

Je lui jetai un regard soupçonneux. Comme elle ne cracha pas tout de suite le morceau, je lui mis un coup de coude.

— Continue.

Elle renifla.

— Je suis allée voir les loups-garous pour leur demander de m'aider à m'occuper des chasseurs de vampires. Ils ont refusé, et avec un certain manque de respect, en plus.

Monroe haussa les épaules, ses muscles roulant au passage. Miam.

— On ne s'implique pas à moins que notre propre survie soit en jeu.

Morgan croisa les bras.

— Alors, pourquoi vous êtes là ?

— Parce que notre propre survie est menacée, répondit tranquillement le loup-garou.

Il me jeta un regard amusé avant de se concentrer à nouveau sur Morgan.

— Ne t'inquiète pas, mon pote. Je sais que tu l'as marquée. Elle est toute à toi.

Marquée ? C'était forcément une métaphore. Morgan se détendit un peu. J'étais plutôt satisfaite qu'il me revendique, malgré ses penchants d'homme des cavernes.

— En fait, c'est moi qui l'ai marqué, corrigeai-je en enroulant un bras autour de Morgan. Alors, pas touche.

Un sourire en coin étira les lèvres de Monroe.

— Je ne suis pas de ce bord-là, même si je dois reconnaître qu'il est attirant.

— Il est plutôt sexy, pas vrai ? m'enquis-je avec un sourire.

Morgan marmonna quelque chose entre ses dents. Je supposai qu'il avait été assez apaisé. Il n'avait pas vraiment à s'inquiéter ; même si le loup-garou dégageait un sex-appeal explosif, il était bien trop prétentieux pour moi. J'aurais fini par l'étrangler. J'avais assez d'arrogance pour tenir toute une vie ; pas besoin que d'autres viennent en rajouter.

Julie pencha la tête.

— Ça ne m'inspire pas confiance, déclara-t-elle.

— On a besoin de leur aide, assura Finn.

— J'avais besoin de leur aide, avant. Ils ont refusé.

Un grognement, suivi par un grondement, s'éleva du groupe derrière Monroe. Je clignai frénétiquement des yeux et les fixai. De la fourrure sombre poussait sur le corps de l'un des plus jeunes loups-garous.

Son visage changeait aussi de forme ; son menton, sa bouche et son nez s'allongèrent et formèrent ce qui ne pouvait être décrit que comme un museau.

— La magie, murmura Monroe. Je vous suggère fortement de prendre une décision avant que Phil ici présent ne prenne une forme animale et essaie de manger tes voisins.

Nous nous tournâmes tous vers Julie. Enfin, tous les autres ; je ne pouvais détourner les yeux de Phil le poilu.

— Très bien, céda Julie. Vous pouvez entrer.

Monroe sourit comme s'il ne s'attendait pas à moins. Il passa le seuil de la porte de Julie et se retrouva à l'intérieur.

Chapitre 15

Moi qui pensais que nous étions à l'étroit dans la maison de Julie avec notre petit groupe, je n'avais encore rien vu. Au lieu d'essayer de tous rentrer dans la cuisine, nous prîmes la direction de son vaste salon. Il me fallut quelques minutes pour renfiler mon jean, pas parce que mes jambes nues me mettaient mal à l'aise, mais parce que je savais que cela apaiserait Morgan. Je m'améliorais lorsqu'il s'agissait d'être attentionnée.

Quand je redescendis, Monroe s'était affalé sur un grand fauteuil. Il pointait du doigt un homme qui ressemblait plus à un ours qu'à un loup avec ses énormes épaules et sa pilosité faciale excessive.

— Voici Malcolm.

L'intéressé inclina la tête.

— Ça, c'est Dwight, continua Monroe.

Un homme plus petit qui portait des lunettes sourit. Le meneur déplaça son doigt pour présenter les différents loups-garous un à un.

— Enright, Goddard, Matthew, Peterson, William…

Je levai la main.

— Je ne vais pas m'en souvenir. Tu ferais mieux d'arrêter maintenant.

Monroe haussa un sourcil.

— Tu ne veux pas connaître les noms des personnes qui sont venues pour vous sauver ?

— Vous n'êtes pas venus pour nous sauver, soulignai-je. Vous êtes ici pour nous aider à sauver le monde. Si vous, les flocons de neige, ne pouvez pas vous en sortir sans des présentations formelles, vous savez où se trouve la porte.

Malgré mes mots, mon ton était plutôt sympathique. Je savais que je leur manquais de respect, mais je ne mentais pas quand je disais que je ne me souviendrais pas de tous leurs noms, et j'étais complètement épuisée. Je leur revaudrais ça lorsque tout serait terminé.

Monroe me fixa un long moment avant de hausser les épaules.

— Très bien. Alors, comment c'est arrivé ? demanda-t-il. Comment on en est arrivé au point où le monde a besoin d'être sauvé ?

Morgan se pencha en avant et résuma ce qui s'était passé, évitant de parler du fait insignifiant qu'une grande partie de nos malheurs pouvait m'être incombé. Une fois qu'il eut terminé, il toisa Monroe d'un regard sévère.

— On ne peut pas se permettre de s'inquiéter du bien être d'un nouveau groupe de personnes. On a assez de chats à fouetter comme ça.

Monroe renifla.

— Inutile de t'inquiéter pour nous, petite fée. On est des loups-garous. On est parfaitement capables de nous occuper de nous-mêmes. On vous aidera à récupérer cette sphère et à vous assurer que le dragon la détruise. Notre force et notre pouvoir vous garantiront la victoire.

Son assurance était palpable.

Je sentis Morgan se hérisser face à l'attitude de Monroe et l'utilisation du terme « petite » à son égard. Il était temps de mettre tout ça de côté, et d'aller se coucher.

— Bon, c'est entendu, annonçai-je en me levant. On va dormir quelques heures, et après, on ira chez Charlotte Page pour récupérer la sphère.

— En partant du fait que cette petite humaine l'a toujours. La confier à une femme de ménage n'était pas très malin.

Ce fut mon tour de m'offusquer.

— J'ai utilisé ce que j'avais sous la main pour la mettre en sécurité.

Monroe haussa un sourcil.

— Si vous nous aviez contactés plus tôt, on aurait pu virer ce Fey, Ruby, de l'équation. C'est peut-être toujours la meilleure option. On pourrait s'en prendre à lui pendant que vous faites tous de beaux rêves.

— Sauf qu'il est plus fort que vous le pensez et qu'il a d'autres fées à sa disposition qui sont plus que prêtes à se sacrifier pour lui, fit remarquer Finn.

— Et s'il sent qu'il est en danger, il va libérer encore plus de magie et semer la pagaille dans la ville, ajoutai-je. Il faut qu'on procède avec prudence.

— Il ne s'attendra pas à nous voir, assura Monroe. Avec l'effet de surprise de notre côté…

— Il saura déjà qui vous êtes et se préparera, l'interrompit Morgan. Ce n'est pas un idiot. On fait ça à notre manière, sans alerter mon frère de ce qu'on mijote. Sinon, on n'y arrivera pas.

Le loup-garou haussa les épaules.

— Comme vous voulez, répondit-il avant de regarder autour de lui. Je suppose que quelques heures de sommeil ne nous feront pas de mal.

— Avant d'y aller, quel impact la magie a eu sur vous dans la ville ? demanda Julie.

L'épuisement se lisait sur son visage. Vu la réticence dont elle avait fait preuve à l'idée d'autoriser les loups-garous à entrer chez elle et son silence, je savais que cette question était importante pour elle. Elle souffrait vraiment de son côté vampirique. Nous nous trouvions tous en territoire inconnu ; pour une fois, je n'étais plus la seule à n'avoir aucune idée de ce qui se passait.

Monroe la jaugea du regard. Une part de moi s'attendait à une réponse désinvolte, mais il répliqua avec douceur :

— J'ai un incroyable contrôle de ma forme de loup, et même pour moi, c'est difficile de réprimer ma forme animale. La magie dans l'air s'infiltre dans mon âme.

Julie se pencha en avant.

— Mais qu'est-ce que tu ressens ? insista-t-elle.

Il soutint son regard.

— J'ai l'impression de pouvoir conquérir le monde.

Un murmure d'approbation s'éleva de l'assemblée de loups-garous. Julie acquiesça, l'air satisfait.

— Je vais vous montrer les chambres. Certains d'entre vous vont devoir partager. Ma maison est grande, mais pas assez.

— M'dame, on apprécie ton hospitalité, répondit Monroe d'un ton traînant avant de s'interrompre un instant. Peut-être que tu pourrais nous montrer quelle chambre est munie d'un verrou, et on y dormira.

Inutile d'ajouter qu'il voulait pouvoir fermer à clé pour pouvoir nous protéger de lui et ses loups. Je frissonnai. Cette histoire de magie pouvait potentiellement nous mener à notre perte.

***

Quatre heures plus tard, nous nous réunîmes à l'adresse que j'avais dénichée pour Charlotte Page, l'employée de Poussière féérique nettoyage. Morgan, moi et la meute de loups-garous. Si nous n'avions pas assez de renforts, alors nous étions fichus.

Pour une femme de ménage qui touchait le salaire minimum, elle vivait dans un quartier plutôt raffiné. Sa maison n'arrivait pas à la cheville de la grandiose demeure de Julie, mais on n'en était pas loin. Des plantes grimpantes se faufilaient sur la façade en brique rouge et s'enroulaient autour de plusieurs fenêtres aux volets fermés. Je comptai trois étages. Peut-être que Mlle Page, en plus de travailler pour Poussière féérique nettoyage, en était aussi la propriétaire.

Monroe détailla longuement le bâtiment.

— Je croyais vous avoir entendu dire que cette fille était femme de ménage ? Combien de femmes de ménage peuvent s'offrir de telles baraques ?

Morgan renifla, dédaigneux.

— Tu ne devrais peut-être pas juger aussi vite. Le nettoyage est un service essentiel. Tu ne devrais pas les sous-estimer.

Monroe se tourna vers lui. Ses bras pendaient le long de son corps, mais je le suspectais d'être déjà un peu agacé par mon Fey aux yeux verts.

— Je ne dénigre pas sa profession, rétorqua-t-il. Je ne fais qu'analyser la situation. Il faut qu'on sache dans quoi on s'engage.

Morgan ouvrit la bouche pour répondre et j'intervins à toute vitesse :

— Je pense que c'est peut-être mieux que je m'en occupe. Vous autres, vous restez dehors.

Bien que ce fût agréable que mes arrières soient assurés par mon amant et une meute de loups-garous, parfois, c'était plus facile de travailler seule.

Cette fois, les deux semblèrent prêts à protester.

— Écoutez, bande de têtes de mule, sifflai-je. Charlotte Page n'est qu'une humaine que j'ai entraînée dans cette histoire. Ce n'est pas une ennemie. Tout se passera bien mieux si je m'en occupe. Si elle voit une armée d'hommes en colère devant sa porte, il y a des chances qu'elle s'enfuie.

Je n'attendis pas que l'un d'eux réponde pour redresser les épaules, rejoindre sa porte d'entrée et sonner. Quand je jetai un regard derrière moi, Monroe, Morgan, Opulus, Vandrake et les autres s'étaient fondus dans l'ombre. Bien. Il était temps qu'on porte de l'attention à mes talents de fin stratège.

Charlotte ouvrit plus vite que je l'aurais pensé. L'immense sourire sur son visage disparut presque dès qu'elle me vit.

— Vous n'êtes pas de la police, fit-elle remarquer.

Mon dos se raidit. La police ? Je ravalai le million de questions sur ma langue et entrai rapidement dans mon rôle. J'étais la Madhatter, après tout.

— Je suis l'officier de liaison responsable de cette zone, me présentai-je, inventant un nom de métier qui, je l'espérais, paraissait assez officiel pour être crédible. Comme vous avez pu le voir, je pense, la police est plutôt occupée en ce moment avec l'armée en ville et tous ces… événements étranges au cours des dernières vingt-quatre heures. Je les remplace jusqu'à ce qu'ils puissent venir.

Je la gratifiai d'un sourire de façade qui se voulait professionnel.

Charlotte fronça les sourcils.

— Montrez-moi votre badge.

Nom d'un lutin. Pourquoi fallait-il que je me retrouve face à une humaine intelligente et méfiante ?

— Je ne l'ai pas sur moi, expliquai-je, paumes tendues. Il a été mangé par…

Je regardai autour de moi comme si je craignais que quelqu'un m'entende, avant de continuer :

— Un éléphant rose.

Charlotte écarquilla les yeux.

— Vous avez vu un éléphant rose ? souffla-t-elle.

Si seulement.

— Oui, confirmai-je avec un hochement de tête. Il a volé mon badge et le cordon avec sa trompe et s'est enfui.

Je me penchai vers elle.

— Je ne savais pas que les éléphants pouvaient courir, mais ce truc allait vachement vite.

— Ils n'ont peut-être pas l'air très gracieux, mais ils peuvent se déplacer vite quand ils en ont envie, me confia Charlotte.

Elle me regarda plus attentivement.

— Attends… souffla-t-elle en repassant au tutoiement. Je t'ai vue au commissariat de police. Je te connais. On s'est rencontrées dans les toilettes.

Elle se détendit un peu plus. Je lui souris.

— Oui. Tu m'as dit que les haltérophiles peuvent porter des poids plus lourds dans les salles de sport peintes en bleu.

Elle haussa les épaules.

— Je suis pleine d'anecdotes comme ça. C'est fou ce que quelques connaissances peuvent apporter quand on parie.

— Quand on parie ? Tu es une joueuse ?

Le coin de sa bouche s'étira.

— Occasionnelle, seulement. Et toujours légalement, bien sûr.

— Bien sûr.

Je m'humectai les lèvres. En apprendre plus sur elle, c'était bien, mais créer un lien avec elle ne me rapprochait pas de mon objectif.

— Donc, la raison pour laquelle tu as appelé la police…

Son sourire s'effaça.

— Je vais te montrer. Elle est par ici, m'indiqua-t-elle.

Elle retourna à l'intérieur. Après avoir fait un signe de main furtif à Morgan et les autres, qui avaient sans doute observé cet échange en retenant leur souffle, je lui emboîtai le pas.

La maison était encore plus majestueuse de l'intérieur. Le soleil matinal filtrait par les vieux vitraux, ce qui créait de jolis motifs sur le parquet nu. Contrairement à Liung, Charlotte était quelqu'un d'averti et seuls quelques objets parsemaient la pièce. Le style minimaliste n'allait pas vraiment à ce manoir, mais je l'aimais bien malgré tout.

— Jolie maison, murmurai-je.

— Je l'ai gagnée ! s'exclama-t-elle depuis l'autre bout du couloir. Au poker.

Oh. J'aurais peut-être dû devenir une joueuse plutôt qu'une fausse superhéroïne ; ça avait l'air de mieux payer. Même la méchanceté ne portait pas autant ses fruits.

— Elle me crée plus de problèmes qu'elle n'a de valeur, soupira Charlotte en s'arrêtant devant une porte fermée. Je peux à peine payer la taxe foncière et il y a toujours quelque chose à réparer. La plomberie est un véritable cauchemar. Et maintenant, il y a ça…

Elle posa sa main sur la poignée et la tourna pour révéler ce qui se trouvait à l'intérieur.

Ma mâchoire en tomba. Ce qui avait un jour été une belle chambre était devenu une scène de dévastation totale : des rideaux déchirés, des murs lacérés et des chaises retournées. Ce ne fut pourtant pas le désordre qui me choqua, mais plutôt la créature qui se tenait au centre de la pièce et qui grondait.

Elle mesurait plus de deux mètres de long et un mètre de large, couverte d'une fourrure sombre. Deux énormes cornes sortaient de son crâne, s'enroulant dans des directions opposées. Son museau était allongé, comme le bec d'un canard. S'il n'y avait pas une assiette vite entre ses larges pattes et l'expression humaine dans ses yeux, j'aurais pensé que c'était une sorte d'animal déformé. Il tourna la tête vers nous et nous contempla avec une tristesse tragique.

— J'aurais bien appelé la SPA, mais ils sont déjà surchargés par d'autres problèmes, m'exposa Charlotte. J'ai quelques amis dans la police qui m'ont dit qu'ils enverraient quelqu'un pour m'aider.

Elle se mordit la lèvre.

— D'ailleurs, je ne pense pas que ce soit un animal. Je crois que c'est ma colocataire.

Elle me jeta un regard en coin.

— À moins qu'il l'ait mangée. C'est aussi une possibilité.

Je clignai frénétiquement des yeux. Ça dépassait de loin mes compétences.

— Ta colocataire ?

— Lizzy. Elle vient de Brisbane, en Australie. Elle étudie à Manchester depuis un an et quelques, et je la laisse habiter ici. J'ai plein de chambres et le loyer, quand elle le paie, est le bienvenu, dit-elle avant d'hésiter. Regarde ses lèvres.

Je me concentrai sur la bouche de la créature. Je n'entendais aucun son, mais il semblait essayer de dire la même chose, encore et encore. Je me grattai le crâne.

— Euh…

— Je suis une experte quand il s'agit de lire sur les lèvres, me confia Charlotte. Ça m'aide à étudier le terrain quand je me prépare pour un gros pari. Je peux lire les mots des entraîneurs à des centaines de mètres. C'est comme ça que j'ai réussi à éviter des paris dangereux. Il y avait ce cheval qui…

Je levai la main.

— Peut-être une autre fois, la coupai-je avant de pointer l'étrange canard-chien poilu. Qu'est-ce que ça dit ?

— Elle. Pas « ça ». Je crois.

Charlotte grimaça et murmura dans mon oreille :

— De la Vegemite[6]. On n'en a plus.

— C'est quoi, la Vegemite ? demandai-je en fronçant les sourcils.

Un cri soudain sortit de la bouche de Lizzy, si c'était la chose devant nous, et elle s'élança vers nous. Charlotte me tira dans le couloir et claqua la porte.

— Ne le dis pas à voix haute devant elle !

— Quoi ? Vegemite ?

Lizzy se jeta sur la porte de l'autre côté, ce qui fissura le bois. Je fis un bond en arrière, alarmée. Charlotte me fusilla du regard.

— Tu es censée m'aider.

— Désolée, marmonnai-je. C'est la première fois que je me retrouve face à un monstre australien.

— Lizzy n'est pas un monstre. Elle passe juste une mauvaise journée.

Ce n'était pas à moi de m'occuper de ça. Même si j'étais une sorte d'officier de liaison de la police, ou un fichu préfet, ce ne serait pas mon problème non plus. J'étais là pour récupérer la sphère et repartir. Mais vu que la transformation de Lizzy avait sans aucun doute était causée par l'accumulation de magie Fey dans l'atmosphère de Manchester, on pouvait dire que c'était de ma faute. Et si tel était le cas, il était de mon devoir de leur porter assistance.

---

6 Pâte à tartiner relativement salée à base d'extrait de levure, essentiellement consommée en Australie et en Nouvelle-Zélande.

Je tentai de faire appel à mon côté garce, mais Morgan avait trop déteint sur moi. Ça, ou j'étais simplement trop formidable pour abandonner Charlotte et Lizzy à leur sort, même si j'ignorais complètement comment les aider.

Mon indécision dut sembler évidente parce que Charlotte me fixa, ses sourcils froncés formant des rides sur son front lisse et couvert de taches de rousseur.

— Tu n'es pas de la police. D'habitude, je suis douée pour cerner les gens, et ton air arrogant m'a suggéré que tu étais flic, mais ce n'est pas le cas.

Elle poussa un soupir.

— Super. Qui es-tu, et qu'est-ce que tu veux vraiment ?

Elle semblait plus exaspérée qu'autre chose. Je haussai les épaules.

— Très bien, Charlotte, confirmai-je. Je ne suis pas dans la police, mais je crois que je peux t'aider. Ou je connais quelqu'un qui pourrait.

— Charley, me corrigea-t-elle.

— Pardon ?

— Appelle-moi Charley, reprit-elle en croisant les bras. Combien de temps il va te falloir pour contacter cette personne ?

Je souris.

— Donne-moi juste une minute.

Chapitre 16

Morgan ne fut pas ravi d'être laissé dehors dans le froid quand je fis appel à Monroe. Je gratifiai mon chéri d'un bref sourire rassurant et lui envoyai un baiser. Savoir que sa jalousie le rongeait toujours était plutôt agréable. Oui, ça m'agacerait vite, mais pour l'instant, ça prouvait que je comptais pour lui.

Je n'aurais jamais imaginé être une personne qui avait besoin qu'on lui dise qu'on l'aimait à de multiples reprises. Je continuais à en apprendre à mon sujet, apparemment. J'étais toujours amnésique, après tout.

Monroe le loup-garou entra dans la maison d'un air nonchalant, comme si elle lui appartenait. Dès qu'il passa le seuil de la porte, il leva le nez, huma et amorça un geste de recul.

— C'est quoi, ça ?

Charley apparut. Monroe la détailla de haut en bas, loin d'être impressionné par ses cheveux bleus.

— Qu'est-ce que tu es, toi ? siffla-t-il.

— La femme à qui appartient la maison dans laquelle tu te trouves, rétorqua-t-elle avant de se tourner vers moi. C'est le mieux que tu puisses faire ? Ce mec avec un égo de la taille d'un dirigeable ?

Je grimaçai.

— Laisse-lui une minute. Il a un… nez sensible. Ça doit avoir un effet néfaste sur lui.

J'avais à peine fini de parler que Monroe s'approcha d'elle. Il s'arrêta devant elle, les narines dilatées.

— Le soleil, marmonna-t-il. Tu sens le soleil.

Il la gratifia d'un sourire désarmant.

— Tu es plutôt jolie, même avec ces cheveux, ronronna-t-il. J'aime les taches de rousseur.

Sa volte-face brutale ne désarçonna pas Charley.

— Calme-toi, mon petit cœur affolé, dit-elle. Quel compliment merveilleux.

Monroe recula et la détailla à nouveau.

— Le sarcasme ne me fait aucun effet.

Elle haussa les sourcils.

— Oh, non. Je suis dévastée.

Je les observai, tous les deux. Je ne savais presque rien d'eux, mais j'avais déjà vu une facette plus douce de Monroe. L'accroissement de son côté macho me poussa à penser que le « soleil » de Charley l'affectait plus qu'il ne voulait l'admettre. J'ignorais ce qui lui passait par la tête. Pas étonnant que ce soit une joueuse ; elle montrait vraiment un visage impassible.

Monroe sembla réaliser qu'il y allait trop fort ; il fit un pas en arrière et lui laissa de l'espace pour respirer.

— Je m'excuse, se reprit-il. La magie dans l'air pousse mon… côté animal à dominer.

Il lui sourit.

— La prochaine fois que je te manquerai de respect, n'hésite pas à me gifler, lui conseilla-t-il avant de s'incliner. Merci de m'avoir laissé entrer. Je suis ici pour t'aider.

Charley sembla un brin perplexe.

— La magie ? C'est comme ça que tu appelles tous ces trucs bizarres ?

Monroe secoua la main.

— C'est juste comme ça que je l'appelle.

La jeune femme plissa les yeux. Ouais, elle était trop intelligente pour notre bien, et Monroe bien trop imprudent.

Je pris une profonde inspiration et pointai la porte fermée.

— Le problème est à l'intérieur, lui indiquai-je.

Le loup-garou redressa les épaules.

— Excellent, répondit-il. Ça ne prendra pas longtemps.

Il dépassa Charley et ouvrit la porte. Le choc se dessina sur son visage quand il remarqua Lizzy.

— Je devrais peut-être attendre la vraie police, me marmonna la propriétaire des lieux.

— Ils ne pourront pas aider ta colocataire, répliquai-je en regardant autour de moi. Ça t'embête si j'utilise tes toilettes pendant que Monroe règle le problème ?

Elle jeta un coup d'œil par-dessus son épaule.

— Ton Monroe n'a pas l'air de régler le moindre problème.

Elle marquait un point. Il n'avait pas bougé d'un poil ; il fixait toujours la pièce, une expression interdite sur le visage.

— Bref, fais comme chez toi, reprit Charlotte. En haut des escaliers, tourne à droite. Si tu veux fouiner, ma chambre est à l'étage au-dessus.

Je clignai des yeux, hébétée, ce qui la fit rire.

— Tu es venue pour une raison et ce n'est pas pour aider Lizzy. Si je n'étais pas une joueuse, je mettrais ma main à couper que tu attends quelque chose de ma part. Je me dois de te prévenir que je n'ai pas grand-chose de valeur. Ce mois-ci n'a pas été très productif.

— Je ne suis pas venue pour voler quoi que ce soit.

J'allais reprendre ce qui m'appartenait déjà. D'une certaine façon.

— Je ne suis pas non plus venue pour te faire du mal. Ou faire quelque chose de mal. Ou bousiller ta vie. Ou…

— J'ai compris, me coupa-t-elle sèchement. Si l'homme des cavernes qui te sert d'ami aide Lizzy, je me fiche de la raison pour laquelle tu es venue. Fais ce que tu veux.

Je la dévisageai.

— Vraiment ?

C'était une belle maison ; ce serait plutôt amusant de prendre un peu de bon temps et relâcher la pression. L'idée de glisser sur la rampe de l'immense escalier était particulièrement tentante.

Charley haussa les épaules.

— Après ces dernières vingt-quatre heures, et avec la moitié de l'armée britannique qui patrouille dans les rues, je ne crois pas pouvoir encore m'inquiéter. Ce qui doit arriver arrivera.

Cette femme pourrait m'apprendre une chose ou deux. Je tendis la main.

— Je suis Madrona.

Elle la prit et la serra.

— Salut.

Un sourire penaud s'étira sur mes lèvres.

— En toute honnêteté, je n'ai pas vraiment vu d'éléphant rose. Juste à la télé. Mais si tu sais où en trouver un, dis-le-moi. J'aimerais vraiment m'en approcher.

— Ouais, moi aussi, admit Charley.

Elle me gratifia d'un sourire espiègle que je lui rendis.

Je fus tentée de lui demander une tasse de thé pour que nous puissions nous asseoir et discuter plus confortablement, mais je me rappelai que je devais empêcher une apocalypse. Je pourrais me faire de nouveaux amis plus tard.

Je pris la direction des escaliers. J'avais l'impression que Monroe, avec toute son arrogance, se retrouvait paralysé par le choc face à Lizzy. Il n'avait pas bougé ou même sursauté depuis qu'il avait ouvert la porte et l'avait vue. Mais quand je passai devant lui, je remarquai que Lizzy était allongée sur le dos et lui présentait son ventre en signe de soumission.

— Bunyip, marmonna-t-il.

Je haussai un sourcil.

— À la tienne.

— Non, rétorqua-t-il après avoir fait claquer sa langue. C'est une bunyip. Une créature australienne. Je n'ai plus entendu parler de leur existence depuis des siècles. Il doit y en avoir parmi ses ancêtres… la magie a fait ressortir la bête en elle.

Il secoua la tête, avant d'ajouter :

— Incroyable.

J'estimais qu'elle ressemblait à un mastiff bien trop gros qui s'était accouplé avec un canard géant. Je tapotai l'épaule de Monroe.

— Super. Continue, tu fais du super boulot.

Il était important que l'équipe garde le moral. Je grimpai les escaliers et le laissai faire.

J'aurais pu demander à Charley de trouver la sphère pour moi, mais il ne me semblait pas prudent de laisser échapper trop d'informations à moins d'y être obligée. Avec sa nature détendue et son invitation à fouiller, elle s'était montrée serviable, mais cette femme était une joueuse, au fond d'elle. Si elle savait qu'elle avait un objet au pouvoir illimité en sa possession, elle serait peut-être tentée de faire quelque chose d'idiot avec. Je ne prendrais pas plus de risques, pas alors que l'avenir du monde tout entier se trouvait entre mes mains délicates.

J'analysai les différentes pièces au premier étage. La plupart étaient vides, si ce n'était les toilettes mentionnées plus tôt et une grande chambre ornée d'un gigantesque drapeau australien. Appelez-moi Sherlock Holmes. C'était forcément celle de Lizzy.

Quand je me fus assurée qu'il n'y avait rien à voir à cet étage, je grimpai les escaliers suivants. Une fois de plus, seule une pièce semblait occupée. Il y avait un gros lit à baldaquin avec des colonnes aux gravures élaborées, des draps défaits et très peu d'autres choses. Pas étonnant que Charley ne s'inquiète pas que je jette un coup d'œil… il n'y avait rien à voir. Par contre, un panier trônait dans un coin, plein à craquer de vêtements sales. Je m'y précipitai.

Je les sortis un par un. Aucun signe de l'uniforme que portait la femme de ménage au commissariat de police, même si j'admirai ses autres habits. Il y avait de nombreux hauts décolletés et brillants, ainsi que des jupes courtes. Inutile de lui parler pour comprendre comment elle procédait ; elle revêtait sans doute des tenues qui la mettaient en valeur pour déstabiliser les autres joueurs.

S'ils étaient trop concentrés sur sa poitrine, ils auraient moins tendance à prêter attention à ce qu'elle mijotait avec ses cartes. Un bon point pour la parieuse aux cheveux bleus. Mon admiration pour son sens de la mode et ses talents stratégiques ne m'aidait en rien, par contre. Le problème, c'était qu'il n'y avait rien de plus dans cette pièce. Si elle avait laissé son uniforme au travail, cette visite s'avèrerait complètement inutile.

Mes yeux s'arrêtèrent sur le lit défait. Attendez une minute. Je soulevai le coin de la couette et mon cœur manqua un battement quand je vis la tunique froissée et le pantalon en dessous. D'après ce que je voyais, Charley s'était écroulée tout habillée et s'était dévêtue avant de se préparer ce matin.

J'extirpai la tenue des draps, puis fouillai dans la poche avant de la tunique. Mon cœur s'affaissa lorsque je réalisai que la sphère ne s'y trouvait pas. Nom d'un lutin.

Je cherchai aux alentours en tentant de garder mon calme. Au moins, comme les meubles étaient peu nombreux, il ne me fallut pas longtemps. Je me mis à quatre pattes et vérifiai sous le lit, puis dans les quatre coins de la pièce et sous le panier de linge sale. Aucun signe de la sphère. Je fis la moue et regardai autour de moi. Peut-être qu'elle était dans le lit de Charley.

Je retirai la couette d'un geste sec et jetai un coup d'œil dans les draps. Nada. J'étais sur le point d'abandonner tout espoir lorsque je vis la sphère blottie contre l'un des oreillers. Elle avait dû rouler quand j'avais soulevé la couverture.

Je me précipitai dessus et l'attrapai. Ouf ! De toute évidence, Charley avait dormi avec toute la nuit, comme une étrange princesse au petit pois. Ou une parieuse à l'objet pouvant causer la fin du monde. Ça n'avait pas d'importance ; cette saleté était de retour entre mes mains. Tout ce qu'il me fallait maintenant, c'était que Liung honore sa part du marché, et le monde serait sauvé. Je poussai un soupir de soulagement. Madrona la Madhatter en sortait encore victorieuse. Évidemment !

Je quittai de la chambre de Charley et retournai en bas. Plus je me rapprochai, plus la dispute se faisait bruyante.

— Elle pourrait se remétamorphoser à tout moment. Il est vital qu'elle vienne avec moi et mon équipe pour qu'on puisse la mettre en sécurité.

— C'est ma colocataire. À moins qu'elle dise qu'elle veut venir avec vous, elle restera ici, où est sa place.

— Elle sera plus en sécurité avec nous qu'avec toi.

— Allô ? Ton égo a écrasé ton cerveau ? Tu as vu ce qui se passe dehors ? L'armée a fait une déclaration. Personne n'est censé quitter son domicile à moins qu'on leur ait indiqué le contraire ou en cas d'extrême urgence.

— Tu ne penses pas que se métamorphoser en bunyip est un cas d'extrême urgence ? C'est quoi une urgence selon toi, alors ? C'est quand tu n'as plus de coloration pour tes cheveux ?

Je me figeai. Le choix le plus sage aurait été de me diriger vers la fenêtre la plus proche et de sauter pour ne pas m'impliquer avec ces deux-là. Hélas, j'avais le sentiment que nous aurions besoin de Monroe et de ses loups-garous dans les heures à venir. Et je ne pouvais pas laisser Charley seule avec sa colocataire poilue.

Je soupirai et coinçai la sphère dans mon soutien-gorge. Je me retrouvais avec une grosseur disgracieuse, comme si un énorme furoncle avait poussé sur ma poitrine dans la nuit, mais je savais qu'elle y serait en sécurité. Seul Morgan pouvait accéder à mes seins, un point c'est tout !

Je descendis les marches restantes. Monroe et Charley se fusillaient du regard.

— Hé ! gazouillai-je. J'ai trouvé les toilettes !

Aucun des deux ne se tourna vers moi. Eh bien, ça ne s'annonçait pas facile.

— J'ai fait un super long pipi, les informai-je. Maintenant, je me sens beaucoup mieux. Comment va Lizzy ?

Charley se détourna de Monroe à contrecœur pour se concentrer sur moi.

— Vois par toi-même, m'invita-t-elle.

Je bondis sur les dernières marches et jetai un coup d'œil dans la pièce. Là où se tenait plus tôt une créature velue qui grognait, était à présent allongée une grande femme blonde recroquevillée sur elle-même à l'air désemparé. Vu l'expression sur le visage de Lizzy, je trouvai que tout allait mieux quand elle était une bunyip.

— Est-ce que ça va ? l'interpelai-je.

Je ne m'aventurerais pas à l'intérieur tant que je ne me serais pas assurée qu'elle ne se métamorphoserait pas à nouveau pour essayer de me croquer. Je ferais une bouchée particulièrement goûteuse.

— Mmm.

— Lizzy, l'appela Monroe. Pourquoi tu ne t'habillerais pas pour venir avec moi ? Je vais te mettre en sécurité.

— Je ne veux pas jouer les rabat-joie, mais on a une apocalypse à éviter, murmurai-je.

— Alors c'est vraiment la fin du monde ? demanda Charley, les sourcils froncés. D'après ce que j'ai entendu dire, ce n'est localisé qu'à Manchester.

— Ce n'est pas la fin du monde ! s'emporta Monroe.

— Mais ça pourrait l'être si on ne se bouge pas, rétorquai-je. Lizzy doit prendre une décision. Si elle est bien ici, je pense qu'elle devrait rester.

Il ouvrit la bouche pour parler au moment où la sonnette retentit. Nous sursautâmes tous ; Lizzy ajouta un gémissement pour appuyer l'effet dramatique et se recroquevilla un peu plus sur elle-même.

Avec un air sombre sur le visage, Charley marcha vers la porte et l'ouvrit. Je la suivais de près. Je pus voir Morgan rôder derrière une voiture garée. Je le gratifiai d'un sourire pincé et d'un hochement de tête pour qu'il sache que la sphère se trouvait entre mes petites paumes transpirantes. Il se détendit un peu et me fit signe, mais je ne pouvais pas partir tout de suite, pas maintenant que l'élite de Manchester nous avait rejoints.

La détective Jones cligna frénétiquement des yeux en me reconnaissant.

— Eh bien, Mademoiselle Hatter. Vous avez l'air d'attirer les problèmes !

— En fait, c'est les problèmes qui m'attirent, pas l'inverse, répondis-je avec un calme olympien. Charley avait quelques ennuis, donc mon ami et moi, on est venus l'aider, vu que vous étiez en train de vous empiffrer de donuts.

— Qu'est-ce que vous faites ici ? gronda l'inspecteur Mulroney, agacé.

Je le dévisageai.

— Je viens de l'expliquer. Vous n'écoutiez pas ?

— Merci d'être venus, leur dit Charley, ignorant la nouvelle tension dans l'air. Je pense qu'on maîtrise la situation, maintenant.

Je souris et me pointai du doigt.

— Vous voyez ? C'est grâce à moi.

Monroe apparut derrière nous.

— En fait, c'était entièrement grâce à moi.

Mulroney fit claquer sa langue d'agacement.

— Je me fiche de savoir qui a maîtrisé la situation. Je veux juste savoir ce qui s'est passé, et s'il y a une chance que ça se reproduise. On essaie d'éteindre des incendies dans la ville et on est venus pour te faire une faveur, Charley. Si tu n'as pas besoin de nous, on pourrait être ailleurs.

Jones ne semblait pas entendre les mots de son partenaire. Ses yeux étaient fixés sur Monroe et la couleur prenait du terrain sur ses joues.

— Ouais, il est beau gosse, mais ne perds pas ton temps, l'interpela Charley. C'est un sale con.

L'intéressé fronça les sourcils.

— Après ce que je viens de faire pour toi, tu devrais te montrer plus reconnaissante.

— Tu veux dire que je devrais tomber à tes pieds et te vénérer ? s'enquit-elle.

— C'est un bon début, répondit-il avec un haussement d'épaules.

Je levai les yeux au ciel et sortis pour rejoindre la police. Je fermai la porte derrière moi, mais j'entendais toujours Monroe et Charley qui se disputaient.

— La tension sexuelle, soupirai-je. Ils vont régler ça si on leur laisse un peu de temps. Et si on leur donne une paire de bâillons-boule.

Jones parut un brin alarmé, mais Mulroney sembla plutôt intéressé. Puis il dut réaliser que ses pensées se lisaient sur son visage et son expression se ferma.

— Cette zone sera la prochaine à être évacuée. L'armée va déplacer les résidents dans l'heure. Je vous suggère de vous joindre à l'évacuation. Vous semblez créer plus de problèmes. Si je vous vois encore, je vais vous arrêter.

Je croisai les bras.

— Je comprends que j'accroche l'œil, mais je pense que vous allez un peu loin.

Mulroney leva les yeux au ciel.

— On n'a pas de temps à perdre avec ça, marmonna-t-il.

Je jetai un regard à Jones. Elle avait toujours l'air de balayer la vision de Monroe et de ses fossettes.

— Merci d'avoir été à la résidence des gobelins et de les avoir aidés, lui dis-je.

Elle se secoua.

— Les gobelins ?

Oh, mince. C'était la deuxième fois que je les lui mentionnais. Il allait vraiment falloir que je sois plus prudente.

— Les gens qui habitent près de Boggart Hole. Je suis sûre que votre intervention était la bienvenue.

Mulroney me lança un regard noir.

— Je croyais que c'était un tuyau anonyme. C'était vous aussi ? Il y avait carrément un barrage mexicain dans la rue.

— Ils vont tous bien ?

— Qu'est-ce que ça peut vous faire ?

— Tout le monde va bien, l'interrompit la détective Jones, avant de reprendre avec un froncement de sourcils menaçant. On travaille maintenant avec l'armée et on suit leurs ordres. On ne peut plus s'impliquer aussi facilement qu'avant.

Elle avait dit ça comme si elle pensait que je comptais provoquer d'autres situations de vie ou de mort. Ça commençait à devenir agaçant. Pourquoi n'était-ce pas plus facile de sauver le monde ? Pourquoi les gens devaient-ils toujours remettre en question mes actions ?

— Écoutez, je suis de votre côté, assurai-je, essayant de ne pas avoir l'air impatiente, en vain. Je suis…

Je m'interrompis lorsque mon regard aperçut quelque chose au bout de la rue. Nom d'un lutin.

— Quand avez-vous dit que l'armée serait là ?

— Dans l'heure qui suit. Plus tôt, sans doute, répondit Jones en plissant les yeux. Pourquoi ?

J'ouvris la porte à nouveau, ignorant Charley et Monroe qui se tenaient si près que je fus surprise qu'ils aient encore assez d'espace pour respirer.

— Il y a une Australienne là-dedans qui a vraiment besoin de votre aide.

J'attrapai le bras de Monroe et le tirai à l'extérieur, puis poussai sans cérémonie Mulroney et Jones à l'intérieur.

— Ça m'a fait plaisir de vous rencontrer, tous les deux ! m'exclamai-je. Aidez Charley et Lizzy, restez là jusqu'à ce que l'armée arrive et tout ira bien.

Avant qu'ils puissent protester, je claquai la porte. S'ils savaient ce qui était bon pour eux, ils suivraient mes conseils.

Monroe me fusilla du regard.

— Qu'est-ce que tu fabriques ? Je parlais à cette saleté de femme aux cheveux bleus, grommela-t-il en me poussant comme s'il était sur le point d'entrer à nouveau.

— Espèce d'abruti de loup-garou, sifflai-je. Arrête de réfléchir avec ta queue et fais attention à ce qui se passe autour de toi.

— Je fais att…

La voix de Monroe s'effaça lorsqu'il aperçut l'amas de fées qui se réunissaient des deux côtés de la rue pour bloquer nos sorties. Morgan et les autres étaient déjà debout et se dirigeaient vers le milieu de la route.

— C'est Rubus ? s'enquit-il.

— Oui, rétorquai-je sèchement.

Je descendis du trottoir et me précipitai près de Morgan.

— Comment il nous a trouvés ?

— C'était peut-être de la magie, répondit-il avec une grimace. Ou alors, on nous a suivis à l'ancienne. Tu as la sphère ?

J'acquiesçai d'un air sombre.

— Oui.

— Alors il faut que tu trouves un moyen de partir d'ici, Maddy. Protège-toi et protège cette chose. On va distraire Rubus.

Je secouai la tête.

— Je ne bouge pas d'ici si toi non plus.

La porte de Charley s'ouvrit et Mulroney jeta un coup d'œil dehors.

— Mais qu'est-ce qui se passe, bon sang ?

Monroe grogna, des moustaches et de la fourrure poussant sur son visage. Pour la première fois de sa vie, sans doute, Mulroney prit une sage décision et retourna à l'intérieur.

— Reste ici ! sifflai-je.

Nous n'avions pas besoin de nouveaux dommages collatéraux.

Je croisai le regard de Monroe et il acquiesça, compréhensif. Il était déjà plus loup qu'homme, mais il réussit tout de même à claquer des doigts vers plusieurs de ses semblables et les envoyer monter la garde devant la porte de Charley. Puis il nous rejoignit.

— Un troisième sein a poussé ? s'enquit-il, les yeux sur la boule qui ressortait de ma poitrine.

Morgan laissa échapper un grondement. Je souris.

— Pendant que tu flirtais avec Charley, j'ai récupéré la sphère, lui appris-je. Maintenant, il faut juste qu'on réussisse à filer d'ici.

Un sourire s'étira sur les lèvres de Monroe.

— Eh bien, vous avez de la chance de m'avoir emmené pour que je sois votre marraine la bonne fée. Votre vœu vient de se réaliser.

Il acheva sa métamorphose. Soudain, il devint une gigantesque bête aux yeux bleu glacé et à la fourrure parsemée de neige. Autour de lui, d'autres loups firent de même.

— Si seulement nos vœux se réalisaient, marmonnai-je.

Je me penchai pour embrasser la joue de Morgan. Puis nous nous préparâmes tous à l'assaut.

Chapitre 17

Il fallait admettre une chose au sujet de Rubus : il ne se tournait pas les pouces pendant que ses hommes de main s'occupaient de tout. Il aimait bien trop se retrouver sous le feu des projecteurs pour laisser les autres s'occuper du sale boulot. Je devais le reconnaître, même si ça me dégoûtait.

Il nous accosta par la gauche, les pouces accrochés à sa ceinture. Sa tenue avait été pensée exprès pour l'occasion ; il portait un treillis et une veste militaire. Par contre, je doutais que quiconque puisse confondre sa démarche nonchalante avec celle d'un soldat à cran.

— Salut, frérot, sourit-il en se rapprochant avant de me lancer un baiser. Et Madrona, aussi.

Son regard courut sur nous tous, puis sur l'assemblée de loups-garous.

— Je vois que vous vous êtes fait de nouveaux amis. C'est mignon.

L'expression de Morgan resta calme et stoïque, mais je le sentais bouillir de l'intérieur.

— Tu n'arrêtes pas d'apparaître quand il ne faut pas, Rubus. Ce n'est pas le moment.

L'intéressé esquissa un sourire en coin.

— Oh, je pense que c'est le moment parfait. Il m'a fallu un moment pour comprendre comment Madrona avait fait disparaître la sphère du commissariat sans que Carduus le remarque, mais je l'ai découvert.

Il s'interrompit un instant, puis conclut :

— Avec une petite intervention magique.

Une grimace me tordit la bouche.

— Tu as dit que tu n'utiliserais aucun sort. On t'a dit ce qui se passerait si de la magie était encore libérée.

Il balaya ma plainte d'un signe de main.

— Oui, oui. Je sais ce que j'ai dit. Mais j'y ai un peu plus réfléchi, et j'ai décidé que je m'en fichais. Ce monde est condamné, quoi qu'il arrive. Tout ce qui importe, c'est qu'on rentre chez nous avant qu'il implose. Je ne comprends vraiment pas pourquoi vous vous obstinez autant à empêcher ça. Vous ne voulez pas qu'on survive.

Il cligna frénétiquement des paupières, sincère.

— On veut que tout le monde survive, grogna Morgan entre ses dents. Pas juste nous.

— Les humains sont condamnés depuis des générations. Si notre magie ne les tue pas, ils se tueront dans peu de temps. On leur rend service en mettant fin à leurs souffrances.

Monroe gronda, montrant les dents.

Rubus leva un sourcil.

— Salut, toutou, chantonna-t-il. Je suppose que ce que tu veux dire, même si tu ne peux pas, c'est que vous n'êtes pas humains.

Il haussa les épaules.

— Je vais vous dire. Je vais m'arranger pour que vous rentriez avec nous à Mag Mell. Vous ne pourrez pas trouver mieux que ça. Vous profiterez de tous les bénéfices que notre monde a à offrir. Vous ne serez plus obligés de cacher votre existence ou votre vraie nature.

Il se pencha légèrement en avant.

— Et je parie que tu as remarqué à quel point la magie dans l'air a été bénéfique pour toi et ton espèce, continua-t-il en se tapotant les lèvres. Laisse-moi deviner. Vous êtes plus forts. Vous trouvez qu'il est plus facile de se métamorphoser. Vous n'avez plus besoin d'attendre cette fichue lune pour retrouver votre fourrure.

Autour de nous, les autres loups-garous se mirent à grogner et à s'emporter. J'aurais pu jurer que plusieurs d'entre eux bavaient.

Le sourire de Rubus s'élargit.

— Vous êtes des loups-garous, pas vrai ? Je ne vous avais jamais croisés, mais selon moi, vous ne ressemblez pas à des chiens de compagnie, fit-il remarquer avant de jeter un regard à Morgan. Même si c'est l'impression que donne votre comportement.

Morgan plongea ses mains dans ses poches, imitant la nonchalance la plus totale.

— Continue de nous insulter, intervint-il. On va s'en aller, et tu ne peux pas nous arrêter.

— Partez si vous voulez, rétorqua Rubus, dont l'expression se durcissait. Mais d'abord, donnez-moi la sphère.

— On ne l'a pas.

— Tu as toujours été un mauvais menteur, frérot. Donnez-moi la sphère, ou vous en subirez les conséquences.

Plus nous nous retrouvions face à Rubus, plus il semblait avoir passé de temps à apprendre les répliques de méchants. Il ressemblait plus à une caricature qu'à un mec vraiment malfaisant. Cette pensée aurait été rassurante s'il ne se trouvait pas devant nous. Il ne baissait jamais les bras. Et j'ignorais comment l'y forcer.

— On n'a pas la sphère, insistai-je.

Rubus me jeta un regard affectueux.

— Tu es plus douée que Morganus, mais je suis tout de même un meilleur menteur que toi, Maddy. Je peux lire en toi comme dans un livre ouvert.

À côté de moi, Morgan serra les dents.

— Ne l'appelle pas Maddy.

— Parce que tu as revendiqué ce nom ? ricana Rubus. Parce qu'elle t'appartient, et son nom aussi ? Je lui ai offert la liberté. Tu n'es qu'un boulet qui traîne à son pied.

Je posai ma main sur le bras de Morgan.

— Tu n'as jamais voulu de moi, Rubus. Tu voulais juste énerver Morgan.

Notre opposant sembla réfléchir un instant. Il haussa ensuite les épaules.

— Ouais. C'est tellement vrai.

Plus nous débattions, plus nous aurions de chances que l'armée se pointe et nous donne une chance de nous en sortir indemnes. Seulement, Monroe avait l'air d'avoir d'autres projets en tête. Sa fourrure mouchetée de blanc était hérissée et ses muscles étaient bandés, comme s'il s'apprêtait à bondir.

— Couché, mon grand, l'interpelai-je.

Trop tard. Soit la forme animale de Monroe n'était pas aussi consciente qu'il aimait le prétendre, soit il ne m'entendit pas. Quoiqu'il en fût, il se jeta sur Rubus et sa puissante mâchoire se referma sur son bras.

Cette action donna aux autres loups l'excuse dont ils avaient besoin. La moitié se précipita sur les Fey d'un côté de la rue et le reste à l'opposé. Tout se déchaîna : de la fourrure, du sang, des grognements, des cris… et encore cette satanée magie.

Rubus leva sa main libre et marmonna quelque chose à l'attention de Monroe. Une flèche de magie verte vola vers lui et le frappa au museau. Le loup le lâcha tout de suite. Je tentai de ne pas trop me montrer satisfaite à la vue du liquide pourpre qui tachait la truffe de Monroe et du filet rouge qui coulait du bras de Rubus et s'écrasait sur le bitume.

Le Fey souffrait plus qu'il ne le laissait paraître.

— Tu vas payer pour ça ! gronda-t-il.

Des deux côtés de la rue s'élevaient des hurlements et des cris. Impossible de savoir qui gémissait, que ce soit les Fey de Rubus ou les loups de Monroe. Je ne pouvais rien faire pour les aider, pas avec la sphère coincée dans mon soutien-gorge et tant de choses en jeu.

Du coin de l'œil, je vis que les loups qui gardaient la porte de Charley trépignaient pour rejoindre la mêlée. Et cette maison n'était pas notre seule préoccupation ; tout le long de la rue, des visages nerveux regardaient par la fenêtre.

Je suppose que des guerres de gang n'éclataient pas tous les jours, pas dans un quartier où le prix de l'immobilier frôlait la moitié du million de livres. Je me mordis la lèvre inférieure. Nous devions trouver un moyen d'apaiser les choses.

— Tu ne t'arrêteras jamais, pas vrai, Rubus ? finis-je par me lamenter. On ne gagnera jamais.

— Tu comprends enfin, répondit-il en acquiesçant.

Du sang continuait à couler sur la route, mais la plaie semblait déjà guérir. Fichus pouvoirs de fée.

Je jetai un coup d'œil à Morgan.

— Je suis fatiguée, soupirai-je. Donnons-lui la sphère, qu'on en finisse. On ferait mieux de céder à l'inévitable.

Rubus éclata de rire.

— Elle marque un point, frérot. Je n'abandonnerai jamais. Je vais ramener notre peuple chez nous, quoi qu'il arrive.

J'ignorais si Morgan me croyait ou non. Ses yeux analysaient mon expression pour essayer de comprendre ce qui se passait dans ma tête.

— On ne peut pas laisser tomber, Maddy. Pas avec les loups à nos côtés. Au moins, maintenant, on a une chance de se battre.

Une chance de se battre, oui. Le sang maculait déjà la rue et la bataille venait à peine de commencer. Je n'étais pas convaincue qu'il reste des loups après ça. Ou des fées.

— On n'a plus d'options, Morgan, lui dis-je. C'est déjà un bain de sang.

Je pris une profonde inspiration et croisai le regard de Rubus.

— On a mis la sphère à la banque, dans un coffre sécurisé.

Rubus poussa un long soupir.

— Oh, Madrona, et moi qui croyais que tu voyais enfin la lumière. Les banques et les boutiques sont fermées depuis deux jours. Tu dois penser que je suis un idiot. Dis-moi où est vraiment ma sphère et je serai peut-être tenté de vous laisser partir.

— L'éléphant rose l'a pris. Il l'a attrapée avec sa jolie trompe rose et l'a aspirée.

Rubus fit claquer sa langue.

— Non ? m'étonnai-je. On l'a fait tomber dans l'océan. Elle a coulé dans les profondeurs les plus sombres. Elle nage avec les poissons, maintenant.

Il croisa les bras.

— On l'a donnée à un astronaute, tentai-je en pointant le ciel. Elle est plus proche de la lune que de nous, maintenant.

— Tu commences vraiment à me fatiguer ! s'emporta Rubus. Contente-toi de me la donner !

Il marqua l'arrêt une seconde, une lueur illuminant son regard.

— Tu essaies de gagner du temps. Pourquoi ?

— Peut-être que tu devrais attendre pour le découvrir, intervint Morgan.

Rubus se jeta sur lui, mais encore une fois, Monroe bondit et le poussa en arrière. Le premier se débattit, envoyant plus de magie vers le loup-garou, mais celui-ci en évita la majorité. Je grimaçai quand il reçut une décharge sur la croupe.

Rubus leva le bras. Du côté gauche de la rue, un Fey s'écarta de la foule. Il contourna les affrontements et se dirigea vers nous. Je plissai les yeux, puis mon cœur s'affaissa. Carduus. Comme si nous avions besoin de ça.

— Trouve-la ! rugit Rubus. Trouve ma sphère !

Carduus plongea la main dans sa poche et en sortit une petite bouteille en verre. Il la déboucha et renifla le contenu, une expression satisfaite sur le visage. Au même moment, la porte de Charley s'ouvrit et l'inspecteur Mulroney pointa le bout de son nez.

— Arrêtez ça tout de suite ! beugla-t-il derrière le mur de loups qui le gardaient. Je suis de la police et je vous ordonne d'arrêter !

La détective Jones et Charley apparurent derrière lui. Rubus, impassible devant cette interruption, tendit la main et envoya une décharge de magie destructrice vers eux. La propriétaire de la maison tira Mulroney à l'intérieur juste à temps.

Rubus se tourna, formant un arc autour de nous avec son doigt. En un instant, une barrière de feu nous entoura, lui, Morgan et moi. Les flammes penchaient vers nous. Rubus nous avait piégés à l'intérieur du cercle avec lui. Et Carduus était sur le point d'arriver, lui aussi.

Monroe avait roulé pour échapper à l'anneau flamboyant. Je tendis la main en direction du scientifique Fey et lui hurlai :

— Chope-le !

Le loup-garou n'eut pas besoin qu'on le lui dise deux fois. Il fonça vers Carduus et le fit tomber. La bouteille éclata au contact du sol. Du verre et du liquide vert s'éparpillèrent de partout. Je n'osai imaginer l'utilité de cette potion, mais au moins, Monroe allait distraire Carduus pour l'instant.

Morgan, Rubus et moi étions seuls au centre de ce cercle enflammé. Malheureusement, la sphère se trouvait aussi avec nous. Je doutais qu'il faille longtemps à Rubus pour le comprendre.

Ce dernier examina le corps de Morgan de haut en bas, puis ses yeux fusèrent vers moi. Quand il repéra la boule au niveau de ma poitrine, un sourire mauvais s'étira sur ses lèvres.

— Eh bien… Madrona, soit tu as une affreuse grosseur, soit je viens de trouver ma sphère.

Il ne perdit pas une seconde pour se jeter sur moi, les mains tendues. Je tentai de m'écarter, mais la force des flammes dans mon dos m'empêcha d'aller très loin.

Morgan me poussa sur le côté, formant une barrière entre Rubus et moi.

— Laisse-la tranquille.

Le sourire de Rubus s'agrandit de plus belle.

— Je la laisserai tranquille si elle me donne ma sphère.

Il s'avança à nouveau. Comme Morgan continuait de lui barrer la route, Rubus haussa les épaules.

— C'est vraiment fatigant, soupira-t-il.

Il prépara son poing et, de toutes ses forces, l'écrasa sur le visage de Morgan.

— Alors, tu aimes ça, beau gosse ? grogna-t-il.

Morgan vacilla. Du sang coula de son nez, mais il leva la tête et croisa le regard de Rubus.

— Ce que tu me fais n'a pas d'importance, mais tu ne peux pas faire de mal à Maddy ou prendre la sphère. On ne te laissera pas faire.

Son frère fit claquer sa langue.

— Tu n'es pas très malin, pas vrai, frérot ? C'est moi qui ai le pouvoir. Pas toi.

Il le toisa avec des yeux pleins de malice.

— Si tu ne cesses de te mettre en travers de mon chemin, tu ne vas pas me laisser le choix.

Il attrapa Morgan par la gorge et le fit tourner, resserrant sa prise. Ce dernier ne pouvait pas plus se défendre qu'un chaton pouvait voler. Ses doigts tâtèrent le bras de son frère, mais la trêve l'empêchait de riposter. Tout comme moi.

Rubus m'offrit un sourire.

— Qu'est-ce que tu vas faire maintenant, Maddy ?

— Tu tuerais ton propre frère ? m'enquis-je. C'est qui tu es vraiment, Rubus ?

Son sourire s'évanouit.

— S'il avait œuvré à mes côtés plutôt que contre moi, je ne serais pas obligé de lui faire de mal.

Il relâcha sa prise sur le cou de Morgan et, l'espace d'une seconde, je me détendis. J'aurais dû me douter que le pire était à venir. Sa main passa sur le bras de son frère et, d'un mouvement fluide, il le plia en arrière. La bouche de Morgan s'ouvrit dans un hurlement étouffé alors que l'os se brisait.

Je bondis en avant, prête à tout pour sauver mon compagnon, mais la trêve me retint dans mon élan. La douleur me traversa le corps. J'étais impuissante. Comme je ne pouvais pas convaincre Rubus d'être gentil, je n'avais aucun moyen de l'arrêter. En fait, aucun de nous ne le pouvait.

— Donne-moi la sphère et je mettrai fin à tout ça, ronronna Rubus. Ou ne me la donne pas, et je le tuerai sous tes yeux. Après ça, je te tuerai, toi.

Il n'y avait aucune échappatoire. Le feu nous bloquait de tous les côtés. Morgan peinait à rester conscient. Le pouvoir se trouvait entre les mains de Rubus.

Je détestais ne pas faire partie du camp des vainqueurs.

Je m'humectai les lèvres. Il me vint à l'idée que les choses se passaient mieux pour moi dès que j'arrêtais de vouloir de faire le bien et que je m'abandonnais à mon côté dérangé. Quand j'étais une garce méchante, la vie me souriait. J'avais raison : les chatons ne pouvaient pas voler, mais je pouvais en attraper un, le jeter en l'air et lui donner une chance d'essayer.

Je penchai la tête en arrière et bougeai mes mains, comme si j'allais fouiller dans mon soutien-gorge pour en sortir la sphère. Je fis mine de ne pas remarquer l'expression extatique sur le visage de Rubus.

— Non, m'implora Morgan d'une voix rauque.

J'aurais aimé qu'il cesse de s'inquiéter. Au dernier moment, je levai les paumes vers le haut plutôt que vers le bas. J'invoquai toute la magie que je pouvais rassembler en moi et l'envoyai dans l'atmosphère. Des éclairs de couleurs vives s'élevèrent pour former un arc-en-ciel kaléidoscopique.

Rubus fronça les sourcils.

— Qu'est-ce que tu fabriques ?

— C'est toi qui as commencé, fis-je remarquer en continuant de lancer ma magie vers le ciel. Tu as demandé à tes Fey d'utiliser des sorts, alors qu'on était conscients des conséquences. Je ne fais qu'aider.

Je me concentrai encore plus. Avec un peu de chance, ça suffirait.

Rubus lâcha Morgan et se jeta sur moi. Je fis un pas sur le côté, brûlant mes cheveux qui s'étaient balancés vers la barrière enflammée qui nous retenait prisonniers, mais je n'arrêtai pas de relâcher ma magie. Tôt ou tard, il allait se passer quelque chose. Il le fallait.

— Je ne sais pas à quoi tu joues, grogna Rubus, mais…

Un étrange son perça l'air. J'ignorais ce que c'était, mais je compris dès que je l'entendis que mon plan avait fonctionné.

En ajoutant de la magie dans l'atmosphère, j'avais provoqué un nouvel événement surnaturel. Oui, d'autres personnes pourraient y perdre la vie, et oui, ça faisait de moi une garce démoniaque. Mais face à l'annihilation totale ou une invasion de plus causée par la magie, que pouvais-je faire ?

Hélas, « invasion » était le bon mot. Un nuage noir gigantesque apparut à l'horizon, bloquant les derniers rayons de soleil alors qu'il s'étendait d'un point à l'autre de la ville. Même Rubus cessa de grogner pour regarder.

— C'est quoi ça, putain ? souffla-t-il.

Le son s'amplifia. C'était presque électrique, comme un bourdonnement. Ce ne fut qu'une fois qu'il était sur le point de nous atteindre que je réalisai ce que c'était.

— Des sauterelles, murmurai-je, à moitié pour moi, à moitié pour Morgan, qui se relevait en chancelant et agrippait son membre brisé. Une invasion de sauterelles.

J'avais à peine fini ma phrase quand elles s'abattirent sur nous. Je glapis et protégeai ma tête avec mes bras. Je me jetai au sol, emportant Morgan avec moi.

Je sentis les insectes grimper sur mon crâne et mon dos, se glisser dans mes vêtements et me mordre la peau. J'étais sûre que les autres hurlaient aussi, mais je ne les entendais pas sous la cacophonie de la colonie. Des centaines d'entre elles grésillèrent en se ruant dans le feu magique de Rubus.

J'ignorais si ce fut le choc qui poussa Rubus à relâcher son cercle enflammé, ou si les sauterelles l'étouffèrent par la force du nombre, mais il ne fallut pas longtemps pour que Morgan m'attrape et me tire à l'écart. Il m'éloigna du milieu de la rue pour me guider vers la sécurité relative des maisons à l'opposé.

— Qu'est-ce qu'on fait ? lui hurlai-je en battant des bras devant mon visage pour observer ce qui se passait.

Le nuage de bestioles était si dense qu'il était impossible d'y voir à plus de quelques centimètres.

— On court, cria Morgan. Il le faut !

Avec son bras valide, il prit ma main et la serra, comme s'il craignait de me lâcher. Un instant plus tard, nous traversâmes la rue à toute vitesse. J'ignorais si nous nous éloignions de Rubus ou nous rapprochions du danger ; tout ce dont j'étais sûre, c'était que nous devions partir.

Quand nous atteignîmes le bout de la rue, je trébuchai sur un corps inerte. Un Fey. L'un des hommes de Rubus, donc. Je me baissai pour le tirer vers le haut, mais qui que ce soit, il ne bougea pas. Et si je traînais trop, j'avais de fortes chances de le rejoindre par terre. Je ne pouvais pas me le permettre ; le monde ne pouvait pas se le permettre.

Je cédai à la pression que Morgan exerçait sur ma main et nous continuâmes. Nous tournâmes pour longer l'une des maisons au moment où le bruit d'un véhicule lourd atteignit mes oreilles. Un beuglement s'échappa d'un haut-parleur, à peine audible par-dessus le son des sauterelles.

— Nous préparons les évacuations ! Nous…

Le reste des mots fut étouffé. Morgan et moi ne cessâmes de courir tête baissée face à la nuée d'insectes volants. Je finis par réaliser que nous n'étions pas seuls et que quelques loups galopaient à nos côtés. Je priai pour qu'ils s'en soient tous sortis.

À présent, je ne pouvais plus qu'espérer. Nous n'avions plus d'autres options que de fuir.

Chapitre 18

Les sauterelles semblèrent mettre une éternité, même si ce n'était sans doute que quelques minutes, avant de disparaître dans le trou noir magique dont elles étaient sorties. Quoiqu'il en fût, notre petit groupe continua de courir jusqu'à nous trouver dans une ruelle isolée. Nous fîmes une pause pour reprendre notre souffle et faire le point.

Monroe se métamorphosa presque immédiatement, abandonnant sa forme animale avec sa fourrure protectrice pour sa peau nue. Il était couvert d'égratignures et de brûlures, et deux longues marques sillonnaient son corps là où Rubus l'avait frappé avec sa magie. Trop occupée à me débarrasser des sauterelles coincées dans les plis de mes vêtements, je ne pus m'accorder le temps d'admirer le physique dévoilé et bronzé du loup-garou dans toute sa splendeur. Dans tous les cas, je préférais la beauté svelte de Morgan aux muscles tatoués de Monroe.

— Tout le monde est là, annonça ce dernier d'un air sombre. Tout le monde s'en est sorti.

Il fit un signe de tête vers quelques retardataires.

— Formez un périmètre de sécurité pour empêcher quiconque de s'approcher pendant qu'on fait le point.

Ils hochèrent la tête et s'éloignèrent sur le champ.

Monroe se dirigea vers un autre loup… Dwight ? William ? Je ne m'en souvenais plus, et ça n'avait pas vraiment d'importance. Il claqua des doigts. L'animal retrouva sa forme humaine et les deux se mirent à murmurer. J'étais tentée de les écouter en douce, mais en toute honnêteté, j'avais d'autres chats à fouetter.

Je pris le visage de Morgan en coupe et me plongeai dans son regard.

— Est-ce que ça va ? m'enquis-je.

— Oui, répondit-il avec un sourire.

— Ton bras…

— Il guérira.

Il pencha sa tête vers la mienne le temps d'un bref baiser. J'admirai ma retenue pour ne pas l'avoir attrapé et ne pas lui avoir roulé une bonne pelle ; il le méritait, c'était clair.

— On s'en est sortis et on a la sphère. On a déjà fait le plus gros.

— C'était de ma faute, avouai-je. En balançant de la magie vers le ciel, j'ai attiré les sauterelles sur nous.

— Tu as fait ce que tu avais à faire.

Il éloigna une boucle de mon visage. Je croisai son regard.

— Tu n'as pas besoin de me trouver des excuses, tu sais. S'il y a d'autres gens qui ont été pris dans cette tempête…

— Je ne te trouve pas d'excuses. Tu as réfléchi sur le moment et fait ce que tu avais à faire, rétorqua-t-il avant de grimacer. Pour être honnête, j'aurais aimé y penser. Quoi qu'il en soit, les sauterelles sont parties. Peut-être qu'elles ont été bénéfiques en enlevant le feuillage de ces arbres fous et en altérant leur croissance.

— Tu te montres très optimiste.

Ses yeux soutinrent les miens.

— Grâce à toi. On ne peut gérer qu'un problème à la fois et de la meilleure façon possible sur le moment. On avance tous à l'aveugle, Maddy. Tous.

Monroe renifla.

— Je n'avance pas à l'aveugle. Et la prochaine fois qu'il vous vient l'envie de lâcher une colonie de sauterelles sur nous, peut-être que nous prévenir serait une bonne idée, grogna-t-il avant de grimacer. Ça me gratte encore.

Un cri s'éleva derrière nous.

— Quelqu'un approche !

Je me raidis. Monroe pencha la tête. Un instant plus tard, une alerte fut relayé par un courtier.

— Fée. Femelle. Se dirige droit vers nous, résuma le loup messager avant de froncer les sourcils. Elle est grande comme une asperge.

Je me tournai vers Morgan.

— C'est Lunaria.

— C'est une amie ? demanda Monroe en faisant volte-face.

Je plissai le nez.

— Difficile à dire. Dis-moi où elle est. Je vais aller lui parler seule.

Monroe ouvrit la bouche pour protester, mais je secouai la tête.

— C'est mieux comme ça.

Je sortis tout de même la sphère pour la confier à Morgan avec un regard lourd de sens. Il acquiesça et la glissa dans sa poche.

Après avoir redressé les épaules et accentué le roulement de mes hanches pour donner l'impression que tout se passait exactement comme je l'avais prévu, je m'éloignai. Quand je vis Lunaria debout au milieu de la rue d'à côté, l'air perdu, je pris une profonde inspiration et m'approchai d'elle.

— Coucou, Mads, me salua-t-elle comme si nous venions de nous croiser au cours d'une balade.

Sa tête se balançait d'un côté à l'autre.

— Je les entends. Tu les entends ?

Je l'observai. Malgré son ton nonchalant, elle n'avait pas l'air d'aller bien. Ses traits étaient tirés et crispés et elle écarquillait les yeux de façon presque morbide.

— Euh, les loups, tu veux dire ? demandai-je, hésitante.

— Ils sont partout, murmura-t-elle. Autour de nous.

Je penchai la tête et tendis l'oreille. C'était plutôt intimidant, je devais l'admettre. Des respirations lourdes et des battements de cœur rapides résonnaient dans tous les coins. On aurait dit que nous nous trouvions dans une sorte d'étrange scène de porno en plein air. En fait, c'était une meute de loups-garous qui transpiraient le machisme et le sale comportement, mais étaient terrifiés au plus haut point des événements à venir maintenant qu'ils avaient rencontré Rubus en personne.

Je ne doutais pas qu'ils étaient prêts à éliminer Lunaria au moindre sursaut. Ils ressentaient sûrement la même chose pour moi ; j'avais attiré les sauterelles sur leur tête velue. Littéralement.

— Ne t'inquiète pas pour eux, l'encourageai-je d'un ton brusque. Concentrons-nous sur toi. Tu étais avec Rubus ? Tu as été blessée ?

Lunaria resta perplexe un instant. Son front se creusa, puis elle secoua la tête.

— Non, je suis restée en retrait. Mais je regardais, m'expliqua-t-elle avant d'attraper mon bras. Rubus va bien. Il n'a pas été blessé. Mais je suis inquiète, Mads.

Elle commença à se gratter les bras, ses longs ongles raclant sa peau et laissant des marques rouges.

— Ça ne va pas. Il ne s'est toujours pas remis sur le droit chemin.

Voilà l'euphémisme de l'année. Je lui pris les mains pour l'empêcher de vraiment se faire du mal.

— Qu'est-ce qui t'est arrivé ? demandai-je. Tu étais déjà en difficulté, mais maintenant, on dirait que tu tiens à peine le coup.

— On bousille ce monde et ça nous bousille. Enfin, regarde ce que ça t'a fait.

Elle cligna des yeux avec frénésie et croisa à nouveau mon regard.

Comparée à elle, je m'en sortais sacrément bien, mais je supposai que ce n'était pas le moment de le souligner.

— Mmm, dis-je de manière évasive. Mais tu réalises ce qui se passera si on utilise la sphère pour retourner à Mag Mell ? On en a parlé à de nombreuses reprises. Cette ville tout entière… ce monde tout entier sera détruit.

Lunaria se toucha la poitrine du bout des doigts.

— Ça fait mal. Ça fait si mal.

J'en avais conscience. Le mal du pays que nous ressentions pour Mag Mell était une souffrance aussi bien physique qu'émotionnelle. Grâce à mon amnésie, je ne l'éprouvais pas avec autant d'intensité que les autres Fey, mais je le comprenais tout de même.

Une pointe de culpabilité me traversa. Quelques jours plus tôt, j'avais manipulé Lunaria et l'avais poussée à prendre un peu de poussière féérique. Il était possible qu'elle ait aussi hâte de rentrer à cause de ça. Une chose de plus à me reprocher.

— Faire en sorte de se sentir mieux n'est pas la bonne solution si ça tue tous les autres, soupirai-je.

— Je ne veux la mort de personne.

La voix de Lunaria était lente et langoureuse, comme si un grand effort était requis pour sortir ces mots. Elle retira ses mains des miennes et tourna la tête. Puis, son humeur changea sans prévenir.

— Rubus a des problèmes. Il faut qu'on l'aide. Il va se faire du mal. Il va faire quelque chose qu'il va regretter. Il faut que tu l'aides ! Il faut que tu le fasses, Mads !

Euh…

— J'essaie de l'aider, assurai-je d'un air raisonnable en essayant de réfléchir à une façon logique de m'en sortir.

Le problème, c'était que tout semblant de logique paraissait avoir quitté le cerveau éreinté de Lunaria depuis longtemps.

— Il est très fragile, Mads, fit-elle remarquer, sincère. Si ses actions causent la mort des gens de ce monde, je ne crois pas qu'il puisse se regarder dans un miroir.

Je pus à peine m'empêcher de lever les yeux au ciel. La solution était simple : il suffisait qu'il ne tue pas tout le monde, et tout irait bien.

— Comment l'arrêter, Looney ? demandai-je avec douceur en priant pour qu'elle ait une idée de la psyché de Rubus que nous ayons tous manqué.

Je n'étais pas d'accord avec son estimation de la fragilité de Rubus ; un buffle dopé à la testostérone était plus fragile que lui.

Elle secoua les mains.

— Je n'en sais rien. J'ai essayé de lui parler, mais il m'a hurlé dessus. Avant, je croyais qu'il criait parce qu'il ne m'aimait pas, mais maintenant, je sais qu'il agit comme ça parce que la vérité lui fait peur. Il est terrifié à l'idée de tous nous décevoir. Il ne veut faire de mal à aucun d'entre nous et il en souffre tellement.

Pauvre petit. J'ouvris la bouche pour lui dire avec précision ce que je pensais de Rubus. Ce fut alors que je repérai l'ecchymose qui se faufilait hors de son col. Je la fixai. Aucune sauterelle n'en était la cause.

— Lunaria, soufflai-je. Rubus t'a fait du mal ?

Sa main se posa sur la marque violette.

— Il se bat contre ses démons. Il faut que je l'aide.

Nom d'un lutin. Je serrai les dents.

— Il faut que tu t'éloignes de lui. Comme tu l'as dit, il n'est pas dans un bon état d'esprit. Il a déjà tué d'autres Fey. S'il te frappe…

— Il ne m'a pas frappée.

Elle était loin de me convaincre.

— Lunaria…

Elle me contourna tandis que ses yeux s'enflammaient.

— Tu es si concentrée sur Morgan que tu ne vois plus ce qui compte vraiment ! Rubus a besoin de nous ! Il souffre et je ne sais pas comment l'aider !

Je déglutis difficilement.

— C'est pour ça que tu es venue me trouver ? Parce que je dois te le dire, je ne suis pas sûre de…

— Non.

Elle détourna la tête et ses épaules s'affaissèrent, comme si elle avait enfin réalisé que je ne serais pas la sauveuse de Rubus. Tout comme elle. Cet enfoiré était complètement irrécupérable. Nous ne pouvions que nous sauver de lui.

— Je suis venue te dire qu'il a envoyé des gens pour s'occuper de ton amie, continua Lunaria. Il l'aime bien et ne veut pas lui faire de mal, donc s'il se passe quelque chose et qu'elle meurt, il souffrira encore plus. Il faut que je l'aide. Je ne peux pas le laisser se faire plus de mal.

Mon sang se glaça.

— Il a envoyé des gens s'occuper de mon amie ? Tu veux dire Julie ?

Il y avait quelque chose de si terrifiant dans cette phrase que je pouvais à peine à parler.

— Je ne l'aime pas, siffla Lunaria, dont la lèvre se retroussait. Je me fiche de ce qui lui arrive. Mais si elle est blessée, Rubus va…

Je n'attendis pas qu'elle termine. Je fis volte-face et me mis à courir dans la direction opposée. Nom d'un lutin. Toutes ces conneries allaient-elles prendre fin un jour ?

***

Tous ces efforts pour éviter l'apocalypse présentaient un avantage : j'étais en bien meilleure forme physique qu'une semaine plus tôt. Je me précipitai à plein régime jusqu'à la maison de Julie, même si elle se trouvait à au moins seize kilomètres. Bon, d'accord, huit kilomètres. Quatre ou cinq, sans doute. Si vous arrondissiez.

Morgan, Monroe et ses loups m'emboîtèrent le pas en hurlant mon nom. Je n'avais pas assez de souffle pour courir et expliquer ce qui se tramait en même temps. Si Lunaria disait la vérité, ils comprendraient tôt ou tard.

Je sentis le problème en question bien avant de l'avoir sous les yeux. La nature vampirique de Julie signifiait que personne ne pouvait passer le seuil de sa porte sans sa permission. Mais s'ils l'incendiaient, elle n'aurait d'autre choix que de sortir et de faire face à qui se trouvait devant. À en voir les épais nuages de fumée qui s'élevaient de sa rue et la forte odeur de brûlé, quelqu'un réduisait déjà sa maison en cendres.

Je couvris ma bouche et mon nez avec mon bras et continuai d'avancer. Il n'y avait aucun signe de personne ; je supposai qu'ils avaient été évacués par les militaires et qu'ils étaient partis de Manchester. C'était une bonne chose, mais ça n'aidait ni Julie ni Finn ni les autres qui se terraient avec elle.

Une part de moi espérait qu'une armée de Fey se trouverait devant chez elle, avec des torches enflammées, des fourches et peut-être un crucifix ou deux. Quand je vis qu'il n'y avait qu'un homme, et que je réalisai qui c'était, ma mâchoire en tomba.

— Sors de là, vampire ! hurla Dave l'humain. Sors et viens rencontrer ton créateur ! Je suis un chasseur de vampire ! Je vais te poignarder dans le cœur et m'assurer que tu ne plongeras plus jamais tes crocs meurtriers dans la peau de qui que ce soit !

Malgré les fenêtres brisées par terre et le feu à l'intérieur, je ralentis et continuai d'observer la scène. Je n'avais plus vu Dave depuis que Morgan et moi l'avions croisé dans un vieil entrepôt que Rubus avait, selon nos informations, utilisé comme planque. Dave et le tyran Fey avaient conclu une sorte d'accord dépravé : le premier vendait de la poussière féérique à des Fey malchanceux qui n'étaient pas déjà du côté de Rubus et essayait aussi d'empoisonner Morgan avec au passage. Rubus, en échange, lui donnait une sélection de drogues humaines pour sa consommation personnelle et pour en distribuer dans la rue.

J'avais bien aimé Dave la première fois que je l'avais rencontré. Maintenant, je savais que ce n'était qu'un humain pathétique.

Je détournai les yeux de lui et les levai. Je repérai Finn qui rôdait au premier étage, une fenêtre ouverte pour lui permettre de respirer. L'inquiétude se gravait dans son expression, mais lorsqu'il me remarqua, il me gratifia d'un pouce vers le haut. Quand les loups et Morgan se rassemblèrent derrière moi, il nous fit des signes enthousiastes. Il était toujours en vie et, à en voir sa réaction, les autres aussi.

— Hé, Dave ! appelai-je. Qu'est-ce que tu fais ?

La première fois, il ne m'entendit pas. Il était si motivé à brûler la maison de Julie pour la faire sortir que j'aurais sûrement pu hurler dans son oreille avec un haut-parleur qu'il n'aurait pas fait attention à moi.

— Je vais te traquer ! Tu ne t'en tireras pas cette fois, suceuse de sang ! Les vampires ne me font pas peur ! Tu es une abomination aux yeux de Dieu !

Il entonnait chaque phrase avec une jubilation sans retenue. C'était plutôt perturbant de voir à quel point il s'amusait.

— Davey, mon gars ! hurlai-je.

Il sursauta. Le fait qu'il n'était plus seul lui monta enfin au cerveau, aussi bouché soit-il. Il se tourna lentement vers moi, clignant des yeux à travers la fumée.

— Toi, siffla-t-il avec un froncement de sourcils. Qu'est-ce que tu fais ici ? C'est Rubus qui t'envoie ?

J'avais presque oublié que j'avais menti à Dave et prétendu travailler pour Rubus, tout comme lui.

— Ouais, répondis-je. Ouais. Il m'a dit de te dire que tu en as assez fait et qu'il veut te retrouver au quartier général.

— Impossible ! J'ai encore trois cocktails Molotov. Les vampires sont démoniaques ! Cette femme mérite d'être abattue ! vociféra-t-il avant de hausser les épaules. D'ailleurs, je n'ai jamais aimé ce stupide feuilleton.

— Les vampires ne sont pas démoniaques, Dave, assurai-je en progressant vers lui.

J'espérais qu'il se concentrerait sur moi et pas sur les loups-garous qui se rapprochaient de la maison pour faire sortir tout le monde.

— Je suis sûre que Rubus t'a dit qu'ils l'étaient, mais ce n'est pas vrai.

— Dracula, rétorqua Dave, suffisant. Il était démoniaque.

— Il n'était pas réel.

— Kiefer Sutherland dans *Génération perdue*.

— Encore une fois, pas réel.

— Kiefer Sutherland n'est pas réel ?

Que Marraine la bonne fée me vienne en aide.

— Non, le corrigeai-je en tâchant de rester patiente. Il est réel. Mais il jouait un rôle. D'ailleurs, le comte Mordicus était un mec bien.

— Arrête d'essayer de m'embrouille. Ce n'est pas un mec, c'est un canard.

Je tentai de sourire.

— Ouais, tu m'as bien eue.

Dave était bien plus intelligent la première fois que je l'avais rencontré. De toute évidence, toutes ces drogues ramollissaient le cerveau de ce pauvre type. Je redressai les épaules et lui jetai un regard sévère.

— Il faut que vous cessiez le feu, soldat. Ça suffit.

— Madrona a raison, intervint Morgan qui arrivait derrière moi. Tu ne devrais pas faire ça, Dave. Tu devrais quitter la ville. De mauvaises choses se profilent.

— Des mauvaises choses comme les vampires ! hurla l'intéressé.

Il attrapa une autre bouteille pleine d'essence. Nom d'un lutin.

Je jetai un rapide coup d'œil à Morgan.

— Laisse-moi m'occuper de ça, murmurai-je.

— Parce qu'avoir une conversation au sujet de canards vampires animés, ça aide ? s'enquit-il.

— Tu as raison, soupirai-je. Arrêtons ces bêtises et mettons cet idiot hors d'état de nuire. Tu vas y arriver avec ton bras ?

Morgan esquissa un sourire.

— Crois-moi, ce sera un plaisir.

— De quoi vous parlez en murmurant ? s'emporta Dave. Je n'aime pas quand les gens parlent derrière mon dos.

— Prends le côté gauche, indiquai-je à Morgan. Je m'occupe de la droite.

Il acquiesça.

— Trois, deux…

Un cri s'éleva à l'intérieur de la maison.

— Opulus ! entendis-je Timmons hurler. Non !

Un puissant vacarme retentit et la porte d'entrée s'ouvrit à la volée. Debout, là, se tenait la silhouette caractéristique du Fey en deuil, flamboyante. Même ses cheveux avaient l'air de s'embraser. Il fonça sur Dave et se jeta sur lui.

La victime hurla et essaya de se débattre, mais les flammes léchaient déjà ses vêtements. Alors qu'il glapissait et s'étouffait, Opulus cessa de bouger et s'écroula. Morgan et moi nous précipitâmes vers lui et séparâmes le corps ardent du Fey et celui de Dave.

Ce dernier vacilla. Je fondis à nouveau sur lui, dans le but d'éteindre le feu. Il me poussa en arrière, mais en vain.

Il tomba à genoux, la peau noircie et l'odeur écœurante de la chair brûlée flottant dans l'air. Puis il s'écroula, tête la première. Il semblait que Rubus venait de faire une victime de plus.

Morgan prit le pouls d'Opulus et secoua la tête d'un air sombre. Deux victimes. Lunaria pensait que l'homme dont elle s'était éprise était fragile ; je savais que c'était un monstre. Mes épaules s'affaissèrent face à l'inutilité de tout ça. Pourquoi Rubus avait-il décidé de s'attaquer à Julie ? Ça n'avait aucun sens. Il l'aimait bien ; je l'avais même décrit comme un fervent fan. Qu'est-ce qui se passait, bon sang ?

Les loups avaient créé une sorte d'échelle humaine. Ils ne jetèrent même pas un regard à Dave ou Opulus et aidèrent Finn, Julie et Timmons à descendre de cette fenêtre en hauteur.

Le visage de Julie était livide.

— Ils s'en sont pris à moi dans ma maison, murmura-t-elle. Je suis censée être en sécurité, ici.

La bouche de Monroe forma une ligne.

— Je commence à penser qu'on ne peut être en sécurité nulle part, dans cette ville, marmonna-t-il.

Je regardai autour de moi.

— Où est Artemesia ? demandai-je.

Ma poitrine se comprima. Se trouvait-elle toujours à l'intérieur, dans ce bâtiment en feu ?

— Elle est retournée à son labo, répondit Finn. On n'a pas pu l'en empêcher. Elle a dit qu'il fallait qu'elle récupère quelques livres et qu'elle se fichait qu'on essaie de se mettre sur son chemin.

C'était une bonne chose ; au moins, elle allait bien. Pour l'instant. Je fis un geste désespéré vers Morgan.

— Et maintenant ?

Il déglutit difficilement, l'expression pincée.

— Rien n'a vraiment changé. On a la sphère et on doit toujours la détruire.

Il la sortit avec précaution avant de me la confier.

— Protège-la, Mads. On va contacter Liung et programmer une rencontre.

Je pris la sphère, réticente, avant de la mettre dans ma poche pour l'instant.

— Et en attendant ? Avant qu'on puisse le joindre ?

Morgan se passa la main dans les cheveux, épuisé.

— On trouve Arty et on prie pour qu'elle ait trouvé un moyen d'évacuer un peu de magie. C'est sûrement une bonne chose qu'elle soit retournée à son labo, même si je lui ai dit de ne pas le faire. Si elle n'a pas trouvé une solution, cette ville sera peut-être perdue pour de bon, quoi qu'on fasse.

Julie et Timmons poussèrent de petits gémissements ; Finn avait juste l'air sombre. Comme d'un commun accord, certains loups-garous se placèrent à leurs côtés.

— Ne t'inquiète pas, intervint l'un d'entre eux, tapotant le bras de Julie. Si tout échoue, tu peux venir vivre avec nous, en Écosse. On accèdera à ta requête, cette fois.

Je jetai un coup d'œil à Monroe, m'attendant presque à ce qu'il proteste, mais il avait juste l'air fatigué. Il acquiesça, laconique.

— Conduisez-nous vers cette Arty. Moi, j'ai hâte de sortir de ce trou à rats.

Chapitre 19

Comme Morgan était un Fey, son bras cassé guérirait vite ; je ne pouvais qu'espérer que ce serait assez rapide. Nous nous rapprochions à vive allure du dénouement de nos plans chaotiques ; s'il n'était pas en pleine possession de ses moyens, ce serait bien plus difficile de réussir.

Même si nous étions à peu près en sécurité dans le petit laboratoire d'apothicaire d'Artemesia, l'ambiance était maussade. Nous avions l'impression de devoir faire face à un nouveau désastre ou une mort de plus dès que nous tournions la tête. Nous avions beau être sur le point de mettre fin aux plans de Rubus pour de bon, l'avenir nous paraissait toujours peu réjouissant. L'excès continu de magie était à peine contenu ; les émeutes et les pillages en ville semblaient s'intensifier, malgré les évacuations en cours et la présence grandissante de l'armée.

— Vous savez ce que je devrais m'acheter ? dis-je à personne en particulier. Un chapeau. Dans les histoires, le chapelier fou porte toujours un fabuleux chapeau. Je pense que je devrais en choisir un impressionnant. Je n'aurais même pas besoin de payer, je pourrais casser les vitrines de quelques boutiques de luxe et faire mon choix.

Je tapotai le sommet de mon crâne, songeuse.

— Quelque chose de haut et de large. Je pourrais cacher toutes sortes d'objets utiles à l'intérieur.

Morgan m'offrit un fantôme de sourire, mais je voyais que le cœur n'y était pas.

— On pourrait tous avoir des chapeaux, continuai-je. Comme pour aller à l'hippodrome, sauf que c'est l'apocalypse. S'habiller pour la mort… Ce sera un buzz sur internet.

— Sauf qu'il n'y aura plus internet, rétorqua Jodie.

Monroe renifla.

— Je ne m'habille pas pour la mort. Tu sais pourquoi ?

— Pourquoi ? demandai-je.

J'avais une idée de ce qu'il allait dire.

— Parce que je ne meurs pas. Je ne perds pas. Et je ne laisse pas une bande de fées dégénérées qui ont le mal du pays prendre le dessus sur moi.

Il redressa les épaules et ajouta :

— Je suis Monroe.

De toute évidence, il semblait se sentir un peu mieux. Je cherchai un tambour autour de moi, ou au moins des cymbales bien placées sur lesquelles frapper. Le mieux que je pus trouver fut une cuillère à café et une sous-tasse. Je tapai la porcelaine avec le couvert, ce qui provoqua l'apparition de fissures en forme de toile d'araignée sur la surface. Oups. Il était clair que je ne contrôlais pas ma force.

— Eh bien, ce serait dommage de mettre fin à ta série de victoires, dis-je en faisant mine de ne pas remarquer mon acte de destruction. On va devoir s'occuper de Rubus pour éviter d'autres problèmes.

— Je suis d'accord, répondit Monroe en se levant. Je vais rassembler mes loups et on va se rendre à son repaire tout de suite.

Je viq quelques loups derrière lui pâlir. La magie et la destruction à laquelle ils avaient déjà fait face semblaient leur avoir instillé la phobie des Fey.

— Ne faisons rien d'imprudent, intervint Morgan. On ne le battra pas par la force brute. Ils sont nombreux. Et ils ont la magie. Il faut qu'on soit plus malins.

— Rubus est sur les nerfs, notai-je. Il vacille sur la frontière de la folie. Un peu plus et il va devenir complètement zinzin.

— Ça me fait penser à quelqu'un, marmonna Jodie.

Je ne m'en offusquai pas, mais je me tournai vers elle, les sourcils haussés.

— Même s'il n'a pas encore basculé, ses actions sont imprévisibles, continuai-je. S'il perd les pédales, lui-même ne saura pas ce qu'il fera ensuite. On ne peut pas se permettre de se tourner les pouces. Il faut qu'on agisse rapidement.

— On ne s'est pas vraiment tourné les pouces, rétorqua Artemesia.

— Je sais, répondis-je. Je disais juste que…

Morgan posa la main sur mon bras.

— Concentrons-nous sur ce qui importe, d'accord ? suggéra-t-il en jetant un regard à Artemesia. Tu as trouvé un moyen de relâcher la pression de la magie dans l'atmosphère ?

Elle grimaça.

— D'une certaine façon. C'est risqué, mais je ne crois pas qu'on ait vraiment le choix, au point où on en est. Mais je ne voulais pas le faire tant que je ne vous en aurais pas parlé.

J'acquiesçai avec sagesse.

— C'est logique. Mon intelligence supérieure trouvera toutes les failles dans ton plan.

Artemesia leva les yeux au ciel.

— Donnez-moi la force.

Je bandai les muscles.

— Je n'en ai pas beaucoup, admis-je. Mais tout ce que j'ai t'appartient.

Elle fit claquer sa langue.

— Bref, avant la construction du Manchester Arndale, il y avait un restaurant-boîte de nuit du nom de Puits à souhait. Comme vous pouvez l'imaginer, ça a été construit sur le site d'un puits à souhait. Un vrai, avec tout le pouvoir et la magie possibles. Je suspecte des fées de Mag Mell, il y a des générations, de l'avoir créé.

— Les puits à souhait ne sont pas super dangereux ? demanda Jodie en fronçant les sourcils.

Timmons acquiesça.

— Ouais. On essaie de dissimuler leur emplacement. On ne peut imaginer ce qui arriverait si les humains s'y rendaient régulièrement et faisaient des vœux, marmonna-t-il avec une grimace. Vous pensez que les choses sont chaotiques, là ? Imaginez ce que ce serait si vous pouviez souhaiter n'importe quoi et qu'on vous l'accordait.

— Un kébab… soupirai-je, rêveuse.

Timmons sourit. D'après nos précédentes conversations, j'avais le sentiment qu'il partageait mon goût pour un bon kébab épicé dégoulinant de graisse délicieuse.

— En effet, comme le dit Begonius, ils sont dangereux, intervint Artemesia.

— Timmons, la corrigea-t-il. Pas Begonius.

Elle balaya ses paroles de sa main.

— Qu'importe. Mes archives indiquent que l'un de nos ancêtres les plus sages a persuadé les humains que le puits était dangereux. Ils l'ont recouvert et ont démoli le bâtiment qui se trouvait au-dessus. Mais le puits était très profond et avait de nombreuses cavernes, qui ont toujours des poches d'air et de l'espace à l'intérieur. Il y a peut-être même un ou deux passages secrets qui mènent sous Manchester. Si ces passages existent, leur position n'est plus connue.

Elle tapota la pile de livres à côté d'elle.

— Même ces merveilles n'ont pas pu m'aider.

— Ce que tu proposes, c'est d'utiliser l'ancienne magie du puits à souhait pour contenir la nouvelle magique qui s'est accumulée au-dessus de la ville, résuma Morgan.

Artemesia acquiesça.

— Tu as tout compris. En théorie, le puits contiendra tout le pouvoir que j'y verserai.

Monroe resta sceptique.

— En théorie ? répéta-t-il.

Elle tira sur son lobe d'oreille.

— Tant que je n'ai pas essayé, je ne peux pas en être sûre.

— Quel est le pire dénouement ? demandai-je. Si ça ne fonctionne pas et que la magie s'échappe ?

— La ville tout entière s'écroulera dans un entonnoir géant.

Elle avait dit ça avec un tel sérieux que ça paraissait possible. Ah…

— Le puits est la meilleure option que j'aie pu trouver par mes propres moyens et avec un délai aussi court. Je suis sûre que vous avez remarqué que nos problèmes relatifs à la magie, même sans la sphère, empirent d'heure en heure.

Je détournai les yeux et me mis à siffler. Pas ma faute. Ça non !

— Tu devrais le faire, l'encouragea Morgan. Je ne crois pas qu'on ait d'autres choix.

— Il va falloir beaucoup de temps pour préparer ça ? demanda Finn tandis que Julie fixait Artemesia sans bouger.

Celle-ci secoua la tête.

— Il faut que j'entre dans le Manchester Arndale et que je trouve le bon emplacement, mais une fois que j'y serai, ce sera facile.

Elle pointa une petite radio du doigt.

— Y entrer ne devrait pas être un problème. Il y a eu beaucoup de pillages et la plupart des fenêtres et des portes du centre sont déjà brisées.

Morgan croisa les bras.

— Les pilleurs n'ont aucune estime pour leur propre sécurité ou celle des autres. Ce n'est pas prudent d'y aller seule. On ira tous. Comme ça, on assurera ta protection.

— Non, rétorqua Artemesia, la mâchoire crispée. Il faut que vous alliez voir Liung et que vous vous occupiez de la sphère. Se débarrasser de la magie dans l'atmosphère n'a aucun intérêt si on ne détruit pas cette saleté.

Timmons se leva.

— J'irai avec elle. Je vais m'assurer de sa protection.

Je clignai des yeux, incrédule. C'était impressionnant ; deux semaines plus tôt, c'était une fouine terrifiée, et maintenant, il se portait volontaire pour faire face à une foule d'humains en colère.

Je fus encore plus choquée quand il continua :

— Une fois qu'on se sera chargés de la magie et qu'on l'aura envoyée dans le puits, Artemesia et moi, on ira voir Rubus et on fera ce qu'on peut pour l'occuper. Il n'a de cesse de se pointer au pire moment. On ne peut pas se permettre qu'il interrompe aussi la rencontre avec Liung.

Je le fixai. Il était passé de manager d'hôtel malhonnête à potentiel héros. C'était mon influence. J'avais déteint sur lui et maintenant, il était presque aussi merveilleux que moi. Ça, ou il était doué pour gérer les situations d'urgence.

Monroe fronça les sourcils.

— Faire face à Rubus une fois de plus ne me pose pas de problème. On a été pris par surprise la dernière fois, mais ça n'arrivera plus.

— Il a la magie, et il n'a pas peur de l'utiliser, lui rappelai-je.

— Et alors ? On est des loups. On n'a pas peur de lui.

Même si j'appréciais les bravades excessives, j'espérais que ces mots ne se retourneraient pas contre lui.

— Du moment que vous ne vous vous attribuez pas tout le mérite, répondis-je. C'est nous qui avons fait le plus dur.

Monroe m'offrit un clin d'œil.

— Ça ne m'avait même pas traversé l'esprit, très chère.

— On vous escortera jusqu'au Manchester Arndale, déclara Morgan, nous ignorant tous les deux. Après, on ira voir Liung pour nous débarrasser de la sphère une bonne fois pour toutes.

Je me frottai les mains.

— Ça me va.

Puis, comme je voulais prouver que je m'embarquais là-dedans avec Morgan et que le loup-garou écossais séduisant n'était qu'un détail, je me penchai pour embrasser mon homme de bon cœur. Miam. Amnésie ou pas, s'il y avait une chose que je n'avais pas oubliée, c'était comment rouler une pelle.

Avant que je jouisse de manière spontanée devant tout le monde, je me reculai et me tournai vers Artemesia.

— Autre chose. Liung a dit que le remède pour mon problème de mémoire contenait un truc qui s'appelait hmmbongo et de l'avocat.

Elle sursauta.

— Mbongo ?

— Si tu le dis, grognai-je avec un haussement d'épaules.

Les yeux d'Artemesia s'illuminèrent.

— Ça pourrait fonctionner, en fait !

Elle se leva d'un bond, se précipita vers l'une des étagères à proximité et se mit à fouiller.

— Voilà !

Elle sortit un pot d'une chose qui ressemblait à des pénis flétris. Beurk. Puis elle grimaça.

— Je n'ai pas de noyau d'avocat.

— Tu as du hmmbongo mais pas d'avocats ?

Elle tapota sa bouche.

— Peut-être que je peux en récupérer quand on sera au Manchester Arndale, déclara-t-elle avant de lever la tête vers moi. Je crois que ce vieux dragon rusé tient une piste.

Je déglutis, espérant ne pas avoir l'air aussi nerveux que je l'étais. Une fois que ma mémoire me reviendrait, si elle me revenait, je serais obligée d'affronter toutes les facettes de ma personnalité et à mon passé, peu importait les défauts des deux. Mais j'en étais capable ; si je pouvais battre Rubus, je pouvais me battre moi-même. J'acquiesçai avec maladresse et me levai.

Dès que je fus sur pieds, un étrange son de trompette s'éleva. J'écartai les bras.

— Regardez ! Même les anges chantent en chœur pour moi ! m'exclamai-je avec un immense sourire.

— Mon chou, je crois que ça venait de dehors, intervint Julie dans un murmure à peine audible.

Nous échangeâmes des regards. Morgan atteignit la porte le premier, l'ouvrit et jeta un coup d'œil à l'extérieur.

— Waouh, souffla-t-il.

Je le poussai avec mon coude et regardai à mon tour. Quand je compris ce qui avait provoqué ce bruit, ma mâchoire en tomba et je tapai des mains, extasiée.

Jodie cligna frénétiquement des paupières.

— Est-ce que c'est un éléphant rose ?

— Oui ! m'exclamai-je avec un immense sourire. Pas un rose léger. Ou ce rose pâle moche. Cette créature est d'un beau rose.

L'éléphant passa devant nous, balançant sa trompe et sa queue. Il était gigantesque.

Même si c'était tentant de me précipiter dehors pour le saluer convenablement, je décidai que me faire écraser n'était pas à l'ordre du jour. Quoiqu'il en fût…

— C'est un signe, déclarai-je. On sortira victorieux de cette journée.

Morgan prit ma main dans la sienne.

— Espérons-le, murmura-t-il. Espérons très fort.

Chapitre 20

Je sursautai plus d'une fois. En fait, ma paupière gauche tressautait si vite et souvent que je commençais à penser que j'avais un parasite dans l'œil. Morgan rangea la coquille dans sa poche et me gratifia d'un bref sourire.

— C'était Artemesia. Le vieux puits à souhait a très bien marché.

J'aurais aimé pouvoir être soulagée. Au lieu de ça, ma paupière se mit à remuer de plus belle. J'essayai de sourire, mais ça ressembla plus à une grimace.

Captant mon stress, Morgan me prit la main et la serra pour me rassurer.

— Un problème à la fois. Julie va bien, malgré les efforts de Rubus pour la brûler vive. Artemesia a résolu le problème d'accumulation de magie. Je ne ressens plus de picotements sur ma peau, donc elle a dû s'en sortir avec cet ancien puits à souhait. Il n'y a aucun signe de Rubus. La sphère magique est de loin le plus gros problème, mais dans trente minutes, on n'aura plus à s'en inquiéter.

— En partant du fait que Liung soit digne de confiance, fasse ce qu'il a promis et la détruise, répliquai-je.

— Même s'il est grossier, il a l'air plutôt digne de confiance.

Je devais l'admettre, mais je ne pouvais ignorer le pressentiment alarmant qui bourgeonnait en moi. Je serrai mes doigts autour de ceux de Morgan.

— Je me sens mal, avouai-je.

— Moi aussi, répondit-il avec un hochement de tête.

— Et ma poitrine me fait souffrir.

— On est à Castlefield. C'est la frontière principale vers Mag Mell. Plus on se rapproche, plus la sensation de mal du pays s'accentue.

Je grognai.

— Liung a choisi cet endroit de rassemblement pour nous provoquer. En lui donnant la sphère, on sauve peut-être le monde, mais il est possible qu'on s'enferme ici pour l'éternité.

Je poussai un soupir, puis continuai :

— Je n'ai aucun souvenir de Mag Mell, mais je comprends la souffrance. Je la ressens. Elle grandit. Elle m'étouffe. Et tout ça, c'est de ma faute.

— Tu ne pouvais pas savoir que les frontières ne se rouvriraient pas. Tu avais de bonnes intentions quand tu as utilisé la magie pour les fermer. Tu voulais que les fées reconnaissent que nos visites pourraient être néfastes et qu'on n'avait pas notre place en ce monde, me rappela-t-il avec douceur. Tu ne voulais pas que tout ça se produise.

Je reniflai.

— On ne peut pas en être sûrs. Peut-être que c'était exactement mon but.

— Non, rétorqua-t-il avec un sourire. Je te connais.

— Je suis une garce démoniaque.

— Tu fais semblant de l'être. Mais ce n'est pas vrai.

Il se pencha vers moi.

— Et bientôt, tu seras la personne qui aura sauvé ce monde tout entier de la destruction.

Eh bien, ce serait notre cas à tous… moi, Morgan, Liung, Finn, Artemesia, Julie, Jodie… D'accord. Moi, en grande majorité.

— Je suppose, murmurai-je. J'ai atteint mes objectifs. J'ai prouvé que les fées ne devraient pas être là. Félicitations, moi.

— Félicitations, oui.

Ses épaules se tendirent et il leva le menton.

— Les autres sont de retour.

Je suivis son regard et repérai le petit groupe qui se dirigeait vers nous. Je leur fis signe.

— Les loups-garous sont en place, nous informa Finn.

Jodie semblait toujours en proie à l'admiration.

— Monroe a fait en sorte que les membres de sa meute prennent position. Il s'assurera qu'on ne soit pas interrompus.

— Bien. Et je dois dire que je suis ravie que tu aies pu nous rejoindre, dis-je gaiement. Vous allez tous être témoins de ma victoire pour sauver le monde !

Jodie parut agacée.

— Il faut vraiment qu'elle soit là ? demanda-t-elle à Morgan.

— Je suis l'héroïne de cette histoire, répondis-je à sa place.

— C'est toi qui as provoqué tous ces problèmes.

— Donc, je suis aussi la méchante, conclus-je avec un sourire et un haussement d'épaules. Je crois bien que tout tourne autour de moi.

Malgré ma désinvolture, je sentis une petite part de mon malaise s'envoler. J'étais en effet les deux, et c'était bel et bien possible. Je croisai son regard, avec sincérité, pour une fois.

— On a tous un côté méchant en nous. On est tous des êtres égoïstes qui font des erreurs. Mais si on peut les corriger et faire en sorte de s'améliorer et être de meilleures personnes, c'est déjà une victoire.

Jodie me dévisagea, puis se tourna vers Morgan.

— Je n'arrive pas à croire que j'écoute une leçon de morale venant de Madrona la Madhatter, marmonna-t-elle.

Finn s'éclaircit la voix.

— Est-ce qu'on peut en venir à l'essentiel ? Il est arrivé, ou pas ?

Nous savions tous à qui il faisait allusion. Morgan et moi secouâmes la tête.

— Aucun signe de Liung pour l'instant, répondit Morgan.

— Qu'est-ce qu'on fait s'il ne vient pas ?

Je haussai les épaules. J'aurais montré avec joie à Morgan que j'étais nerveuse, mais hors de question de me trahir devant les autres.

— J'emporterai la sphère dans l'océan le plus sombre et le plus profond, et je l'y cacherai.

— On aurait dû faire ça dès le début, mes petits choux, intervint Julie.

Elle agita ses mains. C'était bon de la voir plus en forme. Ses joues avaient même repris des couleurs.

— Trop de variables, grogna Morgan. Comme atteindre l'océan sans que Rubus nous arrête.

— En parlant de ton cher frère, on a des nouvelles ?

L'expression de Morgan était sombre et je le vis toucher brièvement son atèle comme pour se rappeler ce dont son frère était capable.

— Rien. J'ai parlé à Begonius il y a dix minutes. Il semblerait que Rubus reste chez lui pour la nuit. Monroe et ses loups seront probablement tranquilles.

— Timmons, le corrigeai-je avec douceur. Pas Begonius. Il préfère qu'on l'appelle par son nom humain.

Morgan serra ma main pour me rassurer.

— Timmons, confirma-t-il avec une lueur pleine de tendresse dans le regard. Tu es plus gentille que tu ne l'imagines pour t'en être souvenue.

Ce n'était qu'un nom ; pas besoin d'être un génie.

— Tu serais surprise de voir combien de gens n'écoutent pas ou ne font pas attention à de tels petits détails, continua-t-il.

— Beaucoup de gens ne sont pas moi.

Il gloussa.

— Ça, c'est clair.

Je n'étais plus convaincue qu'il me complimente. Peut-être qu'il n'était pas sage de s'étendre trop longtemps sur ce sujet.

Je jetai un coup d'œil à ma montre. L'heure se rapprochait.

— Il devrait déjà être ici. Quelqu'un le voit ?

Je tendis le cou, observant le fort romain et la rive herbeuse.

Finn et Jodie balayèrent la zone du regard tandis que Morgan faisait la moue. Julie plongea la main dans la poche de son manteau et en sortit une jolie flasque en argent. Elle but une gorgée et fit claquer ses lèvres.

— Pour me donner des forces, mon chou, murmura-t-elle.

Je devinai à l'odeur qui s'élevait dans l'air que ce n'était pas du gin et, quand elle rangea sa flaque, ses lèvres étaient un peu teintées de rouge.

— Je ne le vois nulle part, admit Finn, faisant toujours mine de chercher autour de lui pour ne pas remarquer ce que Julie faisait.

— Vous entendez ça ? demanda Morgan, les sourcils froncés.

— Je n'entends rien, commençai-je.

Sauf que si.

Un étrange vrombissement s'éleva dans les airs, comme si les nuages au loin battaient. Il s'intensifia, encore et encore. Je me tournai vers sa provenance. À l'horizon, derrière un bosquet de vieux chênes, un point apparut dans le ciel.

Jodie en resta bouche bée.

— C'est…

La chose se rapprocha. Et grossit.

— Un dragon, soufflai-je.

Nous regardâmes la forme devenir gigantesque en un rien de temps et voler vers nous. Il faisait la taille d'une maison et arborait une couleur rouge sombre. Bizarrement, ses traits étaient similaires au visage humain de Liung.

— Vous savez, aucun livre ou film n'a jamais beaucoup parlé des organes génitaux des dragons, fis-je remarquer alors qu'il faisait des cercles au-dessus de nos têtes. Ils… pendouillent de manière assez gênante, non ? En plus, niveau proportion, je ne suis pas du tout impressionnée.

Julie pencha la tête en arrière pour mieux y voir. Elle allait le regretter.

— Je vois ce que tu veux dire.

Liung ouvrit la gueule et rugit, ce qui était plutôt inutile, selon moi. Il fit un saut périlleux avant d'atterrir pile devant nous. Ses énormes griffes s'écrasèrent au sol et soulevèrent de grosses mottes de terre. Quel frimeur !

Il étendit son cou. Sa mâchoire s'ouvrit vers nous et claqua pour souligner l'effet impressionnant. Puis, sous nos yeux, son corps se transforma. Dans un craquement d'os et d'écailles, il rétrécit pour prendre la forme ridée et flasque d'un vieux retraité qui avait vu de meilleurs jours.

Impassible face à sa propre nudité, il écarta les bras.

— Je suis le dragon ! beugla-t-il. Entendez mon rugissement !

Je levai les yeux au ciel.

— Ouais, ouais.

Morgan me mit un coup de coude.

— Jalouse ? demanda-t-il avec une lueur espiègle qui ne s'illuminait pas souvent dans ses yeux.

— Tu rigoles ? Je ferais un super dragon. Je serais bien plus douée que ce vieux bonhomme.

Liung se figea assez longtemps pour me fusiller du regard.

— Il n'y a de place dans cette ville que pour un seul dragon, et c'est moi !

Je fis claquer ma langue.

— Qu'importe. Je suis la seule personne ici avec un surnom convenable. Ça fait de moi la meilleure, que tu puisses battre de tes ailes sèches et squameuses, cracher du feu ou pas.

Le sourire de Liung s'agrandit.

— J'y réfléchissais, justement. Que penses-tu de Liung le libre ?

Une grimace déforma ma lèvre. Il haussa les épaules.

— Liung le légendaire ? Le louable luron ? Le lumineux loustic ?

Je claquai des doigts.

— J'ai le surnom parfait ! La lugubre larve !

Liung fronça les sourcils.

— Trop éloigné de la réalité.

J'ouvris la bouche pour faire une nouvelle suggestion utile, mais Morgan me devança :

— Comme tu es venu ici sous ta forme de dragon, je suppose que ça veut dire que la magie n'a pas quitté ton système, même si elle n'est plus présente dans l'atmosphère ?

— Tu supposes bien, mon cher monsieur ! chantonna Liung.

Même si ça me dégoûtait, je devais admettre que ses nouvelles capacités lui allaient bien. Il semblait bien plus heureux et avoir le cœur plus léger.

— En fait, je me sens plus puissant, ajouta-t-il. Il n'y a rien que je ne puisse pas faire !

Il fit craquer ses articulations et se mit à étirer ses jambes comme s'il se préparait pour un étrange marathon pour nudistes.

— Sauf t'habiller, maronnai-je.

Liung secoua son entrejambe d'une manière terriblement déplaisante.

— La modestie, c'est pour les idiots. Si tu es gâté, n'hésite pas à le montrer.

Je haussai les épaules.

— Si tu insistes.

J'allais passer mon tee-shirt par-dessus ma tête, mais le bras de Morgan m'en empêcha.

— Concentrons-nous sur l'essentiel, d'accord ? commença-t-il avant de s'éclaircir la voix. Tu es venu, Liung. On a la sphère. Tu vas tenir ta promesse de la détruire ?

Le vieil homme le dévisagea longuement.

— Pourquoi je serais ici, sinon ? Donne-moi ce truc.

Morgan résista.

— Il faut que tu le fasses tout de suite. Il faut qu'on sache qu'elle a disparu pour de bon.

— Oui, oui, s'impatienta Liung. C'est bon. Je vais me débarrasser de la saleté de Chen en une seconde. Donnez-la-moi, c'est tout.

Morgan acquiesça. Sans un mot, Finn et Jodie flanquèrent Liung. Julie resta où elle était, une expression étrangement lascive sur le visage alors qu'elle contemplait le vieil homme. Ses yeux ne cessaient de dériver vers sa jugulaire. Pour sa défense, je ne pouvais m'empêcher de me demander si le sang de dragon avait le même goût que celui des Fey ou des humains, et on ne pouvait pas dire que j'étais dotée de papilles très délicates.

Liung se raidit.

— Vous croyez que je vais m'enfuir avec ? s'enquit-il.

Je pensai à la manière dont Rubus nous avait trompés en créant un glamour de vieux dragon.

— On ne doit prendre aucun risque, rétorquai-je.

J'époussetai mes mains et fis mine de remonter mes manches inexistantes, comme pour prouver que je n'étais pas là que pour répondre du tac au tac à ce vieux crouton.

— Je vous ai donné ma parole, grogna Liung. Qu'est-ce qu'il vous faut de plus ?

— On veut juste que la sphère soit détruite, assura Morgan.

Finn et Jodie se rapprochèrent de Liung ; la main de la jeune femme se plaça au niveau de sa taille, où se trouvait son couteau. Ses doigts tressautèrent et je sentais son angoisse. Ma paupière gauche sursautait avec encore plus d'intensité. Plus que quelques minutes, me dis-je. Plus que quelques minutes, et tout serait terminé.

Morgan ne quitta pas Liung des yeux tandis que je sortais la sphère de ma poche. Elle était froide au toucher, même si mon corps l'avait réchauffée un moment. Je la fis rouler dans mes doigts. Tous ces problèmes pour une chose aussi petite.

Je levai les yeux vers ceux de Liung, notant la lueur de convoitise. L'espace d'un instant, je faillis changer d'avis et reculai d'un pas, mais nous devions le faire. Une part de ce dragon voulait posséder cet objet, mais ça ne signifiait pas qu'il ne s'en débarrasserait pas pour nous. En fait, vu qu'il ne dissimulait pas ce qu'il ressentait au sujet de la sphère, ça me donna l'espoir que tout se terminerait comme il le fallait.

Au moins, il était honnête quant à son désir de l'avoir ; j'aurais encore plus douté de ses intentions s'il s'était montré blasé.

Je pris une profonde inspiration et la lui tendis. Liung se jeta dessus et tenta de me l'arracher en un rien de temps.

— Dis-moi, l'interpelai-je. Comment tu vas la détruire, exactement ?

Il serra la mâchoire, frustré.

— En temps normal, je l'aurais prise et j'aurais passé plusieurs jours à l'anéantir. La magie contenue dans cette petite chose est puissante. Après avoir éteint le pouvoir invisible, je pourrais la faire fondre avec du feu ordinaire.

Il sourit, exposant ses dents jaunes.

— Mais tous vos petits sorts de fées ont causé de tels ravages dans notre belle ville que je peux m'en débarrasser bien plus vite. Maintenant que je peux me transformer en vrai dragon et que j'ai plus de pouvoir à ma disposition, tout ce que j'ai à faire, c'est cracher du feu dessus quelques secondes. Je pense que la sphère et la magie qui y est liée seront détruites pour de bon.

Je haussai les sourcils.

— Waouh. Je sais que tu as mauvaise haleine, mais je ne pensais pas à ce point.

Liung plissa les yeux.

— Ne pousse pas le bouchon trop loin, jeune fille, ou je pourrais changer d'avis.

Plus je prenais le temps de le regarder, plus j'avais la certitude que le dragon était prêt à tout pour vaincre cette fichue sphère, quoi qu'il dise. Il chérissait vraiment Manchester. Il en parlait beaucoup. Il ne voulait pas risquer l'avenir de sa ville bien-aimée, sans parler du reste du monde. Son air fanfaron ressemblait au mien ; il cachait son inquiétude au sujet du potentiel désastreux dissimulé sous l'aspect lisse de cette petite balle de métal.

Je la lui tendis à nouveau. Cette fois, quand Liung tenta de la prendre, je le laissai faire. Au final, il y avait peut-être un avantage à sa nudité.

Son langage corporel était facile à lire. Même si la lueur sur son visage suggérait qu'une part de lui voulait toujours garder la sphère, la tension de son corps sous-entendait qu'il voulait aussi s'en débarrasser le plus vite possible. Quelle dichotomie douloureuse… désirer quelque chose avec une telle ardeur, mais savoir qu'elle était néfaste. Je ressentais quelque chose de similaire pour les kébabs pleins de graisse.

Liung prit une profonde inspiration, portant l'objet à ses narines avant de l'examiner avec plus d'attention.

— C'est vraiment une œuvre d'art, souffla-t-il. C'est censé être impossible de créer la sphère parfaite, symétrique jusqu'au plus petit nanomètre, mais Chen l'a fait.

Le dragon secoua la tête, impressionné.

— Il s'est surpassé. Quel dommage qu'un objet d'une telle beauté soit aussi destructeur.

Je jetai un bref regard à Morgan, qui était figé et fixait Liung comme s'il se préparait à lui arracher la sphère à n'importe quel moment.

— Il parle de la sphère ou de moi ? demandai-je.

Jodie soupira, exaspérée, mais mes paroles jouèrent leur rôle. Comme s'ils s'étaient passé le mot, tout le monde se détendit un peu. Julie gloussa et même Finn, qui surplombait Liung de sa silhouette imposante, relâcha ses épaules et le froncement de sourcils gravé dans sa peau s'adoucit. Le dragon sembla vaguement amusé ; il abandonna son examen minutieux de la sphère et laissa retomber sa main.

— Est-ce qu'il faut que tu reprennes ta forme de dragon pour cracher assez de feu et la détruire ? demanda Morgan.

— Je ne sais pas, répondit honnêtement Liung. Je vais essayer maintenant que je peux me transformer si besoin.

Il baissa les yeux et une tristesse mélancolique lui traversa le visage alors qu'il regardait la sphère une dernière fois. Puis, il prit une profonde inspiration.

Une détonation perça dans l'air. D'abord, je crus que ça faisait partie de la comédie de Liung, mais quand je vis son expression confuse, je réalisai que je me trompais.

Un filet de sang coula de ses lèvres et glissa le long de son menton. La sphère lui échappa et roula au sol tandis qu'il s'écroulait dans les bras de Morgan. Au cours de sa chute, je vis l'énorme plaie sur son dos nu. Comme si elles partageaient leurs pensées, Julie et Jodie se tournèrent pour chercher d'où ça venait.

— Prenez la sphère et filez d'ici ! leur hurlai-je. Je vais m'en occuper !

Je les poussai et m'avançai.

Finn jeta un regard terrifié à Julie alors qu'elle récupérait la sphère.

— Courez, toutes les deux ! cria-t-il.

Puis il redressa les épaules et me rejoignit. Tous pour un et un pour tous. Ou quelque chose comme ça. Julie et Jodie feraient mieux de filer assez vite.

Rubus émergea de l'ombre de l'autre côté du fort romain. Je remarquai qu'il tenait un pistolet dans l'une de ses mains ; il traînait un Monroe couvert de sang et à peine conscient de l'autre.

— Eh bien, salut la compagnie, dit-il d'une voix monocorde. Quelle drôle de coïncidence ! Il faut qu'on arrête de se croiser comme ça.

Chapitre 21

Rubus poussa un rire, un son long, lent et grinçant plein de suffisance.

— Quoi ? ricana-t-il. Vous ne pensiez quand même pas que les fées que vous avez envoyées pour me surveiller allaient me barrer la route, hein ?

Il secoua Monroe.

— Ou cet idiot de loup-garou et sa meute ?

Morgan laissa le corps nu de Liung tomber au sol. Son visage avait pâli face à la douleur de son bras cassé et le choc de l'apparition inopportune de son frère.

— Si tu as tué Artemesia ou Begonius, je vais…

— Tu vas quoi ? le coupa Rubus. T'enfuir comme tu l'as fait quand j'ai éliminé Viburna ?

Il renifla, méprisant.

— Tu ne peux rien faire. Artemesia va bien. Elle a des talents dont j'ai besoin et je ne veux pas qu'on lui fasse de mal. Les connaissances de son oncle Carduus ne sont pas aussi vastes et, malgré sa loyauté, j'en veux plus. Quant à Begonius, ou Timmons comme il voudrait bêtement qu'on l'appelle, il est sorti de l'équation. Il a suffi d'une petite ingestion forcée de poussière féérique.

Rubus sourit, hystérique.

— Je ne suis pas un despote. Je ne tue pas les gens si je peux les utiliser. Et tôt ou tard, je pourrai me servir Begonius comme il m'en convient. Quand je les ramènerai, lui et nous autres, à Mag Mell, il jurera sur sa vie que j'ai bien fait. Il est trop défoncé à la poussière pour autre chose. Il verra la vérité, tout comme les autres. Il admettra que j'essaie de nous aider, de nous faire rentrer chez nous. C'est toi qui veux qu'on souffre.

— Et les loups-garous ? demandai-je.

Rubus haussa les épaules.

— Les chiens sont morts.

Il renifla en regardant Monroe, avant de le lâcher pour le laisser s'écrouler.

— Sauf celui-là. J'hésitais à le garder comme animal de compagnie. À vrai dire, j'en attendais plus de leur espèce, avoua-t-il comme s'il nous confiait un secret. Je pensais qu'ils montreraient plus de résistance. Ils sont presque plus faciles à massacrer que les Bonnets-rouges.

Il fit un clin d'œil à Finn.

— Les lames glissent avec une facilité remarquable dans la chair des Bonnets-rouges.

Un hurlement de détresse s'éleva alors que Finn s'élançait derrière nous et se précipitait vers Rubus. Je bondis en avant pour essayer de l'aider, ou au moins de l'empêcher de se faire tirer dans la tête.

Je ne fus pas assez rapide. Je vis la lèvre de Rubus se retrousser avant qu'il lève le bras. Il suffit d'un simple jet de magie qui frappa le Bonnet-rouge dans la poitrine pour qu'il s'écroule comme un château de cartes.

Morgan gronda et prit de la vitesse jusqu'à n'être qu'à un mètre devant moi. Ses poings se serrèrent et je pus voir les veines de son cou saillir alors qu'il peinait à attaquer son frère. C'était un effort futile ; la trêve retenait toujours Morgan, tout comme moi. Rubus pouvait massacrer chacun d'entre nous et nous ne pourrions même pas le griffer en retour.

— Tant de rage, murmura Rubus. Morganus, je n'arrête pas de te dire que les choses pourraient être différentes. Tout ce que j'essaie de faire, c'est de nous ramener à la maison.

Il secoua la tête, feignant la tristesse.

— Tout ce que je veux, c'est qu'on soit tous en sécurité à Mag Mell, mais tu sembles déterminé à nous torturer plus longtemps et nous forcer à rester ici, soupira-t-il. Regarde à quel point tu souffres. Je n'ai pas besoin de te frapper pour que tu aies mal. Tu te fais déjà du mal tout seul.

Il s'avança vers Morgan. Le cœur tambourinant contre ma cage thoracique, je hurlai et me plaçai devant lui pour pouvoir encaisser le coup.

— Pourquoi tu restes avec lui ? me demanda Rubus. Je peux t'offrir beaucoup plus, Madrona.

Il baissa les yeux, les faisant glisser sur mon corps avec une lubricité écœurante. Ce n'était qu'une façade ; il se comportait comme s'il me désirait dans le seul but de faire sortir Morgan de ses gonds.

Seulement, ça, Morgan l'ignorait. Il grogna et me contourna.

— Laisse-la tranquille, Rubus. Ça ne concerne que toi et moi.

— Morganus, soupira l'intéressé avant de faire claquer sa langue. Oh, Morganus. Tu es mon frère. Je suis désolé de t'avoir fait du mal. Je promets de ne plus lever la main sur toi. Mais si tu continues de te mettre en travers de mon chemin à chaque fois, je vais détruire tout ce qui compte pour toi.

Il me sourit.

— Elle, donc.

Les narines de Morgan se dilatèrent. Je ne pensais pas avoir déjà vu une telle furie se refléter au fond de ses yeux émeraude. Si seulement un regard pouvait tuer.

— Où est la sphère, Morganus ? demanda Rubus avant de lever une main pour viser ma poitrine. Dis-moi où elle se trouve, ou la Madhatter en subira les conséquences.

Nous nous étions déjà retrouvés dans cette situation, mais cette fois, les rôles étaient inversés et j'avais refusé de céder la sphère pour aider Morgan. Je ne pouvais que prier pour qu'il fasse de même, maintenant. Je réprimai mon envie de regarder derrière moi, confiante quant au fait que Jodie et Julie protègeraient la sphère et filaient déjà dans les entrailles de la ville avec.

Je pris une profonde inspiration, me forçant à rester calme et à réfléchir.

La force brute ne nous aiderait pas à en sortir victorieux ; nous devions nous montrer plus intelligents que Rubus. Je gagnai du temps jusqu'à ce que la réponse me frappe.

— Ton cœur est plein de sous-vêtements avec des marques de pneus, Rubus, déplorai-je en secouant la tête. Ton âme est tachée par les excréments. Et ils ne sont pas beaux à voir, en plus. Je parle de caca à moitié liquide, à moitié solide avec des morceaux de maïs et recouvert de sang rectal.

Rubus se tourna vers moi.

— Tu es masochiste, en fait, grogna-t-il. Oublie ton numéro de Madhatter. Il n'y a rien de plus en toi que le désir de t'infliger de la douleur. J'aurais dû le réaliser plus tôt. Pas étonnant que tu aies passé autant de temps avec moi, alors que tout ce que tu voulais, c'était être avec lui. Morganus, le saint aux bonnes intentions. Tu aurais pu être ma reine. Mais en fin de compte, tu ne seras rien de plus qu'un détail sans importance dans l'histoire.

Sa voix dégoulinait de dédain.

Je tendis la main vers Morgan et appuyai mes doigts sur son avant-bras, juste assez pour lui indiquer de reculer. Je maîtrisais la situation. J'étais la Madhatter, quoi que dise Rubus.

Monroe poussa un léger gémissement. Il était à peine audible, même pour mes oreilles de Fey, mais ça me donna les munitions dont j'avais besoin.

— Tu es seul, notai-je.

— Et alors ? rétorqua Rubus en me fusillant du regard.

— C'est censé être ton moment de gloire, Rubus. C'est là que tu récupères la sphère et l'utilises pour libérer toutes les fées d'une vie pleine de kébabs pleins de graisse, de télévision et de chauffeurs Uber. Mais personne n'est là pour assister à ton triomphe. Vu tes performances passées, ce n'est pas ton mode opératoire.

J'examinai l'horizon derrière lui.

— Monroe et ses loups vous ont eus, pas vrai ? Tu as beau en être sorti victorieux, je parierais mes taches de rousseur que tous tes lieutenants sont à l'agonie ou déjà morts. Tu n'as plus personne à ramener à Mag Mell, pas vrai ?

Quelque chose traversa le visage de Rubus. Ce fut bref, mais j'étais trop intelligente pour le manquer.

— Je suis leur gardien, cracha-t-il. Je les protège. Ils sont retournés à la planque, comme des poissons dans l'eau et sains et saufs.

Je haussai un sourcil, amusée.

— Ah bon ? Je crois que tu racontes des bobards. De très gros. Je me demande ce que diront les fées de Mag Mell quand tu seras le seul à revenir. Seras-tu célébré comme un héros, à ce moment-là ?

Sous mes doigts, je sentis les muscles de Morgan se relâcher légèrement.

— Maddy a raison, intervint-il. L'un des anciens utilisera un sort de vérité, auquel tu ne pourras pas résister. Quand ils découvriront que tu as tué les tiens, ainsi que d'innombrables membres d'autres espèces, tu seras jeté dans le donjon le plus sombre. On te crachera dessus. Le détail de l'histoire, ce sera toi. Et tu ne seras pas un martyre, comme Viburna, tu seras le monstre qui sera utilisé pour effrayer les enfants.

Un sourire s'étira sur ses lèvres, puis il ajouta :

— Tu n'es pas un sauveur, Rubus. Tu ne l'as jamais été.

Je fixai l'intéressé avec insistance. Chaque seconde, la colère enflait en lui, et la lueur de folie dans ses yeux se faisait de plus en plus flagrante.

— Il y a plein de gens, ici ! hurla-t-il. Je les retiens jusqu'à ce que ma gloire soit assurée ! Je vais tous les sauver ! Je vais nous ramener à Mag Mell. Vous… Vous…

Sa voix s'effaça alors qu'il perdait tout semblant de rationalité. Ses joues étaient écarlates et ses poings serrés. Sa poitrine se gonflait et s'affaissait à toute vitesse au rythme de son souffle erratique.

Je parvins à peine à camper sur ma position. Nous ne faisions plus face à Rubus ; la créature devant nous ressemblait plus à un animal enragé au bord de l'extinction. Pourtant, il gardait le dessus. Il pouvait toujours nous faire du mal.

Rubus secoua les bras.

— Sortez ! cria-t-il. Je vous ordonne à tous de sortir et de faire face aux enfoirés qui ne veulent pas que vous rentriez chez vous !

Nos regards se dirigèrent vers les ruines du fort romain, mais quand je vis qui en émergea et que je réalisai que ma supposition au sujet des troupes de Rubus s'avérait exacte, je ne ressentis que de la tristesse. Aucun triomphe ne pouvait être tiré à la vue du groupe boitant, couvert de sang et déguenillé qui chancelait vers nous.

J'ignorais combien de Fey travaillaient pour Rubus, mais il n'en restait que très peu. Pas étonnant qu'ils ne soient pas apparus avant ça. La plupart clopinaient. Tous étaient ensanglantés.

Je jetai un regard bref à Monroe. Même s'il avait subi une défaite catastrophique, lui et ses loups-garous ne s'étaient pas rendus sans se battre. J'applaudis mentalement ce qu'il avait réussi à faire, bien que l'enthousiasme n'y était pas vraiment.

Rubus ne sembla pas remarquer l'état pitoyable de son clan. Il fit un signe de main triomphant.

— Vous voyez ? J'ai plus de Fey de mon côté que vous en avez du vôtre.

J'examinai le groupe.

— Où est Carduus ? m'enquis-je.

Je réalisai alors que je connaissais déjà la réponse. C'était la véritable raison pour laquelle Artemesia n'avait pas été abattue ; Rubus avait besoin d'elle parce que son fidèle scientifique ne s'en était pas sorti. C'était peut-être Monroe devant la maison de Charley, ou les sauterelles. Ça n'avait pas d'importance. Carduus faisait partie des fées que je ne regretterais pas.

— Carduus va bien ! s'emporta Rubus en tendant la main. Donne-moi la sphère. Tout de suite.

— Hors de question, répondit Morgan.

Son frère montra les dents.

— J'espérais que tu dirais ça.

Sans prévenir, il propulsa sa magie vers moi. Je me tournai et utilisai mon épaule pour amortir le plus gros du choc, mais j'en perdis tout de même l'équilibre.

Morgan poussa un cri étouffé. J'ouvris la bouche pour lui assurer que tout allait bien et réalisai, un peu tard, que je ne pouvais pas parler. Je ne pouvais pas bouger non plus. Mon visage embrassait la terre et j'étais complètement paralysée. Contre toute attente, je ne ressentais pas la douleur, mais je ne pensais pas que c'était une bonne chose pour autant.

— Je vais te tuer, entendis-je vaguement dire Morgan au-dessus de ma tête.

Il était très en colère. C'était bien.

— Tu sais que ce n'est pas possible, répondit Rubus, serein. Mais elle n'est pas morte. Elle a toujours une chance. Qu'elle puisse survivre ou pas, ça dépend de toi.

— Je…

Morgan fut interrompu avant de pouvoir exprimer sa pensée. Un cri calme s'éleva derrière nous. Si j'en avais été capable, j'aurais froncé les sourcils. Que fabriquait Julie ? Elle aurait dû être loin, à présent.

— Laisse Mads tranquille, ordonna-t-elle. J'ai ce que tu veux.

Elle bluffait et se débrouillait très bien. Je ressentis une pointe de plaisir suffisant. C'était bien de compter une actrice de notre côté, et pas de celui de Rubus.

— Je savais que tu ferais le bon choix, déclara ce dernier avec un sourire dans la voix.

Quelque chose n'allait pas. Je bataillai pour reprendre le contrôle, chaque atome de mon corps sous pression. Je réussis à gesticuler mon petit orteil. Ça n'allait pas vraiment m'être utile.

— Arrêtez-la ! hurla Jodie. Elle l'a ! Elle va…

Ses mots s'effacèrent en plein milieu de sa phrase et furent suivis par un bruit sourd. Je serrai la mâchoire et essayai de bouger. Qu'est-ce qui se passait ? Qu'est-ce qu'ils fabriquaient, bon sang ?

— Julie, s'étrangla Morgan, paniqué. Qu'est-ce que tu fais ?

— Ce que j'aurais dû faire depuis le début.

Sa voix me paraissait très proche, comme si elle se trouvait au-dessus de moi. Mon dernier semblant de confiance en mon amie vedette de feuilleton commençait à s'effriter. Ce n'était pas possible, hein ? Elle ne nous trahirait pas, pas vrai ? Elle allait se tuer et détruire son propre monde.

Je bataillai une fois de plus pour bouger. Mes muscles revenaient-ils à la vie ou fallait-il juste que j'aille faire pipi ? Difficile à dire.

— Merci, Julie, s'éleva à nouveau la voix de Rubus.

Le bruit d'une bagarre résonna, suivi par un puissant grognement de douleur.

— Ne fais pas ça !

Ce fut l'effroi dans la voix de Morgan qui me donna l'impulsion dont j'avais besoin pour tourner la tête et voir ce qu'il se passait. Je ne sentais toujours pas assez mes membres pour reprendre le contrôle de la situation, mais je pus me concentrer assez longtemps pour regarder Julie poser cette fichue sphère dans les paumes tendues de Rubus.

Non.

L'horreur me saisit. Que fabriquait-elle ? C'était de la folie. J'étais censée être dingue, mais je commençais à penser que j'étais la seule à être encore rationnelle.

Morgan dévisageait Julie, sidéré.

— Pourquoi ? murmura-t-il.

La culpabilité ne semblait pas du tout l'atteindre.

— Tu n'as aucune idée de ce que c'est, rétorqua-t-elle, la lèvre inférieure tremblante, mais la voix ferme. D'avoir peur tout le temps. De ne pas savoir qui va surgir pour t'attaquer à cause de ce que tu es. Je n'ai aucun contrôle sur mon vampirisme. Mon unique avantage, c'est de vivre pour toujours, du moment que je ne suis pas tuée par une bande de chasseurs de vampires.

Je m'humectai les lèvres. Je regagnais la maîtrise de mes muscles faciaux, au moins. Pourtant, quand je pris la parole, seul un murmure rauque sortit de ma bouche :

— Mais on s'est occupé des chasseurs. Tu es en sécurité.

Julie secoua la tête.

— Il y en a un qui m'a attaquée il y a quelques heures. J'ai eu de la chance de survivre. Ma maison a été brûlée. Mon sanctuaire, Mads !

— C'était Dave, commençai-je avant d'essayer de m'éclaircir la voix, ce qui ne donna aucune ampleur à mes mots. Il travaillait pour Rubus, nom d'un lutin.

Un bref frisson de doute la traversa et je sentis l'espoir renaître. Puis elle redressa les épaules et sa détermination parut se sceller.

— Il a souligné l'évidence. Tant que ce monde reste tel qu'il est, je suis en danger. L'accumulation de magie, qui a été créée par votre perte de contrôle et vos sorts, m'a dévoilé mon potentiel. Ça m'a montré que je ne suis pas obligée d'être faible, de vivre chaque minute et chaque jour dans la peur, à m'enfiler du gin-tonic par litres pour surmonter tout ça. Si la magie inonde ce monde, je peux enfin gagner.

— Au prix de milliers de vies, fit remarquer Morgan.

— Ce n'est pas à moi de m'inquiéter pour le monde, rétorqua Julie. Je dois m'occuper de moi. Je ne peux pas supporter ça plus longtemps.

— Tu ne survivras peut-être pas à la transition.

Elle esquissa un sourire.

— Oh, je pense que ça ira.

Rubus se balançait d'un pied à l'autre, presque submergé par la jubilation.

— Proteste autant que tu veux, cher frère. La sphère est à moi.

Il tendit la main, prêt à la prendre dans celles de Julie.

Morgan se jeta en avant pour attraper l'objet en premier. La mâchoire de la vampire claqua et je réalisai pour la première fois à quel point ses dents s'étaient acérées. Elle mordit la main de Morgan avec ses incisives et le sang gicla de partout.

Je me crispai à nouveau, faisant tout mon possible pour bouger, mais mes membres pesaient trop lourds. J'avais beau essayer, je n'irais nulle part.

Le combat prit rapidement fin. Rubus contourna Morgan et lui mit un coup de poing dans le nez. Un horrible bruit d'os qui se brisait résonna. Le premier recula et leva la sphère en l'air, triomphant.

— Je l'ai ! croassa-t-il. Je l'ai enfin !

Un murmure s'éleva dans les rangs des fidèles restants de Rubus, puis l'un d'entre eux se fraya un chemin à coups de coude. Lunaria paraissait encore plus pâle que d'habitude, si ce n'était les deux points de couleur sur ses joues. Quand je vis la lueur dans ses yeux, je déglutis. La folie s'y reflétait encore plus que dans ceux de Rubus.

Je m'humectai les lèvres.

— Morgan, l'appelai-je d'une voix rauque.

Je le cherchai désespérément du regard. Il était recroquevillé en position fœtale, le pied de Rubus posé sur sa hanche comme s'il avait attrapé une proie. J'entendais la respiration hachée et irrégulière de Morgan. Il n'était pas mort, mais il ne pouvait plus combattre.

Mes doigts tressautèrent tandis que la vie se déchaînait dans mon corps. Je prenais de profondes inspirations et continuais de batailler en voyant Lunaria s'avancer. Au moment où l'engourdissement dans mes jambes commença à se dissiper, elle dégaina une longue dague courbée. Elle était déjà tachée de sang.

Rubus, qui avait fini par sentir son approche, se tourna.

— Ah, te voilà. C'est bien. Tu pourras être à mes côtés quand j'utiliserai la sphère. Quand on rentrera enfin chez nous, où est notre place.

Il sourit, savourant son triomphe.

Lunaria leva sa dague en l'air, la tenant au-dessus de sa tête.

— Ma belle, l'interpela Rubus d'une voix traînante. Je te l'ai dit. Je ne veux pas la mort de mon frère. De toute façon, tu ne peux pas le tuer parce que la trêve est toujours en place.

La lueur démente dans les yeux de Lunaria s'intensifia.

— Il faut que je t'aide, marmonna-t-elle. Tu as besoin d'aide.

— Je suis parfaitement capable de m'en sortir sans toi.

Il sourit à la sphère, sa surface en métal lisse brillant au clair de lune.

— J'ai tout ce qu'il me faut, juste ici.

Je parvins à m'asseoir. Lunaria ne se tourna pas vers moi.

La seule personne qui sembla comprendre ce que la Fey en mal d'amour mijotait fut Julie.

— Attends, commença-t-elle. Je crois que…

Ses mots furent étouffés par le sanglot inarticulé qui s'échappa de la bouche de Lunaria. Elle bondit en avant, enfonçant la dague avec une force brutale dans la poitrine exposée de Rubus. L'extase de ce dernier fut remplacée par une expression de surprise.

— Quoi ? s'étrangla-t-il. Qu'est-ce qui vient de se passer ?

Un instant plus tard, il s'écroula au-dessus de Morgan, les doigts enroulés autour de la sphère dans sa chute. Même sur son lit de mort, il ne pouvait pas la lâcher. La dague de Lunaria était enfoncée au centre de sa poitrine, jusqu'au manche.

L'air autour de nous se figea. Lunaria semblait stupéfaite de son acte. Elle tomba à genoux à côté de Rubus et lui caressa les cheveux.

— C'était pour toi, murmura-t-elle. Je l'ai fait pour toi.

Julie, dont le visage s'était couvert d'un masque choqué, se mit à hurler :

— Espèce de garce décérébrée ! Qu'est-ce que tu as fait ?!

Elle plongea en avant, sondant le corps de Rubus pour récupérer la sphère.

Je me relevai, vacillante et chancelante. Je fis un pas en avant et trébuchai tandis que Julie détachait les doigts de Rubus pour reprendre l'objet.

— Qu'est-ce que je dois faire ? cria-t-elle. Comment je la fais fonctionner ?

Rubus ne répondit pas.

Inutile d'être un génie pour réaliser qu'il ne répondrait plus jamais à personne, même si Lunaria avait placé sa tête sur sa cuisse et continuait de lui dire des mots doux.

Julie se tourna et mit un coup de pied dans la jambe du Fey.

— Rubus ! l'appela-t-elle. Comment la faire fonctionner ?

Je me rapprochai d'elle avec lenteur. Je ne pouvais pas faire de mal à Rubus, mais je pouvais m'attaquer à Julie. Qu'elle soit mon amie ou pas, et qu'elle soit prise d'un accès de folie ou pas, je la tuerais si ça pouvait l'empêcher d'utiliser la sphère et d'inonder ce monde de magie. Je tendis les bras et attrapai ses poignets pour l'attirer à moi.

Elle se libéra.

— Dégage, Madrona ! Il faut que je le fasse !

Je secouai la tête.

— Non, ce n'est pas vrai. Tu sais ce qui va arriver à ce monde, ton monde, si tu fais ça.

— Je m'en fiche !

Pourtant, elle secouait la tête à ces paroles.

— Si, c'est important pour toi. Utiliser cette saleté de sphère va tuer tous les humains sur cette planète, et sûrement toi au passage. La magie n'a pas sa place ici. Tu le sais.

Les yeux de Julie soutinrent les miens.

— Mais je la sens en moi. Je la sens circuler dans mes veines. Le pouvoir, Mads. Je n'ai jamais rien ressenti de tel, avant.

— Ça ne veut pas dire que c'est bien, rétorquai-je avant de tendre la main. Donne-moi la sphère, Julie.

Une larme roula le long de sa joue.

— Je suis tellement fatiguée d'avoir peur tout le temps. Je ne joue pas un rôle que sur le plateau, je joue un rôle à tout moment de la journée. Pourquoi tu crois que je bois autant ? C'est le seul moyen de surmonter tout ça. Avec cette petite sphère, je peux chasser cette sensation.

Je ne détournai pas le regard.

— Tu vas chasser ces sensations, Julie. Tu vas supprimer tout le monde. Pour de bon. Je comprends que tu te sens mal, mais ce n'est pas la solution.

— Rubus a dit que ça irait, souffla-t-elle.

— Rubus était un maniaque psychotique qui se fichait de tout et tout le monde du moment qu'il récoltait la gloire. Donne-moi la sphère. On n'est pas obligés de faire ça.

Toujours au sol, Morgan poussa un faible gémissement et mon cœur se serra. Il remua un peu. Un œil sur Julie, je me rapprochai et l'aidai à se relever.

— Maddy a raison, murmura-t-il. Ce n'est pas la solution. Tu ne vas résoudre aucun problème en utilisant la sphère. On trouvera un autre moyen de t'aider et de te donner de la force pour que tu n'aies plus peur. Détruire ton propre monde ne rendra service à personne.

Elle explosa en sanglots. Pour la première fois, les couches s'effritaient et la vraie Julie se retrouvait exposée. Elle n'était pas une actrice glamour ou une vampire toute puissante. Elle était juste terrifiée. Nom d'un lutin. Ce n'était pas la seule.

Je ne perdis pas une seule seconde. Profitant de son moment de faiblesse, je bondis en avant. Le problème, c'était que j'avais surestimé ma récupération suite à la décharge de magie de Rubus et que je m'écrasai sur elle. Nous nous écroulâmes toutes les deux par terre, évitant de peu d'atterrir sur Rubus et Lunaria.

Étalée sous moi, Julie poussa un glapissement.

— Désolée ! m'exclamai-je en roulant sur le côté pour la libérer. Je ne voulais pas te faire de mal. Je voulais juste récupérer la sphère…

Ma voix s'effaça alors que Julie jetait l'objet en question.

Elle brillait. De la lumière bleue s'en échappait, projetant une brume phénoménale en l'air.

— Je n'ai rien fait ! bredouilla Julie. Je ne l'ai pas déclenchée. Ce n'était pas mon intention ! Arrête-la, Mads. Il faut que tu fasses quelque chose !

Je me protégeai les yeux et me précipitai sur l'objet. Morgan fit de même, mais je le repoussai. Quand je sentis la sphère brûler la peau de mes doigts, je l'attrapai et la couvris.

— Arrête ! lui criai-je. Arrête ça !

Malheureusement, la magie ne me prêta aucune attention. Malgré mes tentatives pour la recouvrir, la lumière gagna en intensité. Même Lunaria cessa de s'occuper du cadavre de Rubus pour regarder, tandis que son groupe de larbins débraillés et ensanglantés en restait bouche bée.

— On rentre chez nous, murmura l'un d'eux.

Pas si j'empêchais ça.

— Dis-moi quoi faire ! hurlai-je en me tournant vers Morgan.

Il secoua la tête alors que l'horreur grandissait dans ses yeux.

— Je ne sais pas ! Je ne sais pas comment l'arrêter !

— Détruis-la… souffla Monroe, toujours étendu au sol. Marche dessus. Utilise ta magie. Fais quelque chose.

Il avait raison. Je jetai la sphère par terre et l'écrasai avec mon pied. Rien ne se produisit. En fait, l'affreuse lumière bleue s'intensifia. Je levai les mains et envoyai un flot de magie dans l'espoir de l'arrêter, mais encore une fois, mes efforts ne firent qu'empirer les choses. C'était comme si la ville de Manchester tout entière baignait à présent dans une lueur bleue.

— Regardez, murmura Julie.

Je me tournai et suivis son regard. Là, au-delà du fort romain, une horde de personnes fantomatiques devinrent soudain visibles. Des Fey, en grand nombre. Ils se trouvaient juste derrière la frontière de Mag Mell et ils nous observaient. Certains hurlaient, même si leurs mots étaient inaudibles, et la plupart faisaient des gestes frénétiques.

— Qu'est-ce qu'ils disent ? criai-je à Morgan.

— Détruis-la. Ils veulent qu'on détruise la sphère.

Je levai les yeux au ciel.

— J'essaie, bordel !

Je me tournai et contemplai, frustrée, la petite balle créatrice de chaos. Puis, sans réfléchir, je la récupérai et l'avalai.

Morgan me dévisagea.

— Mais qu'est-ce que tu as fait ?

Je fus prise d'un haut-le-cœur. C'était plus difficile que je l'aurais cru.

Une étrange chaleur se répandit dans ma poitrine et dans mon estomac, comme le pire cas d'indigestion au monde. Je pensais déjà que c'était une mauvaise idée quand ça m'avait traversé l'esprit au commissariat, quelques jours plus tôt. Maintenant, j'en étais sûre. J'ouvris la bouche, mais aucun mot n'en sortit. J'avais l'impression de brûler de l'intérieur.

Julie en resta bouche bée.

— Tes yeux sont bleus… souffla-t-elle. Et tes doigts…

Je baissai le regard. La lumière brillait au bout de chacun d'eux. La magie prenait de l'ampleur : elle était en moi, mais elle prenait toujours de l'ampleur, et je n'y pouvais rien. La chaleur se faisait de plus en plus extrême. J'allais exploser.

J'attrapai la main de Morgan et la serrai.

— Je suis désolée, murmurai-je. Je suis tellement désolée.

Jamais une excuse n'avait été si faible et si insignifiante. Le monde touchait à sa fin et je ne pouvais que marmonner que j'étais désolée. Nom d'un lutin.

Je fermai les yeux. Je m'en voulais vraiment, vraiment beaucoup. La Madhatter avait carrément merdé, cette fois.

Chapitre 22

Il y eut beaucoup de cris. Bien sûr, ça convenait plutôt bien à la fin du monde, mais ça me faisait mal aux oreilles. J'espérais que ce serait vite terminé et que les gens ne souffriraient pas trop.

Puis Morgan se pencha et je sentis ses lèvres frôler les miennes. J'ouvris les yeux et clignai frénétiquement des paupières.

— On est à la maison, m'annonça-t-il en prenant mon visage en coupe. On est à Mag Mell.

Les cris continuèrent. Autour de nous, des Fey enlaçaient leurs semblables. Je réalisai, un peu tard, que je n'entendais pas des gémissements de peur, de douleur ou d'effroi. C'était l'opposé, en fait : tout le monde semblait ravi.

Je me tournai vers Morgan, horrifiée.

— C'est arrivé, murmurai-je. Le monde des humains… Le monde…

Un Fey d'un certain âge m'éloigna de Morgan et me serra dans ses bras.

— Tu as réussi, Madrona ! Je savais que tu en serais capable ! s'exclama-t-il sans lâcher prise. Tu n'imagines même pas à quel point tu m'as manqué. Ne pas savoir comment tu allais ou ce qui se passait…

Il renifla, avant d'ajouter :

— C'était si difficile.

— J'ai provoqué l'apocalypse, marmonnai-je contre son épaule.

J'ignorais qui était ce type, mais pour l'instant, j'avais désespérément besoin de cette étreinte. Tous ces gens, tous morts…

— Non, ma belle ! Tu l'as empêchée !

L'espoir renaquit dans ma poitrine. Je m'éloignai de lui et il pointa du doigt.

— Regarde.

Je clignai frénétiquement des yeux et suivis son doigt. À ce qui ne semblait être que quelques mètres, comme si je faisais face à des ombres vacillantes, je vis Castlefield. Il était exactement comme nous l'avions laissé. Un vaste panorama s'étalait devant nous, la frontière ondulait, mais mes amis étaient visibles. Une légère teinte bleue régnait, ce que je supposai être dû au fait que nous le contemplions depuis un autre monde. Mais personne ne mourait. Mes yeux s'arrêtèrent sur chaque silhouette.

Je secouai la tête.

— Je ne comprends pas, murmurai-je. Ça a vraiment marché, alors ? Tout ira bien pour eux ?

— Comme tu peux le voir, répondit Morgan.

Il me jeta un regard et me gratifia d'un petit sourire tranquille, avant d'enrouler un bras autour de moi.

— À moins qu'on hallucine tous les deux, le monde des humains a survécu, et il est toujours debout.

— Les gens, aussi, soufflai-je.

Tous. Je plissai les yeux, me concentrant sur les formes obscures.

— C'est Julie ! criai-je.

Mon amie de jadis était à quatre pattes, une expression tourmentée sur le visage. À quelques pas, Monroe se relevait. Il vacilla vers la silhouette recroquevillée de Jodie et la secoua. Sa tête se tourna un peu et je me détendis encore plus. Même Finn remuait. Morgan avait raison. Ils souffraient, mais ils étaient toujours en vie. Un sourire s'étira avec lenteur sur mes lèvres.

— J'ai sauvé le monde.

Le vieil homme sourit à son tour, les rides se formant au coin de ses yeux. Il était plutôt beau pour quelqu'un de son âge.

— En effet. Les humains sont toujours là et ils vont tous bien. Par contre, on pouvait sentir ce qui se passait. Ces derniers jours, on a pu aussi regarder.

Son sourire fut remplacé par la rage.

— On a tous vu ce que faisait Rubus. Tout le monde à Mag Mell a ressenti les variations de pouvoir et de magie. C'est pour ça qu'on est tous là. On savait qu'il se passait quelque chose à la frontière. J'ai prié pour qu'elle se rouvre, mais je ne pouvais pas me permettre de vraiment croire…

Sa voix se brisa et il se secoua un peu.

— Cette chose magique que tu as avalée allait exploser. Quand tout sera rentré dans l'ordre, tu devras me dire ce que c'était et d'où ça venait, m'annonça-t-il avant de me tapoter le bras. Ne t'inquiète pas, ma belle. Tu as sauvé tous ces humains. Tu as sauvé ce monde tout entier, Madrona.

Je sentis une vague de tension provenant de Morgan.

— Cet aspect bleu… marmonna-t-il, en partie pour lui-même.

Le vieil homme grimaça.

— C'est de la magie.

Je déglutis.

— De la magie ? Mais ça veut dire que…

Il caressa ma joue du dos de sa main.

— Il y en a un peu qui s'est échappée de cette chose. Tu ne pouvais pas la contenir tout entière. Il semblerait que ça n'a pas suffi à déborder au-delà de Manchester, par contre.

Je m'éloignai. C'était ma ville. Chez moi.

— Elle n'a pas sa place là-bas ! m'indignai-je en élevant la voix. Ça va causer beaucoup de problèmes. Ça…

— En temps normal, je serais d'accord avec toi, me coupa le vieil homme avec une expression remplie d'une affection étrange. Le monde des humains ne devrait pas pouvoir supporter ce niveau de magie. Peut-être qu'on le sous-estime depuis le début.

Peut-être. Mais il y avait beaucoup de choses qu'ils n'avaient pas vues d'ici…

Morgan se passa une main dans les cheveux.

— Peut-être que l'accumulation de magie créée par tous ces sorts a préparé Manchester à ce qui allait venir. La ville est devenue assez forte pour supporter l'assaut qu'a créé la sphère. Tu l'as arrêtée avant que quelque chose de pire se produise.

Il se tourna vers moi, essayant de toute évidence de se montrer rassurant.

— Assurément, intervint le vieil homme d'un ton brusque. Il n'y a pas à s'inquiéter. Regardez-les. D'après ce que je vois, les humains vont très bien s'en sortir.

J'ignorais qui était cet homme et je n'avais aucune raison de lui faire confiance. Je me tournai vers Morgan, consciente que la panique dilatait mes narines et me faisait arborer une expression loin d'être attirante.

Il me comprit tout de suite et prit ma main.

— Je pense que c'est vrai, assura-t-il. Manchester ne sera plus jamais pareil. On peut le deviner à la magie très visible dans l'atmosphère. Mais elle a été maîtrisée. Tu l'as maîtrisée. En avalant la sphère, tu as empêché la magie de déborder plus loin. Les humains de Manchester, les vampires, les loups et les autres vont s'en sortir. Leur vie va changer, mais ils survivront et pourront partir s'ils le souhaitent. Le reste du monde ira très bien. Si l'apocalypse avait dû arriver, ce serait déjà fait.

Le vieil homme me jeta un regard anxieux.

— Crois-moi, depuis le jour où tu es partie, je suis venu presque tous les jours pour essayer de trouver un moyen pour t'aider à rentrer à la maison. Il fallait que tu reviennes. Tu m'as tellement manquée. Il y a une heure…

Il sanglota un peu.

— Il y a une heure, quand j'ai senti la frontière s'affaiblir, j'ai su que ça irait. J'ai su que tu trouverais un moyen. Tu trouves toujours une solution.

Il se pencha et m'embrassa le front.

— Tu es incroyable.

Il essuya ensuite une larme, sans que je puisse l'expliquer.

Je le fixai. De toute évidence, il me connaissait plutôt bien. Après tout, j'étais vraiment incroyable.

— Qui êtes-vous ? m'enquis-je.

Il rit et me serra à nouveau dans ses bras, encore plus fort qu'avant. Par-dessus son épaule, je jetai un regard à Morgan, perdue.

— Ton père, articula-t-il.

Je me reculai. Oh. Pas étonnant qu'il soit aussi beau et majestueux. Et content de me voir. Un million de questions se bousculèrent dans ma tête, mais je me secouai. Les réunions de famille, c'était bien, mais il fallait que j'y retourne : il fallait que je me rende à Manchester. Les gens avaient besoin de moi, là-bas.

— Comment on y retourne ? demandai-je. Je dois les aider. S'il y a de la magie dans la ville, alors…

L'homme qui semblait être mon papa poule secoua la tête.

— Tu ne peux pas. Les frontières sont fermées pour de bon, à présent. L'explosion de magie causée par la sphère les a ouvertes juste assez longtemps pour que tous les Fey piégés puissent revenir. Mais elles ne s'ouvriront plus. Vous êtes de retour pour de bon.

Je déglutis, sentant mon estomac s'affaisser.

— Mais…

Je fermai brièvement les yeux. Non. Même si je voulais aller là-bas, ma place n'était pas dans ce monde. Ce n'était celle d'aucune fée. Les problèmes qu'avait causés notre présence entraîneraient des répercussions sur des générations. Je laissai mon regard parcourir le groupe de personnes délaissées à la frontière, prise d'un haut-le-cœur. En fait, ils souffraient à cause de moi. Ils étaient peut-être en vie, mais ils avaient tout de même failli mourir à cause de moi.

— Arrête, grogna Morgan entre ses dents.

Je sursautai.

— Arrête quoi ?

Il se tourna vers moi, ses yeux verts soutenant les miens.

— On y était tous. Ce qui s'est passé à Manchester était de notre faute à tous, pas juste toi. On a tous notre part de responsabilité. On doit tous porter ce fardeau. Tu ne t'en souviens peut-être pas, mais avant, tu insistais pour dire qu'on n'avait pas notre place dans ce monde et qu'on ne devait pas y mettre les pieds du tout jusqu'à en devenir bleue. Tu avais raison depuis le début.

Ouais, j'avais raison depuis le début. Ça ne m'innocentait pas pour autant, pas quand il était si évident que mes efforts avaient précipité, s'ils n'avaient pas provoqué, ce qui aurait pu finir en désastre.

Mon père, dont l'existence me semblait difficile à réaliser, me caressa les cheveux.

— Tu as été si courageuse, murmura-t-il. Et si gentille.

— J'ai été une garce, rétorquai-je.

C'était la vérité.

Il me sourit.

— Tu as toujours été butée, souligna-t-il avant de pencher la tête. J'aime dire que c'est une intelligence assurée et un esprit tonique.

Il me fit un clin d'œil.

— Ta mère serait fière.

J'allais devoir passer plus de temps avec lui. Il caressait mon égo déjà surdimensionné. Et avec un peu de chance, il était riche aussi. Je souris, vaguement rassurée, en pensant que je n'allais pas passer le restant de mes jours à prendre le sac et la cendre et regardai autour de moi. Je vis Artemesia enlacer un couple plus âgé. Elle avait l'air fatiguée, mais elle allait bien. Paeonia était à genoux et sanglotait. D'autres Fey que je reconnus embrassaient le sol. Vandrake se tenait la poitrine, soulagé, la douleur perpétuelle causée par le mal du pays des fées disparue pour de bon.

Je réalisai que je me sentais bien, moi aussi. La chaleur pulsait dans mes veines ; ce n'était pas parce que j'avais avalé la sphère, mais plutôt parce que j'étais heureuse d'être de retour chez moi, sur mes terres.

Je regardai Morgan, qui me contemplait toujours. Peut-être que, pour la première fois, je comprenais ce que ça signifiait d'être une Fey. Je comprenais pourquoi Rubus avait tant voulu revenir ici.

— Vous me le promettez ? insistai-je, m'adressant à mon père et à Morgan. Vous me promettez que tout ira bien pour eux, à Manchester ?

— Tout ira bien, assura le premier.

Morgan acquiesça.

— Ils devront peut-être s'adapter à un nouveau monde, mais tout ira bien.

Malgré leur assurance, j'eus un mauvais pressentiment. Je pointai les silhouettes ravagées de l'autre côté de la frontière.

— On a quand même causé ça. Les fées ont envahi leur monde, ont tout massacré et laissent maintenant les humains gérer les conséquences.

La mâchoire de Morgan se contracta et je vis la douleur se refléter sur son visage.

— On ne peut pas y retourner. Les frontières sont de nouveau scellées. Quoi qu'il se passe là-bas, les humains trouveront un moyen de gérer. Ils s'en sortent, en général.

Il regarda autour de nous.

— Et peut-être qu'ils ne seront pas complètement seuls. Tout le monde n'est pas là, murmura-t-il. Je ne vois pas Bego… enfin, Timmons.

Je me raidis et tournai la tête pour le chercher. Morgan avait raison. Aucun signe du manager d'hôtel Fey qui adorait les humains. Je croisai les doigts de toutes mes forces pour qu'il aille bien. Et que s'il était demeuré avec eux, sa présence ne pose plus aucun problème. J'examinai le reste de la foule de fées. J'ignorais si quelqu'un d'autre manquait à l'appel. Par contre, je vis Lunaria, assise en silence dans un coin et la tête de Rubus toujours posée sur sa cuisse.

— Elle l'a tué, murmurai-je. Elle a tué Rubus. Comment ? Comment elle a pu rompre la trêve ?

Un sourire plein de tristesse s'étira sur les lèvres de Morgan.

— Elle n'a pas rompu la trêve. Elle n'aurait pas pu.

Je la contemplai un moment.

— Bien sûr, soufflai-je. Elle était inquiète pour Rubus et pour ce qui lui arriverait si son plan se réalisait. Elle l'a tué pour le sauver. C'est une logique tordue, mais pour Lunaria, c'était une évidence. Elle n'essayait pas de lui faire du mal, pas au fond d'elle. C'est pour ça qu'elle a pu le tuer.

Je m'interrompis un instant, avant de conclure :

— Elle va avoir besoin de notre aide.

Morgan leva le menton.

— On ne l'abandonnera pas.

J'acquiesçai avec ferveur.

— On lui doit tout.

— Non, rétorqua-t-il. C'est à toi qu'on doit tout.

Je reniflai. Ouais, bon, d'accord.

— Ça va sans dire.

Avec Morgan d'un côté et mon père de l'autre, je détournai les yeux de l'étrange diorama du monde humain et observai Mag Mell. Tout semblait plus lumineux. Le vert était encore plus vert ; le ciel était encore plus bleu. Au loin, une ville dorée scintillait sous les rayons du soleil.

— C'est beau, ici, notai-je.

L'euphémisme du siècle.

— On a tant essayé de vous faire revenir et de rouvrir les frontières, soupira mon père. Rien n'a marché. C'était une terrible défaillance.

Je me tournai vers Morgan. Euh…

— C'était ma faute, avouai-je en baissant les yeux, mal à l'aise. Ou du moins, c'est ce qu'a dit Rubus. En fait, je ne m'en souviens pas.

— Maddy est amnésique, intervint Morgan.

Mon père cligna frénétiquement des paupières.

— Sérieusement ? Comment c'est arrivé ?

— C'est une longue histoire.

Je ne pouvais toujours pas le regarder dans les yeux.

— Tu dois te souvenir de Mag Mell, dit-il.
— Non.
— Tu dois te souvenir de moi.
— Non.
Il écarta les bras.
— Allez, Maddy. Je suis ton père. En plus, je suis on ne peut plus inoubliable.
Il tourna sur lui-même pour souligner ses propos.
Morgan se pencha vers mon oreille.
— Les chats ne font pas des chiens.
Je tentai de sourire, mais j'en étais incapable. Il fallait que je dise la vérité, toute la vérité, et tout de suite avant d'en perdre le courage.
— C'est moi qui ai fermé les frontières, expliquai-je. Apparemment, j'essayai de prouver quelque chose.
Mon expression se fit amère.
— Et regarde ce que j'ai fait. Dix ans d'exil et qui sait combien de catastrophes.
Les paupières de mon père papillonnèrent. Puis il rit.
— Oh, Madrona, ma chérie, tu es rigolote !
Mes yeux se plissèrent.
— Rigolote, genre haha, ou rigolote bizarre ?
Il continua de glousser.
— Les deux. Tu n'aurais pas été assez puissante pour fermer les frontières plus d'un jour, grand maximum. Tu n'as pas assez de magie pour les fermer pendant une décennie.
Il secoua la tête. Je plantai mes mains sur mes hanches.
— J'ai beaucoup de magie ! me défendis-je.
— Pas tant que ça, répliqua-t-il, toujours amusé, avant de me tapoter le bras. Tu as encore tant à apprendre. On ne sait pas ce qui a causé la fermeture des frontières, mais ce n'était certainement pas toi. Tout ce qu'on sait, c'est que maintenant, elles sont fermées pour de bon.
Il nous gratifia d'un immense sourire.
— Ce n'est sans doute pas une mauvaise chose. Je vais prendre des nouvelles des autres. Je reviens.
Il s'éloigna en direction du câlin de groupe le plus proche.

— C'était moi, assurai-je, têtue. J'ai assez de magie.

— Je sais, murmura Morgan. Je ne crois pas qu'il réalise à quel point tu es puissante, en réalité.

— Ou à quel point je suis téméraire, ajoutai-je avec un froncement de sourcil morose.

Il esquissa un léger sourire.

— Je ne vais pas me disputer plus longtemps à ce sujet, Maddy. Il vaut peut-être mieux que personne ne pense que c'est vraiment ta faute.

Je le fusillai du regard.

— Mais ça l'était. Je vais refaire mon costume de Madhatter. Quand j'aurai ma cape et mon masque, les gens d'ici verront qu'il ne faut pas me prendre à la légère.

— Je ne vois pas pourquoi quiconque penserait ça, assura-t-il avant de sourire et de se pencher pour déposer un baiser sur mes lèvres. Est-ce que c'est si important que ça ?

Je soupirai et y réfléchis.

— Peut-être pas, marmonnai-je. C'est juste que… c'est juste que ce n'est pas juste que les choses se terminent aussi facilement. Que tous ces gens reprennent leur vie à Manchester et qu'on soit là. Que va faire Julie, maintenant ? Et Jodie ? Est-ce que Julie lui a fait beaucoup de mal ? Est-ce que Monroe va s'en sortir ?

Morgan attrapa mon bras et me tourna avec douceur, puis pointa la frontière et la vue vacillante sur le monde des humains de l'autre côté.

— On peut toujours les voir. S'ils viennent à Castlefield, ils pourraient peut-être communiquer.

J'observai Jodie qui peinait à se relever, avant de se mettre à hurler et gesticuler rageusement en direction de la silhouette recroquevillée de Julie. Du moins, je présumai qu'elle hurlait. Je ne pouvais pas l'entendre. Je serrai les poings, frustrée.

— On ne peut pas leur parler.

— Il reste toujours la langue des signes, répliqua Morgan. On a toute une vie pour trouver un moyen de communiquer avec eux.

Une expression intense flottait sur son visage, comme s'il y avait une question qu'il voulait désespérément poser.

Je me concentrai sur l'image silencieuse de Julie qui soupirait avant d'enfin se redresser et de jeter un regard aveugle vers nous. Sa grimace pleine de douleur et d'angoisse ne changea pas.

— Ils ne peuvent pas nous voir, Morgan. On peut les voir, mais pas eux.

— Non, marmonna-t-il. On dirait que non.

Je plissai le nez.

— Alors, même la langue des signes est une perte de temps. Quoi qu'il arrive là-bas, on ne pourra rien y faire. On n'a aucun moyen d'affecter leur avenir. On ne pourra plus jamais communiquer avec eux. Et les frontières doivent rester fermées. On ne peut pas se permettre de les rouvrir et d'impacter négativement leur monde une fois de plus.

Son expression se décomposa.

— Non, commença-t-il avant d'hésiter. Je suis désolé.

Un sourire s'étira sur mon visage. Ça faisait mal, mais je fis de mon mieux.

— Ce sera comme la meilleure série télévisée. Il nous faut du popcorn. Tout de suite.

Morgan m'attira contre lui.

— Tu n'es pas obligée de faire semblant devant moi, tu sais ? me murmura-t-il à l'oreille.

Je réalisai que je tremblais.

— Julie avait peur, chuchotai-je. Ce n'était pas sa faute.

Je m'interrompis un instant, puis repris :

— C'était sa faute, mais elle agissait selon son instinct. Elle n'est pas méchante. Vraiment pas. Elle…

— Chut, me coupa-t-il. Je comprends. Elle a réalisé ce qu'elle avait fait à la fin. Elle savait que c'était mal.

Je serrai les poings.

— Manchester est toujours en danger. Peu importe ce que dit le papa poule, il ne devrait pas y avoir de magie, là-bas. Regarde tout ce bleu. Ils vont avoir des problèmes. Ils vont avoir besoin de nous.

— Ils sont plus fort que tu ne le penses. Ils vont s'en sortir. Manchester va s'en sortir. D'ailleurs, ils ont tous des capacités. Ils peuvent se débrouiller sans nous.

Je l'espérais de tout cœur.

— On n'a pas le choix, pas vrai ?

Il secoua la tête.

— On ne dirait pas. Mais si la ville tient toujours debout, après tout ce qui s'est passé, alors ils survivront.

Je contemplai les images vacillantes de nos amis. Je n'étais pas la seule héroïne. Morgan avait raison ; Manchester survivrait, tout comme eux. Même sans moi et ma splendeur.

J'enroulai mon bras autour de la taille de Morgan et inhalai son odeur.

— Pour ce que ça vaut, et pour répondre à ta question silencieuse, oui, je serai à tes côtés pour te rendre malheureux jusqu'à la fin de ta vie, déclarai-je.

Il ne sourit pas, mais ses yeux s'illuminèrent de triomphe et de joie. Je me hissai sur la pointe des pieds et m'engageai dans un long et langoureux baiser.

— Je suis désolée pour Rubus, soufflai-je quand nous nous séparâmes enfin. C'était ton frère, après tout.

Morgan se passa la main dans les cheveux.

— Est-ce que ça aurait pu finir autrement ?

— Je ne sais pas, soupirai-je. Je ne sais vraiment pas.

Je jetai un coup d'œil aux anciens alliés de Rubus, qui avaient l'air perdus. Leur instant de triomphe ne s'avérait pas aussi doux qu'ils l'auraient espéré. Ils n'étaient pas les héros qu'ils pensaient être.

— On va devoir se remettre de beaucoup de choses.

Artemesia apparut derrière nous.

— J'ai entendu, intervint-elle avant de sortir une petite fiole qui contenait un liquide incolore. Heureusement que j'ai réussi à préparer ça avant que Rubus fasse toutes ces conneries. Ça devrait suffire.

Je la fixai.

— C'est… ?

Elle acquiesça.

— Ça va te permettre de retrouver la mémoire. J'ai fait des vérifications. Liung disait la vérité. Cette potion fera ce qu'il faut. Bois-la cul-sec et *adios* l'amnésie.

Une grande part de moi n'en avait pas envie. Je doutais toujours de qui j'étais et ce que j'étais, ou ce que j'avais été. Mais je ne pouvais pas avoir peur. J'étais la Madhatter.

J'attrapai la fiole.

— Avant que je boive ça, j'ai une question pour vous deux, déclarai-je. Une question sérieuse.

Morgan se figea.

— Vas-y.

Je me tournai vers lui, le regard sombre.

— J'ai avalé la sphère. Elle est à l'intérieur de moi, à l'heure où je vous parle, expliquai-je en pointant mon ventre, avant de baisser la voix. Qu'est-ce qui va se passer quand elle ressortira de l'autre côté ?

Artemesia haussa les épaules.

— En l'avalant, tu as stoppé la magie. Quand elle, euh, s'évacuera, ce sera comme avant. Donne-la à l'un des aînés pour qu'il la mette en lieu sûr. J'imagine qu'elle est devenue inutile lorsqu'elle est passée de l'autre côté de la frontière, mais mieux vaut être prudent.

— Oui, mais…

— Quoi, Maddy ? demanda Morgan.

— On est à Mag Mell. Est-ce qu'il y a du papier toilette double épaisseur ici ? Enfin, j'ai déjà eu les fesses en feu après quelques kébabs épicés, mais faire sortir une sphère magique de mon anus, c'est une autre histoire. Tu vois…

Artemesia grimaça et s'éloigna.

Morgan me coupa d'un autre baiser.

— Maddy, soupira-t-il. Ferme-la, nom d'un lutin.

Remerciements

Merci énormément d'avoir lu la série de Super Madrona ! J'espère qu'elle et les singeries de Madrona vous ont plu. Pour découvrir ce qui arrive à Manchester maintenant que les fées sont parties, jetez un œil à ma prochaine série, *CITY OF MAGIC*, qui sortira fin 2018 si tout se passe comme prévu !

Inscrivez-vous à ma newsletter pour ne manquer aucune sortie : *http://eepurl.com/dtaZEz*

En attendant, si d'autres livres vous intéressent, alors allez voir la série *Blood Destiny*, qui est terminée. Elle est composée de cinq livres prenants qui suivent Mackenzie Smith, une jeune femme rousse au tempérament sombre qui vit avec un groupe de métamorphes dans la zone rurale de Cornwall. Elle pense être humaine, mais les apparences sont trompeuses. Quand la meute Alpha de Londres vient leur rendre visite, ça fait des étincelles !

La série est disponible dans sa totalité sur Kindle Unlimited et à l'achat sur Amazon. Le premier tome, Bloodfire, est disponible ici : myBook.to/BloodFire et vous pourrez lire un extrait du premier chapitre si vous tournez la page.

Pour finir, si vous en avez l'occasion, vous seriez adorables de laisser un commentaire sur Amazon. Les critiques sont essentielles pour les auteurs indépendants comme moi et sont grandement appréciées.

Helen x

Imprimé en France
FRHW011324041122
32629FR00004B/22

9 791038 114890